KRÓTKO MÓWIĄC

JEFFREY ARCHER

KRÓTKO MÓWIĄC

Przełożyła
Danuta Sękalska

DOM WYDAWNICZY REBIS
Poznań

Tytuł oryginału
To Cut a Long Story Short

Copyright © Jeffrey Archer 2000
All rights reserved

First published in Great Britain by HarperCollins*Publishers* 2000

Copyright © for the Polish edition by REBIS Publishing House Ltd.,
Poznań 2014

Redaktor tego wydania
Krzysztof Tropiło

Opracowanie graficzne serii i projekt okładki oraz ilustracja na okładce
Zbigniew Mielnik

prawolubni♥

Wydanie III poprawione
Poznań 2014

Wydanie I ukazało ukazało się w 2001 roku nakładem
wydawnictwa Prószyński i S-ka.

ISBN 978-83-7818-514-7

Dom Wydawniczy REBIS Sp. z o.o.
ul. Żmigrodzka 41/49, 60-171 Poznań
tel. 61-867-47-08, 61-867-81-40; fax 61-867-37-74
e-mail: rebis@rebis.com.pl
www.rebis.com.pl

Druk i oprawa
WZDZ – Drukarnia „Lega", Opole

Stephanowi, Alison i Davidowi

Przedmowa

Zanim zaczniecie czytać te opowiadania, chciałbym wyznać, że kilka z nich zostało opartych na prawdziwych wydarzeniach, podobnie jak w innych moich zbiorach. W spisie treści zaznaczone są gwiazdkami.

W moich podróżach po świecie, zawsze w poszukiwaniu opowieści, która żyje własnym życiem, napotkałem tę zatytułowaną *Śmierć mówi*. Tak mnie poruszyła, że zamieściłem ją jako pierwszą.

Pierwotnie została przetłumaczona z arabskiego i mimo dogłębnych poszukiwań autor pozostaje anonimowy, chociaż powiastka ta pojawia się w sztuce Somerseta Maughama *Sheppey*, a później jako wstęp w *Spotkaniu w Samarze* Johna O'Hary.

Trudno o lepszy przykład pełnej prostoty sztuki opowiadania. Ów talent, niezależny od wszelkich przesądów, rozdzielany bywa bez względu na urodzenie, wychowanie czy wykształcenie. Wystarczy pomyśleć o odmiennym wychowaniu Josepha Conrada i Waltera Scotta, Johna Buchana i O. Henry'ego, H.H. Munro i Hansa Christiana Andersena, żeby przyznać mi rację.

W obecnym, czwartym z kolei moim zbiorze opowiadań zamieściłem również dwa bardzo krótkie przykłady tego gatunku: *List* i *Miłość od pierwszego wejrzenia*.

Ale najpierw – *Śmierć mówi*.

Śmierć mówi

Był w Bagdadzie kupiec, który wysłał służącego na rynek po prowiant, a ten po chwili wrócił, blady i drżący, i powiedział: „Panie, kiedy byłem na rynku, w tłumie szturchnęła mnie kobieta, a gdy się odwróciłem, zobaczyłem, że to śmierć mnie szturchnęła. Popatrzyła na mnie i pogroziła mi. Pożycz mi twego konia, odjadę na nim daleko od tego miasta i uniknę mego losu. Pojadę do Samary, a tam śmierć mnie nie znajdzie". Kupiec pożyczył słudze konia, a ten go dosiadł, wbił mu w boki ostrogi i pomknęli jak wiatr. Później kupiec wybrał się na rynek i zobaczył mnie w tłumie, więc podszedł do mnie i zapytał: „Dlaczego pogroziłaś mojemu słudze, kiedy go widziałaś dziś rano?". „Ja mu nie groziłam – odparłam – ja się tylko zdziwiłam. Byłam zdumiona, widząc go w Bagdadzie, bo dzisiejszej nocy mam z nim spotkanie w Samarze".

Biegły

– Świetne uderzenie – rzekł Toby, patrząc, jak piłeczka przeciwnika szybuje w powietrzu. – Dwieście trzydzieści albo nawet dwieście pięćdziesiąt jardów jak nic. – Osłonił ręką oczy przed słońcem i obserwował, jak piłka, podskakując, toczy się środkiem toru.

– Dziękuję – rzekł Harry.

– Co dzisiaj miałeś na śniadanie? – zapytał Toby, kiedy piłka znieruchomiała.

– Sprzeczkę z żoną – brzmiała odpowiedź. – Chciała, żebym z nią poszedł na zakupy.

– Pewno bym się skusił na ożenek, gdybym dzięki temu mógł tak dobrze jak ty grać w golfa – zauważył Toby, przymierzając się do uderzenia. – Cholera! – zaklął po chwili, patrząc, jak piłka daje nura w gęste zarośla nie dalej jak sto jardów od miejsca, w którym stał.

Toby'emu nie powiodło się lepiej na drugiej połowie toru i gdy wracali tuż przed lunchem do budynku klubowego, pogroził partnerowi:

– Odegram się w przyszłym tygodniu w sądzie.

– Lepiej nie – powiedział Harry ze śmiechem.

– Dlaczego? – spytał Toby w drzwiach.

– Bo występuję jako biegły po twojej stronie – wyjaśnił Harry, gdy siadali do stołu.

– Zabawne – rzucił Toby. – Byłbym przysiągł, że przeciwko.

Sir Toby Gray, radca królewski, i profesor Harry Bamford nie zawsze występowali w sądzie po tej samej stronie.

Obradował Sąd Karny w Leeds. Przewodniczył sędzia Fenton. Sir Toby zmierzył wzrokiem podstarzałego sędziego. Przyzwoity i uczciwy człowiek, pomyślał, choć jego mowy są zapewne zbyt rozwlekłe. Sędzia Fenton skinął głową.

Sir Toby wstał i zaczął przedstawiać argumenty obrony.

– Wysoki Sądzie, sędziowie przysięgli, zdaję sobie sprawę z ciążącej na mnie odpowiedzialności. Bronić człowieka oskarżonego o morderstwo nigdy nie jest łatwo. Jeszcze trudniej, gdy ofiarą jest jego żona, z którą żył szczęśliwie przez ponad dwadzieścia lat. Oskarżyciel dał temu wiarę, a nawet uznał to formalnie. Wysoki Sądzie, nie ułatwia mi zadania fakt, że wszystkie dowody pośrednie, tak zręcznie przedstawione przez mojego uczonego kolegę pana Rodgersa we wczorajszej mowie oskarżycielskiej, pozornie świadczą o winie oskarżonego. Jednakże – rzekł sir Toby, chwytając wiązanie czarnej jedwabnej togi i zwracając się ku przysięgłym – zamierzam powołać świadka, którego reputacja jest nieskazitelna. Panowie przysięgli, jestem pewien, że nie zostawi on wam innego wyboru, jak wydać werdykt: niewinny. Wzywam profesora Harolda Bamforda.

Wytworny mężczyzna w niebieskim dwurzędowym garniturze, białej koszuli i krawacie klubu krykietowego hrabstwa York wszedł na salę sądową i stanął za barierką dla świadków. Ujął w rękę Nowy Testament i odczytał tekst przysięgi z tak wielką pewnością siebie, że żaden z przysięgłych nie wątpił, iż nie pierwszy raz występuje w procesie o morderstwo.

Sir Toby poprawił togę i utkwił wzrok w swym partnerze do golfa, stojącym na drugim końcu sali sądowej.

– Profesorze Bamford – powiedział, jakby zobaczył go po raz pierwszy – aby dowieść pańskiego znawstwa, muszę zadać panu kilka pytań wstępnych, które mogą być kłopotliwe. Ale jest rzeczą pierwszorzędnej wagi, aby wykazać przysięgłym pańskie kompetencje w tej szczególnej sprawie.

Harry z powagą skinął głową.

– Profesorze Bamford, ukończył pan gimnazjum klasyczne w Leeds – rzekł sir Toby, zerkając na ławę przysięgłych składającą się z samych Yorkshirczyków – a następnie uzyskał pan w wolnym konkursie stypendium na studia prawnicze w Kolegium Magdaleny w Oksfordzie.

– Zgadza się – potwierdził Harry.

Tymczasem Toby spojrzał w notatki – niepotrzebnie, gdyż powtarzali to z Harrym niejeden raz.

– Ale nie skorzystał pan z tej możliwości – ciągnął sir Toby – gdyż wolał pan spędzić lata studenckie tutaj, w Leeds. Czy to też się zgadza, profesorze?

– Owszem – przytaknął Harry.

Tym razem sędziowie przysięgli skinęli głowami wraz z nim. Nie ma człowieka wierniejszego i bardziej dumnego niż Yorkshirczyk, gdy chodzi o hrabstwo York, z satysfakcją pomyślał sir Toby.

– Czy może pan potwierdzić, że ukończył pan uniwersytet w Leeds z wyróżnieniem?

– Tak.

– A czy potem zaproponowano panu studia magisterskie, a następnie doktoranckie na Uniwersytecie Harvarda?

Harry lekko się skłonił i potwierdził, że tak. Miał ochotę powiedzieć Toby'emu, żeby się streszczał, ale wiedział, że stary partner sparingowy zechce wykorzystać do maksimum kilka następnych chwil.

– Czy temat pańskiej pracy doktorskiej brzmiał: broń krótka a przypadki zabójstw?

– Zgadza się.

– A czy jest także prawdą – ciągnął dostojny radca królewski – że gdy zaprezentował pan komisji egzaminacyjnej tezę doktorską, wzbudziła ona tak wielkie zainteresowanie, że opublikowano ją nakładem Uniwersytetu Harvarda i obecnie jest zalecana jako lektura każdemu, kto się specjalizuje w medycynie sądowej?

– Jak uprzejmie, że pan o tym wspomina – rzekł Harry, poddając Toby'emu kwestię.

– Ale to nie ja powiedziałem – zaprzeczył sir Toby, prostując się na całą swoją wysokość i wbijając wzrok w ławę przysięgłych. – To słowa samego sędziego Daniela Webstera, członka Sądu Najwyższego Stanów Zjednoczonych. Lecz pozwolą państwo, że będę kontynuował. Czy ściśle się wyrażę, jeśli powiem, że kiedy opuścił pan Harvard i powrócił do Anglii, Uniwersytet Oksfordzki próbował pana znowu skusić, oferując katedrę medycyny sądowej, lecz pan ponownie im odmówił, gdyż wolał powrócić do swej alma mater, z początku jako starszy wykładowca, a potem profesor? Czy mam rację, profesorze Bamford?

– Tak jest, sir Toby.

– I na tym stanowisku pozostał pan przez ostatnie jedenaście lat, mimo że uniwersytety z różnych stron świata nęciły pana lukratywnymi propozycjami, żeby porzucił pan swoje ukochane hrabstwo York i przystał do nich?

W tym momencie sędzia Fenton, który również słyszał to już nie po raz pierwszy, popatrzył na dół i rzekł:

– Sir Toby, myślę, że wystarczająco pan dowiódł, iż świadek jest wybitnym specjalistą w swej dziedzinie. Czy możemy teraz wrócić do omawianej sprawy?

– Z największą przyjemnością, Wysoki Sądzie, szczególnie po tak wielkodusznych słowach. Zbyteczne byłoby obsypywanie dalszymi pochwałami zacnego profesora.

Sir Toby z chęcią powiedziałby sędziemu, że i tak zakończył wstępne uwagi tuż przedtem, nim ten się wtrącił.

– Zatem, za pozwoleniem Wysokiego Sądu, skoro Wysoki Sąd uznał, że dowiodłem kompetencji tego szczególnego świadka, przejdę do sprawy. – Odwrócił się w stronę profesora i porozumiewawczo mrugnął. – Uprzednio – ciągnął – mój znakomity kolega, pan Rodgers, szczegółowo przedstawił zarzut, nie pozostawiając cienia wątpliwości, że oskarżenie opiera się na jedynym dowodzie, mianowicie broni palnej, która nigdy nie wypaliła.

Harry słyszał wiele razy to wyrażenie z ust starego przyjaciela i był pewien, że jeszcze nieraz je usłyszy.

– Chodzi mi o broń z odciskami palców oskarżonego, znalezioną obok ciała jego nieszczęsnej żony, Valerie Richards. Oskarżyciel dowodzi, że zabiwszy żonę, oskarżony wpadł w panikę i uciekł z domu, pozostawiając pistolet na środku pokoju. – Sir Toby obrócił się ku przysięgłym. – Na podstawie tego jednego, kruchego dowodu – a że kruchego, to zaraz wykażę – wy, sędziowie przysięgli, macie uznać człowieka za winnego morderstwa i wsadzić go do więzienia do końca życia. – Zawiesił głos, aby do przysięgłych dotarło znaczenie jego słów. – Profesorze Bamford, zwracam się do pana jako do wybitnego specjalisty w swojej dziedzinie – jak określił Wysoki Sąd – z szeregiem pytań.

Harry zdał sobie sprawę, że wstępny wywód wreszcie się skończył i że teraz będzie musiał sprostać oczekiwaniom.

– Profesorze, czy z pańskiego doświadczenia wynika, że kiedy zabójca zastrzeli ofiarę, pozostawia broń na miejscu zbrodni?

– Nie, sir Toby, to się zdarza niezwykle rzadko – odparł Harry. – Gdy mamy do czynienia z bronią krótką, w dziewięciu na dziesięć przypadków nie udaje się jej odnaleźć, gdyż morderca robi wszystko, żeby pozbyć się dowodu zbrodni.

– Właśnie – zauważył sir Toby. – A w tym jednym przypadku na dziesięć, kiedy broń się odnajduje, czy zwykle jest na niej pełno odcisków palców?

– Prawie nigdy – odparł Harry. – Chyba że morderca jest kompletnym głupcem albo zostaje przyłapany na gorącym uczynku.

– O oskarżonym można wiele powiedzieć – rzekł sir Toby – ale na pewno nie to, że jest głupcem. Podobnie jak pan, ukończył gimnazjum klasyczne w Leeds; poza tym aresztowano go nie na miejscu zbrodni, ale w domu przyjaciół na drugim końcu miasta.

Sir Toby nie dodał – co oskarżyciel kilkakrotnie podkreślił, stawiając zarzut – że oskarżonego zastano w łóżku z kochanką, która dostarczyła mu jedynego alibi.

– Profesorze, teraz chciałbym mówić o pistolecie. Jest to smith and wesson K4217 B.

– Raczej K4127 B – poprawił Harry starego przyjaciela.

– Skłaniam głowę przed pańską wiedzą – rzekł sir Toby, zadowolony z wrażenia, jakie dzięki drobnemu przejęzyczeniu udało mu się wywrzeć na przysięgłych. – Zatem przejdźmy do broni. Czy w laboratorium Ministerstwa Spraw Wewnętrznych znaleziono na niej odciski palców?

– Tak, sir Toby.

– A czy nasunęło to panu jako specjaliście jakieś wnioski?

– Owszem. Odciski palców pani Richards najwyraźniejsze były na spuście i na kolbie, co skłania mnie do przypuszczenia, że to ona była ostatnią osobą, która trzymała broń. W istocie świadectwa fizyczne sugerują, że właśnie ona nacisnęła spust.

– Ach, tak – rzekł sir Toby. – Ale czy morderca nie mógł włożyć broni do ręki pani Richards, żeby zmylić policję?

– Przyjąłbym tę linię rozumowania, gdyby policja nie znalazła na spuście również odcisków palców pana Richardsa.

– Nie jestem pewien, profesorze, czy dobrze rozumiem, do czego pan zmierza – rzekł sir Toby, który doskonale rozumiał.

– Z moich doświadczeń wynika, że prawie zawsze morderca najpierw usuwa z broni własne ślady, a dopiero potem decyduje się włożyć ją do ręki ofiary.

– Rozumiem. Ale proszę mnie poprawić, gdybym się mylił – rzekł sir Toby. – Broń nie znajdowała się w ręku ofiary, lecz w odległości dziewięciu stóp od ciała, gdzie – jak utrzymuje oskarżenie – porzucił ją oskarżony, gdy w panice uciekał z domu. Profesorze Bamford, pytam pana: jeżeli samobójca przyłożył broń do skroni i nacisnął spust, gdzie pańskim zdaniem ostatecznie powinna się znaleźć broń?

– Gdziekolwiek w odległości sześciu do dziesięciu stóp od ciała – odparł Harry. – To powszechny błąd – częsty zwłaszcza w niedbale przygotowanych filmach lub programach telewizyjnych – że ofiarę, która się zastrzeliła, pokazuje się z bronią w ręku. Tymczasem w rzeczywistości siła odrzutu wyrywa broń z dłoni samobójcy i przenosi ją o kilka stóp. W ciągu trzydziestu lat, od kiedy się zajmuję przypadkami samobójstw przy użyciu broni palnej, ani razu się nie zdarzyło, żeby broń pozostała w ręku ofiary.

– Czyli że pańskim zdaniem jako biegłego odciski palców pani Richards i położenie broni są raczej konsekwencją samobójstwa niż morderstwa?

– Zgadza się, sir Toby.

– Profesorze, jeszcze jedno, ostatnie pytanie – rzekł obrońca, szarpiąc wyłogi. – Gdy występował pan w przeszłości jako świadek obrony w podobnych sprawach, jaki był procent werdyktów uniewinniających?

– Nigdy nie byłem mocny w matematyce, ale z dwudziestu czterech spraw dwadzieścia jeden zakończyło się uniewinnieniem.

– Dwadzieścia jeden z dwudziestu czterech spraw – sir Toby z wolna obrócił się ku ławie przysięgłych – zakończyło się uniewinnieniem po powołaniu pana jako biegłego. Wysoki Sądzie, myślę, że to wynosi około osiemdziesięciu pięciu procent. Nie mam więcej pytań.

Po wyjściu z sali rozpraw Toby dogonił Harry'ego na schodach. Klepnął starego przyjaciela w plecy.

– Świetne zagranie, Harry. Nic dziwnego, że oskarżenie skapitulowało – nigdy nie widziałem cię w lepszej formie. Muszę pędzić, jutro mam sprawę w Old Bailey. Widzimy się przy pierwszym dołku o dziesiątej rano w sobotę. To znaczy, jeżeli Valerie pozwoli.

– Zobaczysz mnie dużo wcześniej – mruknął pod nosem profesor, gdy sir Toby wskakiwał do taksówki.

Czekając na pierwszego świadka, sir Toby spojrzał w notatki. Sprawa zaczęła się źle. Oskarżyciel przedstawił taką furę materiału dowodowego przeciwko jego klientowi, że nie sposób go będzie obalić. Nie cieszyła go perspektywa przesłuchiwania szeregu świadków, którzy niewątpliwie potwierdzą owe dowody.

Przewodniczący rozprawie sędzia Fairborough dał głową znak oskarżycielowi.

– Proszę wezwać swego pierwszego świadka – powiedział.

– Dziękuję, Wysoki Sądzie – rzekł radca królewski Desmond Lennox, podnosząc się powoli. – Powołuję profesora Harolda Bamforda.

Zaskoczony sir Toby podniósł wzrok znad notatek i ujrzał, jak jego stary przyjaciel pewnym krokiem zmierza ku miejscu dla świadków. Londyńscy sędziowie przysięgli przyglądali się kpiąco przybyszowi z Leeds.

Sir Toby musiał przyznać, że Lennox nieźle zaprezentował biegłego, ani razu nie wspominając Leeds. Potem zadał Harry'emu serię pytań, w których świetle klientka Toby'ego wypadła na kogoś pośredniego między Kubą Rozpruwaczem a doktorem Crippenem.

– Nie mam więcej pytań, Wysoki Sądzie – powiedział w końcu Lennox i usiadł z zadowoloną miną.

– Czy ma pan jakieś pytania do tego świadka? – zagadnął sędzia Fairborough, spoglądając na sir Toby'ego.

– Tak, oczywiście – odparł sir Toby, wstając. – Profesorze Bamford – powiedział takim tonem, jakby go pierwszy raz na oczy widział – zanim przejdę do sprawy, chciałbym zauważyć, że mój uczony kolega pan Lennox z wielkim naciskiem dowodził pańskiej doskonałości jako biegłego. Zechce mi pan wybaczyć, że wrócę do tego tematu, żeby wyjaśnić kilka szczegółów, które mnie zaintrygowały.

– Proszę bardzo, sir Toby – rzekł Harry.

– Magisterium uzyskał pan na uniwersytecie w… hm, a tak, w Leeds. Jaki kierunek pan studiował?

– Geografię – odparł Harry.

– Ciekawe. Nie sądziłbym, że jest to właściwe przygotowanie dla kogoś, kto ma zostać specjalistą od broni ręcznej. Jednakże chciałbym spytać pana o doktorat, który otrzymał pan na uniwersytecie amerykańskim. Czy ten doktorat jest uznawany przez angielskie uniwersytety?

– Nie, sir Toby, ale…

– Profesorze Bamford, zechce się pan ograniczyć do odpowiadania na pytania. Czy na przykład Uniwersytet Oksfordzki lub Cambridge uznają pański doktorat?

– Nie.

– Mhm. Lecz, jak usilnie starał się wykazać pan Lennox, wynik całej tej sprawy może zależeć od pańskich kompetencji jako biegłego.

Sędzia Fairborough popatrzył na obrońcę i zmarszczył brwi.

– Sir Toby, to sędziowie przysięgli podejmą decyzję w oparciu o przedstawiony im materiał dowodowy.

– Zgadzam się, Wysoki Sądzie. Chciałem tylko ustalić, jak dalece sędziowie przysięgli mogą zaufać opiniom biegłego występującego jako świadek oskarżenia.

Sędzia znowu zmarszczył brwi.

– Ale jeżeli Wysoki Sąd uważa, że już to wykazałem, będę kontynuował badanie świadka – rzekł sir Toby i odwrócił się ku staremu przyjacielowi. – Profesorze Bamford, powiedział pan przysięgłym – jako biegły – że w tym konkretnym przypadku ofiara nie mogła popełnić samobójstwa, gdyż broń znajdowała się w jej ręku.

– Zgadza się, sir Toby. To powszechny błąd – częsty zwłaszcza w niedbale przygotowanych filmach i programach telewizyjnych – że ofiarę, która się zastrzeliła, pokazuje się z bronią w ręku.

– Tak, tak, profesorze. Już nas pan zabawiał swoim znawstwem telewizyjnych oper mydlanych, kiedy odpowiadał pan na pytania mego uczonego kolegi. Przynajmniej dowiedzieliśmy się, w jakiej dziedzinie jest pan biegły. Ale ja chciałbym wrócić do rzeczywistego świata. Czy mogę mieć jasność w jednej sprawie? Mam nadzieję, że nie sugeruje pan, że wedle pańskiego przekonania oskarżona umieściła broń w ręce męża? Bo gdyby tak było, profesorze Bamford, to nie byłby pan specjalistą, ale jasnowidzem.

– Sir Toby, ja nie wysunąłem takiej tezy.

– Cieszę się, że się pan ze mną zgadza pod tym względem. Ale proszę mi powiedzieć, profesorze, czy w pańskiej praktyce zdarzyło się, że morderca włożył broń w rękę ofiary, aby upozorować samobójstwo?

Harry przez chwilę się wahał.

– Proszę się dobrze zastanowić, profesorze. Od pańskiej odpowiedzi może zależeć, jak ta kobieta spędzi resztę swego życia.

– Spotkałem się z czymś takim – Harry znów się zawahał – przy okazji trzech spraw sądowych.

– Trzech spraw sądowych? – powtórzył za nim sir Toby, udając zdziwienie, chociaż osobiście w nich wszystkich występował.

– Tak, sir Toby – potwierdził Harry.

– A czy za każdym razem sędziowie przysięgli wydali wyrok uniewinniający?

– Nie – cicho powiedział Harry.

– Nie? – spytał sir Toby, zwracając się ku ławie przysięgłych. – W ilu przypadkach sędziowie uznali, że oskarżony jest niewinny?

– W dwóch.

– A w trzecim? – spytał sir Toby.

– Oskarżonego uznano za winnego morderstwa.

– I skazano…?

– Na dożywocie.

– Profesorze Bamford, chciałbym dowiedzieć się trochę więcej o tej sprawie.

– Czy to na coś się zda? – zapytał sędzia, wbijając wzrok w obrońcę.

– Podejrzewam, Wysoki Sądzie, że wkrótce się tego dowiemy – odrzekł sir Toby, zwracając się znów w stronę przysięgłych, którzy teraz z uwagą patrzyli na biegłego. – Profesorze Bamford, proszę powiedzieć Wysokiemu Sądowi więcej na ten temat.

– To była sprawa Korony przeciw Reynoldsowi – rzekł Harry. – Reynolds odsiedział jedenaście lat, po czym przedstawiono nowe dowody przemawiające za tym, że nie mógł popełnić tej zbrodni. Później został ułaskawiony.

– Profesorze Bamford, mam nadzieję, że wybaczy mi pan następne pytanie, ale reputacja tej kobiety, nie mówiąc o wolności, waży się w tej sali. – Na chwilę zamilkł, poważnie spojrzał na starego przyjaciela i powiedział: – Czy w tej sprawie występował pan w imieniu oskarżenia?

– Tak jest.

– Jako biegły z ramienia Korony?

– Tak, sir Toby – potwierdził Harry.

– I niewinny człowiek został skazany za zbrodnię, której nie popełnił, i przesiedział jedenaście lat w więzieniu?

– Tak, sir Toby – potwierdził znów Harry.

– Żadnych „ale" w tej szczególnej sprawie? – zapytał sir Toby. Czekał na odpowiedź, lecz Harry się nie odzywał. Wiedział, że jako biegły przestał się tutaj liczyć. – Jeszcze ostatnie pytanie: czy w dwu pozostałych sprawach werdykt przysięgłych był zgodny z pańską interpretacją materiału dowodowego?

– Tak, sir Toby.

– Przypomina pan sobie, profesorze, że oskarżenie zadało sobie wiele trudu, by podkreślić, że w przeszłości pańskie świadectwo było niezwykle ważne w podobnych sprawach, w istocie – zacytuję pana Lennoksa – „stanowiło decydujący czynnik w udowodnieniu zarzutu". Jednakże teraz się dowiadujemy, że w trzech przypadkach, kiedy znaleziono broń w ręku ofiary, pan jako biegły pomylił się w trzydziestu trzech procentach.

Zgodnie z oczekiwaniem sir Toby'ego Harry tego nie skomentował.

– W rezultacie niewinny człowiek tkwił przez jedenaście lat w więzieniu. – Sir Toby skierował spojrzenie na przysięgłych i cicho powiedział: – Profesorze Bamford, miejmy nadzieję, że niewinna kobieta nie spędzi reszty swego życia w więzieniu w wyniku opinii „biegłego", który potrafi się mylić w trzydziestu trzech procentach wypadków.

Lennox wstał, żeby zaprotestować przeciw takiemu traktowaniu świadka, a sędzia Fairborough pogroził palcem.

– Sir Toby, ta uwaga była niewłaściwa – ostrzegł.

Jednak sir Toby utkwił wzrok w przysięgłych, którzy już nie byli skłonni chłonąć z uwagą słów biegłego, ale szeptali teraz między sobą.

– Wysoki Sądzie, nie mam więcej pytań. – Powiedziawszy to, sir Toby wolno wrócił na swoje miejsce.

– Udany strzał – rzekł Toby, kiedy piłka Harry'ego znikła w dziewiętnastym dołku. – Znów muszę ci postawić lunch. Wiesz, Harry, od tygodni nie zdołałem cię pobić.

– Och, nie byłbym tego taki pewien – odparł Harry, gdy skierowali się do budynku klubowego. – Bo jak byś nazwał to, co zrobiłeś ze mną w czwartek w sądzie?

– Muszę cię za to przeprosić, chłopie. Nie chodziło o ciebie, jak dobrze wiesz. Przede wszystkim to była głupota ze strony Lennoksa, że akurat ciebie wybrał na biegłego.

– Zgadzam się – rzekł Harry. – Przestrzegłem go, że nikt mnie nie zna tak dobrze jak ty, ale Lennoksa nie interesowało, co się zdarzyło w północno-wschodnim okręgu sądowym.

– Nie byłbym taki zawzięty – powiedział Toby, sadowiąc się przy stole w barze – gdyby nie to…

– Gdyby nie to…? – podchwycił Harry.

– Że w obu sprawach, tej w Leeds i tej w Old Bailey, dla każdej ławy przysięgłych powinno być oczywiste, że moi klienci są winni jak wszyscy diabli.

Końcówka

Cornelius Barrington zawahał się przed następnym posunięciem. Z wielkim zainteresowaniem wpatrywał się w szachownicę. Partia trwała już dwie godziny i Cornelius był pewien, że tylko siedem ruchów dzieli go od mata. Podejrzewał, że jego przeciwnik też o tym wie.

Podniósł wzrok i uśmiechnął się do Franka Vintcenta, który był nie tylko jego najstarszym przyjacielem, ale jako wieloletni adwokat rodziny dowiódł, że jest również najmądrzejszym doradcą. Mieli ze sobą wiele wspólnego: obaj przekroczyli sześćdziesiątkę, wywodzili się z klasy średniej, z rodzin o wysokim statusie zawodowym, uczyli się w tej samej szkole i studiowali na tym samym uniwersytecie. Ale na tym podobieństwa się kończyły. Cornelius, z natury człowiek przedsiębiorczy i ryzykant, zrobił majątek na kopalniach w Afryce Południowej i w Brazylii. Frank, z zawodu doradca prawny, był ostrożny, powoli podejmował decyzje, fascynowały go szczegóły.

Cornelius i Frank różnili się też wyglądem. Cornelius był wysoki, mocno zbudowany, miał bujną srebrną czuprynę, jakiej mogliby mu pozazdrościć o połowę młodsi od niego. Frank zaś był drobny, średniego wzrostu i prawie całkiem łysy, jeżeli nie liczyć tworzących półkole siwych kępek.

Cornelius owdowiał po czterdziestu latach szczęśliwego małżeństwa. Frank był zatwardziałym starym kawalerem.

Spoiwem ich przyjaźni była wytrwała miłość do szachów.

Frank w każdy czwartkowy wieczór odwiedzał Corneliusa w posiadłości Pod Wierzbami, żeby rozegrać partię. Wynik zwykle bywał wyrównany, często kończyło się patem.

Wieczór zawsze zaczynali od lekkiej kolacji, przy której wypijali tylko po jednym kieliszku wina – obydwaj traktowali szachy poważnie – a po skończonej grze wracali do salonu na kieliszek koniaku i cygaro. Jednak Cornelius zamierzał zdruzgotać ten rytuał.

– Gratuluję – odezwał się Frank, podnosząc głowę znad szachownicy. – Myślę, że tym razem mnie pobiłeś. Bez wątpienia nie mam żadnego wyjścia. – Uśmiechnął się, przewrócił króla na szachownicę, wstał i uścisnął rękę przyjacielowi.

– Przejdźmy do salonu na koniak i cygaro – zaproponował Cornelius, jakby to było coś nowego.

Frank podziękował, opuścili gabinet i powędrowali do salonu. Przechodząc pod portretem syna Daniela, Cornelius poczuł ukłucie w sercu, co się powtarzało niezmiennie od dwudziestu trzech lat. Gdyby żyło jego jedyne dziecko, nigdy by nie sprzedał swojej firmy.

W przestronnym salonie powitał obu mężczyzn wesoły ogień płonący na kominku, który roznieciła Pauline, gosposia Corneliusa, kiedy tylko sprzątnęła po kolacji. Pauline również doceniała zalety rytuału, lecz i jej życie miało zostać zdruzgotane.

– Powinienem przyprzeć cię do muru kilka ruchów wcześniej – rzekł Cornelius – ale zaskoczyłeś mnie, bijąc skoczka. Powinienem był to przewidzieć – dodał, podchodząc do kredensu.

Na srebrnej tacy przygotowano dwa duże kieliszki koniaku i dwa cygara Monte Cristo. Cornelius podał przyjacielowi przycinacz, zapalił zapałkę, przytknął do cygara i przyglądał się, jak Frank pykał, póki nie zapalił. Powtórzył sam te czynności i zagłębił się w swym ulubionym fotelu przy kominku.

– Doskonała gra, Corneliusie – powiedział Frank, podnosząc kieliszek i lekko skłaniając głowę, choć gospodarz zapewne pierwszy by przyznał, że w ciągu lat jego gość wygrał więcej partii.

Cornelius pozwolił Frankowi jeszcze parę razy pociągnąć cygaro. Po co się spieszyć? W końcu przygotowywał się do tej chwili od kilku tygodni i nie chciał się dzielić sekretem z najbliższym przyjacielem, nim nie nastąpi właściwy moment.

Obaj milczeli, odpoczywając w swym towarzystwie. Wreszcie Cornelius odstawił kieliszek.

– Frank – powiedział. – Jesteśmy przyjaciółmi od ponad pięćdziesięciu lat. Co równie ważne, jako mój doradca prawny wykazałeś się dużą przenikliwością. W gruncie rzeczy od przedwczesnej śmierci Millicent nie miałem nikogo, na kim mógłbym bardziej polegać.

Frank nie przerywał przyjacielowi i nadal palił cygaro. Na twarzy miał wypisane, że traktuje komplementy Corneliusa wyłącznie jako wstępną zagrywkę. Podejrzewał, że musi trochę poczekać, zanim Cornelius zdradzi się z następnym ruchem.

– Kiedy przed trzydziestu laty zakładałem firmę, to ty sporządziłeś akt prawny, i przypuszczam, że od tego dnia nie podpisałem ani jednego dokumentu, który by nie znalazł się wcześniej na twoim biurku – co niewątpliwie było decydującym czynnikiem mojego powodzenia.

– Jesteś wspaniałomyślny – rzekł Frank między jednym a drugim łykiem koniaku – ale to twojej oryginalności i rozmachowi firma zawdzięczała rozkwit. Bogowie poskąpili mi takich talentów, toteż nie pozostało mi nic innego jak funkcja urzędnika.

– Frank, ty nigdy nie doceniałeś swoich zasług dla firmy, ale ja nie mam cienia wątpliwości co do roli, jaką odgrywałeś w ciągu tych lat.

– Do czego zmierzasz? – spytał z uśmiechem Frank.

– Cierpliwości, przyjacielu – rzekł Cornelius. – Mam jeszcze w zanadrzu kilka posunięć, nim ujawnię mój fortel. – Oparł się i głęboko zaciągnął cygarem. – Jak wiesz, kiedy cztery lata temu sprzedałem firmę, zamierzałem pierwszy raz od dawna zwolnić tempo. Obiecałem Millie, że ją zabiorę na długie wakacje do Indii i na Daleki Wschód – zamilkł na chwilę – ale los zrządził inaczej.

Frank ze zrozumieniem pokiwał głową.

– Jej odejście uświadomiło mi, że ja też jestem śmiertelny i mogę nie pożyć długo.

– Nie, nie, przyjacielu – zaprotestował Frank. – Masz przed sobą jeszcze wiele lat.

– Może masz rację – rzekł Cornelius – chociaż, co zabawne, to właśnie ty sprawiłeś, że zacząłem poważnie myśleć o przyszłości…

– Ja? – zdziwił się Frank.

– Tak. Nie pamiętasz, jak kilka tygodni temu, siedząc w tym fotelu, mówiłeś mi, że czas, abym zmienił testament?

– Owszem, ale tylko dlatego, że w obecnym testamencie dosłownie wszystko zostało zapisane Millie.

– Wiem – przyznał Cornelius. – Niemniej sprawiłeś, że się na tym skupiłem. Wiesz, ja ciągle wstaję co dzień o szóstej rano, ale ponieważ nie ma już mojego biura, do którego mógłbym pójść, przez całe godziny zastanawiam się, jak podzielić majątek, skoro Millie nie może być główną spadkobierczynią.

Cornelius zamilkł i zaciągnął się cygarem.

– Przez ostatni miesiąc – podjął swoją opowieść – rozmyślałem o osobach z najbliższego otoczenia – o krewnych, przyjaciołach, znajomych i pracownikach – i przypominałem sobie, jak się zawsze do mnie odnosili, co z kolei nasunęło mi pytanie, którzy z nich okazaliby mi tyle samo oddania, uwagi i lojalności, gdybym nie był milionerem, ale starym człowiekiem bez grosza przy duszy.

– Mam wrażenie, że jestem w szachu – zaśmiał się Frank.

– Ciebie, przyjacielu, nie dotyczą te wątpliwości – rzekł Cornelius. – Nie zwierzałbym ci się, gdyby było inaczej.

– Ale czy takie myśli nie są krzywdzące dla twojej rodziny, nie wspominając…

– Może masz rację, nie chciałbym jednak zdawać się na los szczęścia. Dlatego postanowiłem sam poznać prawdę, bo domysły mi nie wystarczą.

Cornelius znowu zamilkł na chwilę i zaciągnął się cygarem.

– Miej cierpliwość – poprosił – i wysłuchaj, co wymyśliłem, bo bez twojej pomocy mój mały podstęp się nie uda. Ale wpierw doleję ci koniaku. – Cornelius wstał, wziął pusty kieliszek Franka i podszedł do kredensu. – Jak mówiłem – ciągnął, wręczywszy pełny kieliszek przyjacielowi – ostatnio się zastanawiałem, jak ludzie z mojego otoczenia by się zachowali, gdybym był bez grosza, i doszedłem do wniosku, że jest tylko jeden sposób, by się o tym przekonać.

– Co masz na myśli? – zapytał Frank, pociągnąwszy uprzednio spory łyk koniaku. – Pozorowane samobójstwo?

– Nic aż tak dramatycznego – odparł Cornelius. – Ale prawie, ponieważ – znów zamilkł – zamierzam ogłosić bankructwo. – Usiłował przez zasłonę dymu dojrzeć minę przyjaciela. Jednakże, jak nieraz w przeszłości, stary prawnik zachował niezgłębiony wyraz twarzy, gdyż wiedział, że wprawdzie Cornelius wykonał śmiały ruch, ale do końca partii było jeszcze daleko.

Tytułem próby posunął pionek do przodu.

– Jak to zamierzasz zrobić? – zagadnął.

– Chciałbym – rzekł Cornelius – żebyś jutro rano napisał do pięciu osób, które roszczą sobie największe prawo do mojego majątku: do mego brata Hugh, jego żony Elizabeth, ich syna Timothy'ego, mojej siostry Margaret i na koniec do mojej gosposi Pauline.

– I jakiż ma być sens tych listów? – spytał Frank, starając się nie okazać niedowierzania.

– Wyjaśnisz wszystkim, że z winy nieprzemyślanej inwestycji, na którą się zdecydowałem po śmierci żony, wpadłem w długi i bez ich pomocy mogę zbankrutować.

– Ale… – zaprotestował Frank.

Cornelius podniósł rękę.

– Wysłuchaj mnie – poprosił – gdyż twoja rola w tej partii, rozgrywanej w realnym życiu będzie kluczowa. Kiedy ich przekonasz, że niczego ode mnie nie mogą się spodziewać, przystąpię do realizacji drugiej części mojego planu, która powinna ostatecznie dowieść, czy zależy im na mnie, czy też na moich pieniądzach.

– Powiedz wreszcie, co masz na myśli – rzekł Frank.

Cornelius zastanawiał się, kręcąc kieliszkiem.

– Jak wiesz, wszystkie pięć osób, które wymieniłem, swego czasu poprosiło mnie o pożyczkę. Nigdy nie żądałem niczego na piśmie, gdyż była to dla mnie kwestia zaufania. Wchodziły w grę różne kwoty: od stu tysięcy funtów dla Hugh na dzierżawę sklepu – o ile wiem, przynosi mu niezły dochód – do pięciuset funtów dla Pauline na zadatek za używany samochód. Nawet młody Timothy potrzebował tysiąca funtów na spłatę pożyczki za studia, a skoro dobrze mu się wiedzie w jego zawodzie, żądanie zwrotu pieniędzy nie powinno się wydawać ani jemu, ani pozostałym osobom zbyt wygórowane.

– A ten drugi test? – spytał Frank.

– Od czasu śmierci Millie każde z nich oddało mi jakąś drobną przysługę, twierdząc, że to przyjemność, a nie przykry obowiązek. Chciałbym się przekonać, czy byliby skłonni zrobić to samo dla ubogiego starego człowieka.

– Ale skąd będziesz wiedział… – zaczął Frank.

– Myślę, że to się okaże z czasem. Zresztą będzie jeszcze trzecia próba, przypuszczam, że rozstrzygająca.

Frank spojrzał przyjacielowi w oczy.

– Czy mógłbym ci wyperswadować ten zwariowany pomysł?

– Nie, nawet nie próbuj – odparł Cornelius bez wahania. – To postanowione, chociaż rozumiem, że bez twojej pomocy nie mógłbym zacząć całej sprawy, nie mówiąc o jej zakończeniu.

– Corneliusie, jeżeli rzeczywiście ci na tym zależy, to wykonam twoje polecenie co do joty, jak zawsze dotychczas. Ale stawiam jeden warunek.

– Mianowicie? – spytał Cornelius.

– Nie przyjmę honorarium, żebym potem mógł oświadczyć każdemu, kto zapyta, że nie skorzystałem na twoich figlach.

– Ale…

– Żadnych ale, przyjacielu. Sporo zyskałem na wzroście kursu akcji, kiedy sprzedałeś firmę. Więc potraktuj to jako drobne podziękowanie.

Cornelius się uśmiechnął.

– To ja tobie powinienem być wdzięczny i jak zawsze zdaję sobie sprawę z twojej cennej pomocy, której mi nie szczędziłeś w ciągu lat. Jesteś naprawdę dobrym przyjacielem i przysięgam, że zostawiłbym ci cały mój majątek, gdybyś nie był kawalerem. I gdybym nie wiedział, że to by zupełnie nie zmieniło twego trybu życia.

– O, nie, dziękuję – rzekł Frank, chichocząc. – Gdybyś to zrobił, musiałbym poddać takiej samej próbie parę osób. – Na chwilę zamilkł. – A zatem jaki jest twój pierwszy ruch?

– Wyślesz jutro pięć listów – powiedział Cornelius, wstając z fotela – informujących wspomniane osoby, że zawiadomiono mnie o wszczęciu postępowania upadłościowego i że żądam zwrotu zaległych pożyczek w jak najkrótszym terminie.

Frank zaczął robić notatki w małym bloczku, który zawsze miał przy sobie. Dwadzieścia minut później, zapisawszy ostatnie polecenie Corneliusa, schował bloczek do kieszeni, dopił koniak i zgasił cygaro.

– A na czym ma polegać trzecia próba, ta, która twoim zdaniem będzie rozstrzygająca? – spytał Frank, gdy Cornelius odprowadzał go do drzwi.

Stary prawnik uważnie wysłuchał przyjaciela, który przedstawił mu tak pomysłowy plan, że odszedł przekonany, iż wszystkie ofiary będą musiały pokazać swoje prawdziwe oblicze.

Pierwszy zatelefonował do Corneliusa w sobotę rano jego brat Hugh. Musiał dosłownie przed chwilą otrzymać list Franka. Cornelius miał wrażenie, że jeszcze ktoś przysłuchuje się rozmowie.

– Właśnie dostałem list od twojego prawnika – rzekł Hugh – i po prostu nie mogę uwierzyć w to, co pisze. Powiedz mi, że to okropna pomyłka.

– Obawiam się, że nie – odpowiedział Cornelius. – Bardzo chciałbym, żeby to była pomyłka.

– Ale jak to możliwe, żebyś ty, zwykle tak bystry, do tego dopuścił?

– Złóżmy to na karb starości – odparł Cornelius. – Kilka tygodni po śmierci Millie namówiono mnie na ulokowanie sporej sumy w przedsiębiorstwie specjalizującym się w dostawie Rosjanom urządzeń wydobywczych. Wszyscy czytaliśmy o niewyczerpanym strumieniu ropy naftowej w Rosji, jeżeli ktoś się dostanie do tego interesu, byłem więc pewien, że moja inwestycja przyniesie niezły zysk. W zeszły piątek sekretarz firmy poinformował mnie, że postanowili wykorzystać rozporządzenie numer dwieście siedemnaście i ogłosić niewypłacalność.

– Chyba nie ulokowałeś wszystkiego w jednej firmie? – w głosie Hugh zabrzmiało jeszcze większe niedowierzanie.

– Nie od razu – rzekł Cornelius – ale niestety, ilekroć potrzebowali dalszego zastrzyku pieniędzy, dawałem się nabrać. W końcu inwestowałem coraz więcej, bo mi się wydawało, że tylko w ten sposób zwróci mi się pierwszy wkład.

– Czy ta firma nie ma żadnych aktywów, na których mógłbyś położyć rękę? A co z urządzeniami wydobywczymi?

– Rdzewieją gdzieś w głębi Rosji, a ropy naftowej na razie ani na lekarstwo.

– A dlaczego się nie wycofałeś, zanim sytuacja wymknęła się spod kontroli?

– Kwestia ambicji. Nie chciałem uznać, że postawiłem na złego konia, wolałem wierzyć, że z czasem odzyskam pieniądze.

– Ale przecież muszą ci proponować jakieś odszkodowanie – powiedział Hugh z desperacją.

– Ani złamanego grosza – odparł Cornelius. – Nie mogę sobie nawet pozwolić na to, żeby polecieć do Rosji i zbadać na miejscu, jak wygląda sytuacja.

– Ile ci dają czasu?

– Dostałem już zawiadomienie o ogłoszeniu upadłości, tak więc szansa mojego przetrwania zależy od tego, ile gotówki uda mi się zebrać w krótkim czasie. – Cornelius zawiesił głos. – Hugh, przykro mi o tym wspominać, ale pewno pamiętasz, że jakiś czas temu pożyczyłem ci sto tysięcy funtów. Mam nadzieję...

– Przecież wiesz, że wszystkie pieniądze wsiąkły w sklep, a przy rekordowo niskich obrotach nie mógłbym w tej chwili wykombinować więcej jak parę tysięcy.

Corneliusowi się wydało, że ktoś z tyłu szepnął: „I nic więcej".

– Cóż, widzę, że jesteś w trudnym położeniu – rzekł Cornelius. – Ale będę ci wdzięczny za każdą pomoc. Kiedy ustalisz, jaka to będzie kwota – znów na chwilę przerwał – naturalnie musisz uzgodnić z Elizabeth, na ile możecie sobie pozwolić – proszę, wyślij czek bezpośrednio do biura Franka Vintcenta. On zajmuje się całą tą powikłaną sprawą.

– Czy stracisz, czy zarobisz, prawnicy zawsze dostaną swoją dolę.

– Szczerze mówiąc – zauważył Cornelius – tym razem Frank zrzekł się honorarium. Aha, Hugh, ludzie, których mi przysłałeś do przebudowy kuchni, mieli zacząć pracę w końcu tygodnia. Teraz jest jeszcze bardziej ważne, żeby skończyli jak najszybciej, bo wystawiam dom na sprzedaż i z nową kuchnią dostanę lepszą cenę. Na pewno to rozumiesz.

– Zobaczę, co się da zrobić – rzekł Hugh – ale może będę musiał wysłać tę ekipę do innej roboty. Mamy trochę zaległości.

– O! – Cornelius stłumił śmiech. – Czy nie mówiłeś, że z pieniędzmi u ciebie teraz krucho?

– Zgadza się – trochę za szybko powiedział Hugh. – Miałem na myśli, że wszyscy musimy brać dodatkowe prace, żeby związać koniec z końcem.

– Rozumiem – rzekł Cornelius. – Ale na pewno zrobisz, co się da, żeby pomóc, skoro już znasz moją sytuację. – Odłożył słuchawkę i się uśmiechnął.

Następna w kolejności ofiara nie zadała sobie trudu, żeby zatelefonować, lecz zjawiła się przed domem parę minut później i nie zdjęła palca z dzwonka, póki Cornelius nie otworzył jej drzwi.

– Gdzie jest Pauline? – brzmiało pierwsze pytanie Margaret.

Cornelius przyjrzał się siostrze, która trochę za mocno się umalowała tego ranka.

– Niestety, musiała odejść. – Cornelius pochylił się i pocałował siostrę w policzek. – Wnioskujący o otwarcie postępowania upadłościowego krzywo patrzy na tych, których nie stać na spłacenie wierzycieli, a którzy nadal utrzymują służbę. Margaret, to ładnie, że tak szybko się zjawiłaś w trudnej dla mnie chwili, ale jeśli chcesz się napić herbaty, to obawiam się, że musisz sobie zrobić sama.

– Corneliusie, chyba dobrze wiesz, że nie przyszłam tutaj na herbatę. Chciałabym się dowiedzieć, jak zdołałeś przepuścić całą fortunę. – Zanim brat zdążył wyrecytować którąś z przygotowanych formułek, dodała: – Jasne, że musisz sprzedać dom. Zawsze mówiłam, że po śmierci Millie jest dla ciebie za duży. Możesz sobie znaleźć kawalerkę w okolicy.

– Takie decyzje nie są już w mojej mocy. – Cornelius starał się, żeby zabrzmiało to żałośnie.

– O czym ty mówisz? – natarła na niego Margaret.

– Że dom i to, co się w nim znajduje, zostało już zajęte. Jeżeli mam uniknąć bankructwa, dom musi zostać sprzedany za o wiele wyższą cenę, niż przewidują agenci od nieruchomości.

– Chcesz mi powiedzieć, że absolutnie nic ci nie zostało?

– Mniej niż nic byłoby lepszym określeniem – westchnął Cornelius. – A jak mnie stąd wyeksmitują, nie będę miał gdzie się podziać. – Starał się mówić płaczliwie. – Mam nadzieję, że będę mógł skorzystać ze wspaniałomyślnej propozycji, którą mi złożyłaś w czasie pogrzebu Millie, żebym zamieszkał u ciebie.

Siostra odwróciła się tyłem, żeby Cornelius nie widział jej twarzy.

– Teraz nie byłoby to wygodne – powiedziała bez wyjaśnienia. – A zresztą Hugh i Elizabeth mają u siebie więcej wolnych pokoi.

– Rzeczywiście – rzekł Cornelius. Odkaszlnął. – Margaret, a co z tą drobną pożyczką, której ci udzieliłem w zeszłym roku? Wybacz, że poruszam ten temat, ale...

– Te skromne fundusze, jakie mam, są bezpiecznie ulokowane i maklerzy radzą, żeby w tym momencie nie sprzedawać udziałów.

– A z tego uposażenia, które ci wypłacałem co miesiąc przez ostatnie dwadzieścia lat... chyba coś zdołałaś odłożyć?

– Niestety nie – ucięła Margaret. – Zrozum, że skoro jestem twoją siostrą, ludzie oczekują ode mnie odpowiedniego poziomu życia, a teraz, kiedy nie mogę liczyć na comiesięczny dodatek, muszę jeszcze oszczędniej gospodarzyć moimi szczupłymi dochodami.

– Naturalnie, moja droga – przytaknął Cornelius. – Jednak wszelka, nawet najdrobniejsza pomoc będzie ratunkiem, gdybyś tylko...

– Muszę uciekać – oświadczyła Margaret, spoglądając na zegarek. – Przez ciebie spóźnię się do fryzjera.

– Kochanie, jeszcze jeden drobiazg – rzekł Cornelius. – W przeszłości zawsze byłaś tak dobra i podwoziłaś mnie do miasta, kiedy tylko...

– Corneliusie, zawsze ci mówiłam, że dawno temu powinieneś się nauczyć prowadzić samochód. Gdybyś to zrobił, nie liczyłbyś, że ktoś będzie na każde twoje skinienie w dzień i w nocy. Zobaczę, co da się zrobić – dodała, kiedy otworzył jej drzwi.

– Śmieszne, ale nie przypominam sobie, żebyś to mówiła. Może pamięć też mnie opuszcza – rzekł, idąc z siostrą na podjazd. Uśmiechnął się. – Masz nowy samochód? – rzucił lekko.

– Tak – cierpko odpowiedziała siostra, kiedy jej otwierał drzwiczki auta.

Zdawało mu się, że się lekko zarumieniła. Zaśmiał się pod

nosem, kiedy odjechała. Z minuty na minutę coraz więcej dowiadywał się o swojej rodzinie.

Pomaszerował z powrotem do domu i wrócił do gabinetu. Zamknął drzwi, podniósł słuchawkę telefonu i wybrał numer kancelarii Franka.

– Vintcent, Ellwood i Halfon – odezwał się urzędowy głosik.

– Chciałbym mówić z panem Vintcentem.

– Kogo mam zapowiedzieć?

– Corneliusa Barringtona.

– Muszę sprawdzić, czy nie jest zajęty.

Bardzo dobrze, pomyślał Cornelius. Frank musiał przekonać nawet recepcjonistkę, że pogłoska jest prawdziwa, ponieważ przedtem zawsze odpowiadała: „W tej chwili pana łączę".

– Dzień dobry, Corneliusie – odezwał się Frank. – Właśnie skończyłem rozmawiać z Hugh. To już jego drugi telefon tego przedpołudnia.

– Czego chciał? – spytał Cornelius.

– Żeby mu wytłumaczyć wszystkie ewentualne następstwa oraz poinformować, jakie ma najpilniejsze zobowiązania.

– To dobrze – rzekł Cornelius. – Zatem mogę rychło spodziewać się czeku na sto tysięcy funtów?

– Wątpię – odparł Frank. – Sądząc z tonu jego głosu, nie to miał na myśli, ale dam ci znać zaraz, jak się odezwie.

– Będę niecierpliwie czekał, Frank.

– Myślę, że dobrze się bawisz, Corneliusie.

– Jeszcze jak. Szkoda tylko, że Millie nie może się bawić razem ze mną.

– Wiesz, co ona by powiedziała, prawda?

– Nie, ale czuję, że ty mi to powiesz.

– Że jesteś stetryczałym staruszkiem.

– I jak zwykle miałaby rację – zaśmiał się Cornelius. – Do widzenia, Frank.

Kiedy odkładał słuchawkę, rozległo się pukanie do drzwi.

– Proszę wejść – powiedział Cornelius, zastanawiając się, kto to taki.

Drzwi się otworzyły i do pokoju wkroczyła Pauline z tacą, na której stała filiżanka herbaty i talerzyk z drożdżowymi bułeczkami. Jak zwykle była czysta i schludna, porządnie uczesana i nie okazywała ani śladu zakłopotania. Pewno jeszcze nie dostała listu Franka, pomyślał w pierwszej chwili Cornelius.

– Pauline – zapytał, kiedy postawiła tacę na biurku – czy otrzymałaś rano list od mojego doradcy prawnego?

– Tak, proszę pana – odparła Pauline – i natychmiast sprzedam samochód, żeby oddać panu pięćset funtów. – Zamilkła i spojrzała mu prosto w oczy. – Ale czybym nie mogła…

– Tak, Pauline?

– Czybym nie mogła odpracować tego długu? Widzi pan, samochód jest mi potrzebny, żeby przywozić dziewczynki ze szkoły.

Cornelius pierwszy raz, odkąd wdał się w swój eksperyment, poczuł się winny. Zdawał sobie jednak sprawę, że gdyby spełnił prośbę Pauline, ktoś by się o tym dowiedział i eksperyment mógłby spalić na panewce.

– Pauline, tak mi przykro, ale nie mam wyboru…

– Tak samo napisał pański doradca w tym liście – powiedziała Pauline, mnąc kartkę papieru w kieszeni fartuszka. – Wie pan, nigdy nie miałam zaufania do prawników.

To oświadczenie Pauline jeszcze bardziej pogłębiło poczucie winy Corneliusa, nie znał bowiem nikogo bardziej godnego zaufania niż Frank Vintcent.

– Lepiej sobie teraz pójdę, ale zajrzę wieczorem, żeby sprawdzić, czy nie ma bałaganu. Czy można by…

– Tak?

– Czy mógłby mi pan dać referencje? Nie jest tak łatwo, proszę pana, dostać posadę w moim wieku.

– Dam ci takie referencje, że miałabyś szansę na posadę w pałacu Buckingham – rzekł Cornelius.

Z miejsca usiadł przy biurku i napisał odę pochwalną o ponaddwudziestoletniej służbie Pauline Croft. Sprawdził treść i podał gosposi kartkę papieru.

– Dziękuję ci, Pauline – powiedział – za wszystko, co w przeszłości zrobiłaś dla Daniela, Millie i przede wszystkim dla mnie.

– Cała przyjemność po mojej stronie, proszę pana.

Kiedy za Pauline zamknęły się drzwi, Cornelius zadumał się nad nieprawdziwością mitów o związkach krwi.

Usiadł na powrót przy biurku i zapisał dla pamięci, co się wydarzyło tego przedpołudnia. Gdy skończył, poszedł do kuchni zrobić sobie coś do jedzenia i znalazł tam przygotowaną sałatkę.

Po lunchu Cornelius postanowił pojechać do miasta autobusem – nowe doświadczenie. Trochę potrwało, zanim znalazł przystanek autobusowy, a potem się dowiedział, że konduktor nie może mu wydać reszty z banknotu dwudziestofuntowego. Wysiadł w centrum miasta i poszedł prosto do agenta zajmującego się nieruchomościami, który wcale się nie zdziwił na jego widok. Corneliusa zachwyciło tempo, z jakim szerzyła się plotka o jego finansowym upadku.

– Jutro rano przyślę kogoś do posiadłości Pod Wierzbami – oznajmił młody człowiek, wstając zza biurka – żeby wykonać pomiary i zrobić zdjęcia. Czy pozwoli pan, że ustawimy w ogrodzie tablicę?

– Ależ proszę – odparł bez wahania Cornelius i o mało co nie dodał, że im większą, tym lepiej.

Potem Cornelius wstąpił do miejscowej firmy przeprowadzkowej, mieszczącej się parę kroków dalej. Spytał innego młodego człowieka, czy mógłby się umówić na przewóz wszystkiego, co jest w domu.

– Dokąd to trzeba zawieźć, proszę pana?

– Do magazynu Bottsa na High Street – poinformował go Cornelius.

– To żaden kłopot – stwierdził młodzian i wziął z biurka bloczek. Kiedy Cornelius wypełnił formularz w trzech egzemplarzach, mężczyzna rzekł, wskazując na dół formularza: – Proszę tu podpisać. – Następnie trochę nerwowo dodał: – Pobieramy sto funtów zadatku.

– Ależ proszę – rzekł Cornelius, wyjmując książeczkę czekową.

– Obawiam się, proszę pana, że to powinna być gotówka – poufnym tonem powiedział młody człowiek.

Cornelius się uśmiechnął. Od ponad trzydziestu lat nie zdarzyło się, żeby nie przyjęto od niego czeku.

– Przyjdę jutro – obiecał.

W drodze powrotnej Cornelius przystanął przed sklepem brata z urządzeniami domowymi i zajrzał do środka przez okno wystawowe; personel wcale nie był bardzo zajęty. Powróciwszy Pod Wierzby, poszedł znowu do gabinetu i zanotował, co się wydarzyło po południu.

Kiedy wieczorem wchodził do sypialni, uświadomił sobie, że pierwszy raz od lat nikt do niego po południu nie zadzwonił i nie zapytał, jak się czuje. Tej nocy spał zdrowym snem.

Następnego dnia rano Cornelius zszedł na dół, podniósł pocztę z wycieraczki i skierował się do kuchni. Jadł płatki kukurydziane i przeglądał listy. Kiedyś słyszał, że jeśli rozniesie się plotka, iż ktoś bankrutuje, do skrzynki delikwenta napływa lawina brązowych kopert: to sklepikarze i drobni handlowcy usiłują uprzedzić uprzywilejowanych wierzycieli.

Tego ranka w korespondencji nie było brązowych kopert, gdyż Cornelius uregulował wszystkie rachunki, zanim wyruszył w tę szczególną podróż.

Oprócz okólników i ofert reklamowych była jeszcze jedna biała koperta z londyńskim stemplem pocztowym. Zawierała odręczny list od bratanka Timothy'ego, który pisał, jak mu przykro z powodu kłopotów wuja i że chociaż obecnie nie bywa często w Chudley, zrobi wszystko, żeby przyjechać do Shropshire na weekend i się z nim zobaczyć.

List był krótki, lecz Cornelius w duchu odnotował, że Timothy jest pierwszym krewnym, który okazał mu współczucie w nieszczęściu.

Ktoś zadzwonił do drzwi, więc Cornelius odłożył list na kuchenny stół i poszedł do holu. Na progu stała Elizabeth, żona jego brata. Miała bladą, zmęczoną twarz i Cornelius pomyślał, że pewno w nocy nie zmrużyła oka.

Ledwo Elizabeth znalazła się w środku, zaczęła krążyć od pokoju do pokoju, jakby chciała sprawdzić, czy wszystko jest na swoim miejscu, najwyraźniej nie mogąc uwierzyć w to, co wyczytała w liście prawnika.

Jeżeli żywiła jeszcze jakieś wątpliwości, to rozwiały się one kilka minut później na widok pośrednika handlu nieruchomościami, który zjawił się przed domem z taśmą mierniczą w ręku i w towarzystwie fotografa.

– Gdyby Hugh mógł oddać choć część z tych stu tysięcy, które mu pożyczyłem, bardzo by mi pomógł – zauważył Cornelius, podążając za szwagierką w jej obchodzie domu.

Upłynęła dłuższa chwila, zanim przemówiła, mimo że miała całą noc na przemyślenie odpowiedzi.

– To nie takie proste – powiedziała w końcu. – Widzisz, pożyczka została udzielona firmie i udziały są w posiadaniu kilku osób.

Cornelius znał tę całą trójkę.

– To może ty i Hugh byście sprzedali część swoich udziałów?

– I pozwolili, żeby ktoś obcy przejął firmę, w którą włożyliśmy tyle pracy przez te wszystkie lata? Nie, to nie wchodzi w grę. Zresztą Hugh zapytał pana Vintcenta, jak sprawa wygląda z prawnego punktu widzenia, i okazało się, że nie mamy obowiązku sprzedaży żadnych udziałów.

– A czy nie przyszło wam do głowy, że może macie obowiązek moralny? – spytał Cornelius i spojrzał szwagierce w twarz.

– Słuchaj – powiedziała, unikając jego spojrzenia – to twoja, nie nasza lekkomyślność doprowadziła cię do ruiny. Chyba się nie spodziewasz, że twój brat poświęci wszystko, co wypracował przez długie lata, żeby postawić rodzinę w takiej beznadziejnej sytuacji, w jakiej ty teraz jesteś?

Cornelius zrozumiał, dlaczego Elizabeth nie spała tej nocy. Nie tylko przemawiała w imieniu Hugh, ale najoczywiściej podejmowała też decyzje. Cornelius zawsze uważał, że z nich dwojga to ona odznacza się silniejszą wolą, i wątpił, czy spotka się sam na sam z bratem przed osiągnięciem porozumienia.

– Ale gdybyśmy mogli pomóc w inny sposób… – dodała Elizabeth łagodniejszym tonem, kładąc rękę na bogato intarsjowanym złotem stoliku stojącym w salonie.

– Skoro o tym wspominasz – podchwycił Cornelius – wystawiam dom na sprzedaż za dwa tygodnie i będę się rozglądał…

– Tak prędko? – spytała Elizabeth. – A co się stanie z tymi wszystkimi meblami?

– Muszę je sprzedać, żeby uzbierać na pokrycie długów. Ale, jak powiedziałem…

– Hugh zawsze się podobał ten stolik.

– To Ludwik XIV – zauważył od niechcenia Cornelius.

– Ciekawam, ile jest wart – powiedziała w zadumie, niedbałym tonem.

– Nie mam pojęcia – rzekł Cornelius. – O ile dobrze pamiętam, zapłaciłem za niego około sześćdziesięciu tysięcy funtów – ale to było ponad dziesięć lat temu.

– A ten komplet szachów? – zagadnęła Elizabeth, biorąc do ręki jedną z figur.

– Bezwartościowa kopia – odparł Cornelius. – Taki komplet można kupić na każdym arabskim bazarze za dwie setki.

– O, zawsze myślałam… – Elizabeth zawahała się, odkładając figurę na niewłaściwe pole. – No cóż, muszę pędzić – powiedziała takim tonem, jakby spełniła swoje zadanie. – Nie zapominajmy, że prowadzę firmę.

Cornelius towarzyszył jej, kiedy przemierzała długi korytarz ku wyjściu. Przemaszerowała pod portretem swojego bratanka Daniela. W przeszłości zawsze przystawała, by oświadczyć, jak bardzo jej go brak.

– Ciekaw jestem… – zaczął Cornelius, kiedy dotarli do hallu.

– Tak? – spytała Elizabeth.

– Hm, muszę się stąd wynieść za dwa tygodnie i liczyłem, że będę mógł zamieszkać u was. To znaczy, dopóki sobie nie znajdę czegoś w granicach moich możliwości.

– Gdybyś tylko wspomniał o tym tydzień temu – natychmiast odbiła piłeczkę. – Ale właśnie postanowiliśmy sprowadzić moją matkę, a jedyny wolny pokój należy do Timothy'ego, on zaś przyjeżdża do domu prawie w każdy weekend.

– Naprawdę? – zdziwił się Cornelius.

– A ten stojący zegar? – zagadnęła Elizabeth, nadal zachowując się, jakby była na zakupach.

– Wiktoriański – nabytek ze schedy po earlu Bute.

– Chodziło mi o to, ile jest wart.

– Tyle, ile ktoś zechce za niego zapłacić – odparł Cornelius.

– Koniecznie daj mi znać, jeżeli będę ci mogła w czymś pomóc.

– Jak miło z twojej strony, Elizabeth – rzekł Cornelius otwierając drzwi, żeby wypuścić bratową.

Wysłannik agencji nieruchomości właśnie wbijał w ziemię słup z tablicą z napisem „Na sprzedaż". Cornelius się uśmiechnął, gdyż była to jedyna rzecz tego ranka, która przyhamowała Elizabeth.

Frank Vintcent zjawił się w czwartek wieczorem z butelką koniaku i dwiema pizzami.

– Gdybym zdawał sobie sprawę, że w wyniku eksperymentu utracisz Pauline, nigdy bym się nie zgodził w nim uczestniczyć – powiedział, skubiąc podgrzaną w kuchence mikrofalowej pizzę. – Jak sobie bez niej radzisz?

– Nieszczególnie – przyznał Cornelius – chociaż ciągle wpada wieczorem na godzinę albo dwie. Gdyby nie to, byłoby tu jak w chlewie. Skoro już o tym mówimy, to jak ty sobie radzisz?

– Kiedy człowiek jest kawalerem, wcześnie uczy się sztuki przetrwania. No, dość tych błahostek, kontynuujmy grę.

– Którą? – zaśmiał się Cornelius.

– W szachy – odparł Frank. – Tamtej wystarczy jak na jeden tydzień.

– Więc przejdźmy do biblioteki.

Franka zaskoczyły wstępne posunięcia Corneliusa: nigdy nie był z niego taki ryzykant. Żaden z nich nie odzywał się przez ponad godzinę, którą Frank głównie spędził, broniąc swej królowej.

– Może to ostatni mecz, jaki rozgrywamy tym kompletem szachów – powiedział Cornelius w zamyśleniu.

– Nie martw się – pocieszył go Frank. – Zawsze pozwalają zatrzymać trochę rzeczy osobistych.

– Nie wtedy, kiedy rzecz ma wartość ćwierć miliona funtów – odrzekł Cornelius.

– Nie miałem pojęcia – rzekł Frank, podniósłszy głowę.

– Bo nie jesteś człowiekiem, którego interesują doczesne dobra. Te szachy to szesnastowieczne perskie arcydzieło i na pewno wzbudzą spore zainteresowanie, kiedy pójdą pod młotek.

– Ale przecież już wszystkiego zdążyłeś się dowiedzieć – rzekł Frank. – Po co grać dalej, jeżeli możesz stracić coś, co jest dla ciebie tak drogie?

– Bo muszę się dowiedzieć całej prawdy.

Frank westchnął, opuścił wzrok na szachownicę i przesunął skoczka.

– Szach mat – obwieścił. – Należało ci się, boś się nie koncentrował.

Cornelius spędził niemal całe piątkowe przedpołudnie na prywatnym spotkaniu z dyrektorem miejscowego domu aukcyjnego Botts i Spółka, prowadzącego licytacje dzieł sztuki i mebli.

Pan Botts się zgodził, by licytacja odbyła się za dwa tygodnie. Wielokrotnie powtarzał, że wolałby mieć więcej czasu na przygotowanie katalogu i rozesłanie informacji o tak pięknej kolekcji, lecz okazał zrozumienie ze względu na sytuację, w jakiej się znalazł pan Barrington. W ciągu lat najlepszymi sprzymierzeńcami Bottsa okazały się londyński Lloyd's, podatek spadkowy i groźba bankructwa.

– To wszystko powinno jak najszybciej się znaleźć w naszym magazynie – powiedział Botts – żebyśmy zdążyli przygotować katalog, a następnie przez trzy kolejne dni przed licytacją umożliwili klientom oglądanie kolekcji.

Cornelius skinął głową.

Dyrektor doradzał też zamieszczenie całostronicowego ogłoszenia w środowym „Chudley Advertiser" z dokładną listą licytowanych przedmiotów, żeby dotrzeć do osób, z którymi nie uda się skontaktować pocztą.

Cornelius pożegnał pana Bottsa tuż przed dwunastą i w drodze na przystanek autobusowy zaszedł do przedsiębiorstwa przewozowego. Wpłacił sto funtów drobnymi banknotami, sprawiając wrażenie, że zebranie tej kwoty zabrało mu kilka dni.

Czekając na autobus, odnotował, jak niewiele osób zadaje sobie trud, aby go pozdrowić, czy choćby skinąć mu głową. Oczywiście nikt do niego nie podszedł, żeby pogawędzić.

Przez cały następny dzień dwudziestu ludzi kursowało trzema furgonami między posiadłością Pod Wierzbami a magazynem domu aukcyjnego na High Street, załadowując i rozładowując meble. Dopiero przed wieczorem zabrano z domu ostatni sprzęt.

Wędrując przez puste pokoje, Cornelius ze zdziwieniem odkrył, że poza kilkoma wyjątkami nie żałuje swoich doczesnych dóbr. Udał się do sypialni – teraz był to jedyny umeblowany pokój w domu – i czytał dalej powieść, którą przed jego upadkiem poleciła mu Elizabeth.

Następnego ranka tylko raz zadzwonił telefon. Bratanek Timothy zawiadamiał, że przyjeżdża na weekend, i pytał, czy wuj znajdzie czas, żeby się z nim zobaczyć.

– Czas to jedyne, czego mam w bród – odparł Cornelius.

– To może bym wpadł do wuja dziś po południu? – spytał Timothy. – Powiedzmy, o czwartej?

– Przykro mi, że nie mogę cię poczęstować filiżanką herbaty – powiedział Cornelius – ale dziś rano skończyło mi się ostatnie pudełko, a ponieważ prawdopodobnie będę musiał opuścić dom w przyszłym tygodniu…

– To nieważne – odparł Timothy, który nie umiał ukryć strapienia na widok doszczętnie ogołoconego domu.

– Chodźmy do sypialni. To jedyny pokój, w którym zostało trochę mebli – one też znikną w przyszłym tygodniu.

– Nie miałem pojęcia, że zabrali wszystko. Nawet portret Daniela – zauważył Timothy, przechodząc obok jaśniejszego od kremowej ściany prostokąta.

– I mój komplet szachów też – westchnął Cornelius. – Ale nie mogę się skarżyć. Miałem udane życie. – Ruszył po schodach do sypialni.

Cornelius usiadł na jedynym krześle, a Timothy przycupnął na brzeżku łóżka. Starszy pan przyjrzał się bratankowi. Wyrósł na dorodnego młodzieńca. Szczera twarz z przejrzystymi brązowymi oczami, które mówiły każdemu, kto jeszcze o tym nie wiedział, że został adoptowany. Musiał mieć dwadzieścia siedem albo dwadzieścia osiem lat – tyle, ile miałby Daniel, gdyby żył. Cornelius zawsze miał słabość do bratanka i wyobrażał sobie, że jego uczucie jest odwzajemnione. Zastanawiał się, czy kolejny raz się rozczaruje.

Timothy zdawał się zdenerwowany, niespokojnie się wiercił na łóżku.

– Wujku – powiedział, lekko pochylając głowę – jak wiesz, dostałem list od pana Vintcenta i pomyślałem, że powinienem się zobaczyć z tobą i wytłumaczyć, że po prostu nie mam tysiąca funtów i nie jestem w stanie w tej chwili zwrócić długu.

Cornelius był zawiedziony. Miał nadzieję, że choć jeden członek rodziny...

– Jednakże – ciągnął chłopak, wyjąwszy z wewnętrznej kieszeni marynarki długą, cienką kopertę – ojciec dał mi na dwudzieste pierwsze urodziny akcje wartości jednego procenta majątku firmy, odpowiadające chyba co najmniej tysiącowi funtów, więc może byś je zechciał przyjąć w zamian za mój dług – do czasu, kiedy będę mógł je od ciebie odkupić.

Cornelius poczuł się winny, że choć przez chwilę zwątpił w bratanka. Chciałby go przeprosić, ale wiedział, że nie może, jeśli ten domek z kart ma przetrwać jeszcze kilka dni. Więc przyjął wdowi grosz i podziękował.

– Zdaję sobie sprawę, jakie to poświęcenie z twojej strony – powiedział – bo pamiętam, że wiele razy mi mówiłeś, jak bardzo chciałbyś przejąć firmę, kiedy twój ojciec przejdzie na emeryturę, i opowiadałeś o swoich marzeniach poszerzenia jej o dziedziny, o jakich on nawet nie chce myśleć.

– Wątpię, czy on kiedykolwiek przejdzie na emeryturę – rzekł Timothy z westchnieniem. – Ale liczyłem, że dzięki doświadczeniu, jakie zdobyłem, pracując w Londynie, weźmie mnie pod uwagę jako kandydata na stanowisko kierownika, kiedy pan Leonard odejdzie pod koniec roku.

– Boję się, że twoje szanse nie wzrosną, kiedy ojciec się dowie, że oddałeś jeden procent majątku firmy zbankrutowanemu wujowi.

– Wuju, moje kłopoty są niczym w porównaniu z twoimi. Przykro mi, że nie mogę ci dać od razu gotówki. Zanim pójdę, czy mógłbym coś dla ciebie zrobić?

– Tak, Timothy – odparł Cornelius, wracając do swej roli. – Twoja matka poleciła mi tę powieść, ale moje stare oczy coraz szybciej się męczą, więc może mógłbyś mi trochę poczytać? Zaznaczyłem miejsce, do którego doszedłem.

– Pamiętam, jak mi czytałeś, kiedy byłem dzieckiem – powiedział Timothy. – O Williamie Brownie, o Jaskółkach i Amazonkach – dodał, biorąc do ręki książkę wuja.

Timothy przeczytał chyba dwadzieścia stron, gdy nagle przerwał i podniósł głowę.

– Strona czterysta pięćdziesiąta jest założona biletem autobusowym. Czy mam go zostawić?

– Zostaw, proszę – rzekł Cornelius. – Wetknąłem go tam, żeby o czymś nie zapomnieć. – Zamilkł. – Wybacz, ale czuję się trochę zmęczony.

– Niedługo wrócę i przeczytam kilka ostatnich stron – obiecał Timothy, wstając.

– Nie trudź się. Sam skończę.

– Zrobię to z przyjemnością, bo inaczej się nie dowiem, który z nich zostanie premierem.

Druga porcja listów, wysłana przez Franka Vintcenta w następny piątek, wywołała znowu lawinę telefonów.

– Nie jestem pewna, czy dobrze rozumiem, co to znaczy – oznajmiła Margaret, która pierwszy raz od dwóch tygodni skontaktowała się z bratem.

– To znaczy dokładnie to, co jest napisane – chłodno powiedział Cornelius. – Wszystko, co posiadam, idzie pod młotek, ale chcę, żeby osoby bliskie mi i drogie wybrały sobie jedną rzecz, którą ze względów sentymentalnych albo osobistych chciałyby zachować w rodzinie. Będą mogły ją nabyć na aukcji w przyszły piątek.

– Ale mogą nas przelicytować i zostaniemy z pustymi rękami – rzekła Margaret.

– Nie, moja droga – powiedział Cornelius, usiłując nie okazać zniecierpliwienia. – Aukcja publiczna odbędzie się po południu, natomiast wybrane okazy zostaną wystawione rano na licytację przeznaczoną tylko dla rodziny i bliskich przyjaciół. Ustalenia są wyraźne.

– A czy będzie można obejrzeć te rzeczy przed aukcją?

– Tak, Margaret – powiedział Cornelius tonem, jakim się przemawia do niedorozwiniętego dziecka. – Vintcent wyraźnie napisał w swoim liście: „Oglądanie we wtorek, środę i czwartek od dziesiątej rano do czwartej po południu, sprzedaż w piątek o jedenastej rano".

– Czy będziemy mogli wybrać tylko jedną rzecz?

– Tak – powtórzył Cornelius – to wszystko, na co pozwalają przepisy upadłościowe. Ale mam dla ciebie miłą wiadomość: będzie dostępny portret Daniela, o którym tak często mówiłaś w przeszłości.

– Owszem, podoba mi się – potwierdziła Margaret. Wahała się chwilę. – A czy obraz Turnera też będzie wystawiony?

– No pewnie. Muszę sprzedać wszystko.

– Czy się domyślasz, co interesuje Hugh i Elizabeth?

– Nie mam pojęcia, ale jak się chcesz dowiedzieć, to czemu ich nie zapytasz? – odpowiedział z przekorą, bo wiedział, że prawie ze sobą nie rozmawiają.

Ledwo odłożył słuchawkę, zadzwonił następny telefon.

– Nareszcie! – powiedział władczy głos, jakby Cornelius był winien, że inni też chcą z nim rozmawiać.

– Dzień dobry, Elizabeth – rzekł Cornelius, natychmiast rozpoznając głos szwagierki. – Jak miło cię słyszeć.

– Chodzi mi o list, który dostałam dziś rano.

– Tak się domyślałem.

– Hm, chciałabym się upewnić co do wartości stolika – tego w stylu Ludwika XIV – aha, no i jeszcze stojącego zegara, który kiedyś należał do earla Bute.

– Elizabeth, jak pójdziesz do domu aukcyjnego, dadzą ci tam katalog, który podaje dolną i górną granicę wyceny każdego przedmiotu wystawionego na aukcję.

– Rozumiem – rzekła Elizabeth. Chwilę milczała. – Nie wiesz przypadkiem, czy Margaret jest zainteresowana stolikiem i zegarem?

– Nie mam pojęcia – powiedział Cornelius. – Ale to właśnie Margaret blokowała linię, kiedy próbowałaś się do mnie dodzwonić, i pytała o to samo, więc proponuję, żebyś do niej zatelefonowała. – Po długim milczeniu dodał: – Elizabeth, chyba wiesz, że możesz licytować tylko jedną rzecz?

– Tak, to wynika z listu – rzuciła cierpko Elizabeth.

– Pytam tylko dlatego, że zawsze myślałem, że Hugh interesował komplet szachów.

– O, nie, nie sądzę – zaprzeczyła Elizabeth.

Cornelius nie miał wątpliwości, kto weźmie udział w licytacji w imieniu rodziny w piątkowy poranek.

– No to życzę szczęścia – powiedział Cornelius. – I nie zapomnij o piętnastoprocentowej prowizji – dodał, kiedy odkładał słuchawkę telefonu.

Timothy następnego dnia przysłał liścik, w którym napisał, że pragnie przyjechać na aukcję, bo chciałby zdobyć jakąś pamiątkę przypominającą mu wuja i ciotkę oraz posiadłość Pod Wierzbami.

Natomiast Pauline przy sprzątaniu sypialni oznajmiła Corneliusowi, że nie wybiera się na aukcję.

– Dlaczego? – zapytał.

– Bo pewnie zrobiłabym z siebie głupka i próbowałabym kupić coś, na co nie mogę sobie pozwolić.

– Bardzo mądrze – pochwalił Cornelius. – Sam parę razy wpadłem w taką pułapkę. Ale czy coś szczególnego wpadło ci w oko?

– Tak, ale nie będzie mnie na to stać.

– O, na aukcji wszystko może się zdarzyć – rzekł Cornelius. – Jeżeli nikt nie spróbuje cię przelicytować, możesz zrobić świetny interes.

– Pomyślę o tym, skoro mam nową pracę.

– Miło mi to słyszeć – powiedział Cornelius, którego bardzo zasmuciła ta wiadomość.

Tego czwartku ani Cornelius, ani Frank nie potrafili się skupić na szachach i po półgodzinie przerwali grę i przystali na remis.

– Muszę wyznać, że nie mogę się doczekać, kiedy wszystko wróci do normy – powiedział Frank, kiedy gospodarz podał mu kieliszek kuchennej sherry.

– Och, nie wiem. Przekonałem się, że sytuacja ma swoje dobre strony.

– Na przykład? – spytał Frank, który się skrzywił, spróbowawszy trunku.

– Choćby to, że z ciekawością czekam na jutrzejszą aukcję.

– Ale ona może się niefortunnie skończyć – rzekł Frank.

– A cóż złego może się na niej wydarzyć? – spytał Cornelius.

– Czy na przykład brałeś pod uwagę…? – Frank nie skończył zdania, bo przyjaciel go nie słuchał.

Następnego ranka Cornelius pierwszy przybył do domu aukcyjnego. W sali stało 120 krzeseł w dwunastu równych rzędach w przewidywaniu dużej frekwencji po południu, ale Cornelius pomyślał, że prawdziwy dramat rozegra się przed południem, kiedy obecnych będzie tylko sześć osób.

Jako drugi, piętnaście minut przed rozpoczęciem aukcji, pojawił się doradca prawny Corneliusa, Frank Vintcent. Widząc, że jego klient jest pogrążony w rozmowie z Bottsem, który miał prowadzić aukcję, Vintcent usiadł z tyłu po prawej stronie.

Następna stawiła się siostra Corneliusa, Margaret, ale nie zachowała się tak uprzejmie. Natarła od razu na Bottsa i zapytała go ostrym głosem, czy może usiąść, gdzie jej się spodoba.

– Ależ tak, proszę pani – odparł Botts.

Margaret natychmiast zarekwirowała środkowe miejsce w pierwszym rzędzie, tuż pod podium licytatora.

Cornelius skinął siostrze głową, przeszedł powoli między krzesłami i usiadł trzy rzędy przed Frankiem.

Potem przybyli Hugh i Elizabeth. Stali dłuższą chwilę z tyłu i obserwowali układ sali. W końcu pomaszerowali przejściem i zajęli miejsca w ósmym rzędzie, skąd mieli doskonały widok na podium i jednocześnie mogli nie spuszczać z oczu Margaret. Pierwszy ruch na korzyść Elizabeth, pomyślał Cornelius, który w duchu nieźle się bawił.

Wskazówki zegara na ścianie za podwyższeniem dla licytatora nieubłaganie zbliżały się do jedenastej, lecz ku rozczarowaniu Corneliusa nie zjawili się ani Pauline, ani Timothy.

W chwili, gdy licytator zaczął wchodzić po schodkach na podium, drzwi w głębi sali się uchyliły i pokazała się w nich głowa Pauline. Gosposia stała za drzwiami, póki nie spostrzegła Corneliusa, który zachęcająco się uśmiechnął. Wtedy wśliznęła się do środka, ale nie zajęła miejsca siedzącego, tylko skryła się w kącie.

Z wybiciem jedenastej licytator powitał uśmiechem dobrane grono.

– Panie i panowie – zaczął. – Pracuję w tej branży od ponad trzydziestu lat, ale po raz pierwszy będę prowadził licytację dla zamkniętego kręgu osób, więc ta aukcja jest i dla mnie czymś niezwykłym. Przedstawię teraz podstawowe zasady, aby nie było wątpliwości, gdyby zaistniała później jakaś rozbieżność zdań. Wszystkich obecnych łączą specjalne więzy, czy to rodzinne, czy przyjacielskie, z panem Corneliusem Barringtonem, którego własność osobista idzie pod młotek. Każdy z państwa został poproszony o wybranie jednej pozycji ze spisu, o którą może się ubiegać. Gdy ją kupi, nie będzie mógł licytować innej. Mam nadzieję, że to jest jasne – zakończył, kiedy otworzyły się drzwi i do sali wpadł Timothy.

– Bardzo przepraszam – powiedział bez tchu – ale pociąg się spóźnił. – Prędko usiadł w tylnym rzędzie.

Cornelius się uśmiechnął – wszystkie pionki były teraz na swoich miejscach.

– Skoro tylko pięć osób jest uprawnionych do udziału w licytacji – ciągnął Botts, jakby nigdy nic – to tylko pięć pozycji pójdzie pod młotek. Jednakże prawo stanowi, że jeżeli ktoś przedtem złożył pisemną ofertę, należy ją włączyć do aukcji.

Postaram się, żeby wszystko było jak najbardziej zrozumiałe, i jeżeli powiem, że mam na pulpicie ofertę, będą państwo wiedzieli, że jest to oferta złożona w naszym biurze przez osobę z zewnątrz. Myślę, że uczciwie będzie poinformować, że mam takie oferty na cztery pozycje. Skoro przedstawiłem ogólne zasady, z państwa pozwoleniem przystąpię do aukcji.

Botts spojrzał w głąb sali na Corneliusa, który skinął głową.

– Pierwszą pozycją, którą oferuję, jest stojący zegar z tysiąc osiemset dziewięćdziesiątego drugiego roku, zakupiony przez pana Barringtona ze spuścizny po zmarłym earlu Bute. Cena wywoławcza zegara wynosi trzy tysiące funtów. Czy ktoś z państwa oferuje trzy tysiące pięćset? – spytał Botts, unosząc brwi.

Elizabeth miała zaskoczoną minę, gdyż trzy tysiące było trochę poniżej dolnej wyceny oraz kwoty, jaką z Hugh uzgodnili rano.

– Czy ktoś jest zainteresowany tą pozycją? – spytał Botts, spoglądając prosto na Elizabeth, lecz ona była jakby odrętwiała. – Pytam jeszcze raz: Czy ktoś chce ofiarować trzy tysiące pięćset funtów za ten wspaniały stojący zegar? Pytam po raz ostatni. Nie widzę chętnych, zatem będę musiał wycofać tę pozycję i włączyć ją do popołudniowej aukcji.

Elizabeth wciąż nie reagowała. Odwróciła się do męża i zaczęła z nim szeptać. Botts był trochę rozczarowany, ale szybko wrócił do licytacji.

– Następną pozycją jest czarująca akwarela przedstawiająca Tamizę, autorstwa Williama Turnera z Oksfordu. Cena wywoławcza dwa tysiące funtów.

Margaret zaczęła wściekle wymachiwać katalogiem.

– Dziękuję pani. – Licytator promiennie się uśmiechnął. – Mam ofertę z zewnątrz – trzy tysiące. Czy ktoś da cztery?

– Tak! – wrzasnęła Margaret, jakby musiała przekrzyczeć wrzawę tłumu.

– Mam na pulpicie ofertę pięciu tysięcy funtów. Czy podwyższy pani do sześciu? – spytał Botts, znów zwracając się do kobiety w pierwszym rzędzie.

– Tak jest – oznajmiła stanowczo Margaret.

– Czy są jeszcze jakieś oferty? – spytał Botts, rozglądając się po sali, co znaczyło, że na pulpicie nie ma już nic. – Zatem właścicielką akwareli za cenę sześciu tysięcy funtów zostaje pani z pierwszego rzędu.

– Siedem – odezwał się głos z tyłu.

Margaret się odwróciła i zobaczyła, że do licytacji włączyła się szwagierka.

– Osiem tysięcy! – krzyknęła Margaret.

– Dziewięć – bez wahania powiedziała Elizabeth.

– Dziesięć tysięcy! – ryknęła Margaret.

Nagle zapadła cisza. Cornelius spojrzał na drugi koniec sali i zobaczył, jak Elizabeth uśmiecha się z satysfakcją, że szwagierka będzie musiała tyle przepłacić.

Cornelius ledwo pohamował wybuch śmiechu. Aukcja okazała się zabawniejsza, niż przypuszczał.

– Skoro nie ma więcej ofert, ta rozkoszna akwarela zostaje sprzedana pani Barrington za dziesięć tysięcy funtów – powiedział Botts, uderzając z hukiem młotkiem. Uśmiechnął się do Margaret, jakby dokonała rozsądnego zakupu.

– Następna pozycja – ciągnął – to portret zatytułowany Daniel, pędzla nieznanego artysty. Jest to dobry obraz i chciałbym na początek podać cenę stu funtów. Czy ktoś na sali oferuje sto funtów?

Ku rozczarowaniu Corneliusa nikt nie okazał zainteresowania portretem.

– Jestem skłonny obniżyć cenę do pięćdziesięciu funtów – rzekł Botts – ale nie mogę zejść niżej. Czy ktoś oferuje pięćdziesiąt funtów?

Cornelius rozejrzał się wokół, usiłując po wyrazie twarzy dociec, kto wybrał portret i dlaczego nie chce wystąpić z ofertą, skoro cena jest tak niewygórowana.

– Zatem będę musiał wycofać również tę pozycję – oznajmił Botts.

– Czy to znaczy, że mogę go mieć? – zapytał głos z tyłu.

Wszyscy się odwrócili.

– Jeżeli jest pani skłonna zapłacić za niego pięćdziesiąt funtów – powiedział Botts, poprawiając okulary – obraz jest pani.

– Tak, proszę pana – potwierdziła Pauline.

Botts posłał jej uśmiech i przypieczętował transakcję uderzeniem młotka.

– Sprzedane pani z tyłu sali – obwieścił – za pięćdziesiąt funtów. A teraz wystawiam na licytację pozycję numer cztery, komplet szachów nieznanego pochodzenia. Ile mam sobie zażyczyć za niego? Czy mogę zacząć od stu funtów? Dziękuję panu.

Cornelius rozejrzał się dokoła, szukając osoby, która wystąpiła z ofertą.

– Mam na pulpicie ofertę dwustu funtów. Czy mogę podnieść do trzystu?

Timothy skinął głową.

– Mam na pulpicie trzysta pięćdziesiąt. Czy mogę podnieść do czterystu?

Timothy miał speszoną minę i Cornelius doszedł do wniosku, że ta kwota przekracza jego możliwości.

– Więc wycofuję i tę pozycję i włączę ją do popołudniowej aukcji. – Botts spojrzał na Timothy'ego, ale ten ani mrugnął. – Pozycja numer cztery jest wycofana. Kolej na pozycję numer pięć. Wspaniały stół w stylu Ludwika XIV z około tysiąc siedemset dwunastego roku. Wiadomo, kto był jego pierwotnym właścicielem, a przez ostatnie jedenaście lat znajdował się w posiadaniu pana Barringtona. Wszystkie szczegóły znajdą państwo w katalogu. Uprzedzam, że stół wzbudził duże zainteresowanie. Cena wywoławcza pięćdziesiąt tysięcy funtów.

Elizabeth natychmiast wysoko podniosła katalog.

– Dziękuję pani. Mam na pulpicie ofertę w wysokości sześćdziesięciu tysięcy. Czy widzę siedemdziesiąt? – zapytał, utkwiwszy wzrok w Elizabeth.

Katalog Elizabeth wystrzelił w górę.

– Dziękuję pani. Mam na pulpicie ofertę osiemdziesięciu tysięcy. Czy ktoś daje dziewięćdziesiąt?

Tym razem Elizabeth zawahała się, ale w końcu powoli podniosła katalog.

– Mam na pulpicie ofertę stu tysięcy funtów. Czy widzę sto dziesięć tysięcy?

Wszyscy na sali patrzyli teraz na Elizabeth, tylko Hugh wbił wzrok w podłogę. Oczywiste było, że nie ma żadnego wpływu na przebieg licytacji.

– Jeżeli nie ma ofert, będę musiał wycofać tę pozycję i przenieść ją do aukcji popołudniowej. Po raz ostatni! – Kiedy Botts podniósł młotek, katalog Elizabeth znów wystrzelił w górę. – Sto dziesięć tysięcy. Dziękuję pani. Czy ktoś jeszcze zgłasza ofertę? Więc oddam ten piękny okaz za sto dziesięć tysięcy funtów. – Uderzył młotkiem i uśmiechnął się do Elizabeth. – Gratuluję pani, gdyż jest to naprawdę wspaniały okaz epoki.

Elizabeth uśmiechnęła się blado z wyrazem niepewności na twarzy.

Cornelius odwrócił się i mrugnął do Franka, który siedział nieporuszony. Potem wstał i podszedł do podium, aby podziękować Bottsowi za doskonale prowadzoną aukcję. Kiedy odchodził, uśmiechnął się do Margaret i Elizabeth, ale żadna nie zareagowała – obie były zaabsorbowane. Hugh z głową w dłoniach nadal wpatrywał się w podłogę.

Po drodze do holu Cornelius nigdzie nie dostrzegł Timothy'ego. Pomyślał, że bratanek wrócił do Londynu. Był rozczarowany, bo liczył, że chłopak pójdzie z nim do pubu na lunch. Uważał, że po tak udanym poranku małe świętowanie będzie na miejscu.

Zdecydował już, że nie będzie uczestniczył w popołudniowej aukcji, ponieważ nie miał ochoty się przyglądać, jak jego rzeczy idą pod młotek, chociaż i tak na większość nie będzie miejsca po przeprowadzce do mniejszego domu. Botts obiecał, że zatelefonuje zaraz po zakończeniu aukcji i poda mu kwotę, jaką udało się uzyskać.

Spożył najlepszy posiłek od czasu, kiedy odeszła od niego Pauline, a potem udał się w podróż powrotną do domu.

Wiedział, o której godzinie będzie autobus, i na przystanek przyszedł z kilkuminutowym wyprzedzeniem. Teraz uważał za oczywiste, że ludzie unikają jego towarzystwa.

Gdy otwierał frontowe drzwi, zegar na pobliskiej wieży kościelnej wybił trzecią. Nie mógł się doczekać nieuniknionej reakcji, kiedy do Margaret i Elizabeth dotrze, jak bardzo przepłaciły. Uśmiechnął się, idąc do gabinetu, i spojrzał na zegarek, zastanawiając się, kiedy zatelefonuje do niego Botts. Telefon zaczął dzwonić, gdy wchodził do pokoju. Cornelius zachichotał. Za wcześnie na Bottsa, więc to Elizabeth albo Margaret z żądaniem bezzwłocznego spotkania. Podniósł słuchawkę i usłyszał głos Franka.

– Czy pamiętałeś, żeby wycofać komplet szachów z popołudniowej aukcji? – zapytał Frank bez żadnego wstępu.

– O czym ty mówisz? – zdziwił się Cornelius.

– O twoim ukochanym komplecie szachów. Czy zapomniałeś, że skoro nie został sprzedany rano, automatycznie zostanie wystawiony podczas popołudniowej aukcji? O ile nie poleciłeś już, aby go wycofać, albo nie szepnąłeś Bottsowi, ile jest naprawdę wart.

– O Boże – westchnął Cornelius.

Puścił słuchawkę i popędził do drzwi, toteż nie usłyszał słów Franka:

– Jestem pewien, że wystarczy telefon do pomocnika Bottsa.

Cornelius puścił się biegiem. Spojrzał na zegarek i stwierdził, że jest dziesięć po trzeciej, czyli że aukcja dopiero się zaczęła. Biegnąc na przystanek autobusowy, usiłował sobie przypomnieć, pod jakim numerem figurował w spisie komplet szachów. Pamiętał tylko, że było 153 licytowanych pozycji.

Stał na przystanku, przestępując z nogi na nogę, i wpatrywał się w drogę z nadzieją, że zatrzyma przejeżdżającą taksówkę, kiedy z ulgą ujrzał autobus. Utkwił wzrok w kierowcy, ale ten ani trochę nie przyspieszył.

Wreszcie autobus przy nim się zatrzymał i otworzyły się drzwi. Cornelius wskoczył do środka i usiadł z przodu. Chciałby powiedzieć kierowcy, żeby go zawiózł prosto do domu aukcyjnego, pal diabli opłatę za przejazd, ale wątpił, czy pozostałym pasażerom przypadnie do gustu ten pomysł.

Spojrzał na zegarek – trzecia siedemnaście – i próbował sobie przypomnieć, ile czasu tego ranka poświęcił Botts na sprzedaż każdej pozycji. Doszedł do wniosku, że minutę, może półtorej. Autobus zatrzymywał się na każdym przystanku krótkiej trasy do miasta i Cornelius przez cały czas to spoglądał na zegarek, to wyglądał przez okno. Wreszcie kierowca dojechał na High Street o trzeciej trzydzieści jeden.

Nawet drzwi otwierały się powoli. Cornelius wyskoczył na chodnik i choć od lat już nie biegał, po raz drugi tego dnia puścił się pędem. Przebiegł dystans dwustu jardów do domu aukcyjnego w tempie wcale nierekordowym, ale bardzo się zmęczył. Wpadł do sali, w której odbywała się aukcja, w chwili, gdy Botts ogłaszał:

– Pozycja numer trzydzieści dwa, zegar stojący kupiony ze spuścizny…

Cornelius omiótł wzrokiem salę i zauważył asystentkę licytatora, która stała w kącie z otwartym katalogiem i wpisywała uzyskaną cenę po sprzedaży każdej pozycji. Gdy do niej podchodził, jakaś kobieta, która wydała mu się znajoma, prześlizgnęła się koło niego i zniknęła w drzwiach.

– Czy komplet szachów był już licytowany? – spytał Cornelius, z trudem łapiąc oddech.

– Pozwoli pan, że sprawdzę – powiedziała kobieta, kartkując katalog. – Tak, to on, pozycja numer dwadzieścia siedem.

– Za ile poszedł? – spytał Cornelius.

– Za czterysta pięćdziesiąt funtów.

Botts zatelefonował do Corneliusa późnym popołudniem i poinformował go, że popołudniowa aukcja przyniosła dziewięćset dwa tysiące osiemset funtów – o wiele więcej, niż się spodziewał.

– Czy nie wie pan przypadkiem, kto nabył komplet szachów? – brzmiało jedyne pytanie Corneliusa.

– Nie – odparł Botts. – Mogę tylko powiedzieć, że został kupiony w imieniu jakiegoś klienta. Nabywca zapłacił gotówką i zabrał go.

Wchodząc na piętro do sypialni, Cornelius pomyślał sobie, że wszystko poszło zgodnie z planem, z wyjątkiem katastrofalnej straty szachów, za co mógł winić tylko siebie samego. Co gorsza, wiedział, że Frank nigdy więcej nawet o tym nie napomknie.

Nazajutrz telefon zadzwonił o wpół do ósmej rano, kiedy Cornelius był w łazience. Najwyraźniej ktoś nie spał całą noc i wyczekiwał chwili, kiedy już będzie można zakłócić mu spokój.

– Czy to ty, Corneliusie?

– Tak – odparł, głośno ziewając. – Kto mówi? – dodał, chociaż aż za dobrze wiedział.

– Elizabeth. Przepraszam, że telefonuję tak wcześnie, ale muszę się pilnie z tobą zobaczyć.

– Oczywiście, moja droga – powiedział Cornelius. – Wpadnij na herbatę po południu.

– Och, nie, nie mogę tak długo czekać. Muszę się z tobą spotkać dziś rano. Mogę wpaść o dziewiątej?

– Niestety, Elizabeth, o dziewiątej jestem już umówiony. – Zawiesił głos. – Ale mogę znaleźć dla ciebie pół godziny w okolicach dziesiątej, bo o jedenastej mam spotkanie z Bottsem.

– Mogę cię podwieźć do miasta, jeżeli to cię urządza – zaproponowała Elizabeth.

– To niezwykle uprzejme z twojej strony – powiedział Cornelius – ale przywykłem do jazdy autobusem i stanowczo nie chciałbym ci się narzucać. Czekam na ciebie o dziesiątej.

Cornelius jeszcze był w łazience, kiedy drugi raz zadzwonił telefon. Pławił się w ciepłej kąpieli, póki telefon nie umilkł. Cornelius wiedział, że to Margaret, i był pewien, że zadzwoni znowu za kilka minut.

Nie zdążył się wytrzeć, kiedy zabrzmiał dzwonek. Wolnym krokiem podążył do sypialni i podniósł słuchawkę stojącego przy łóżku telefonu.

– Dzień dobry, Margaret – powiedział.

– Dzień dobry, Corneliusie – odparła zdziwiona. Jednak prędko ochłonęła i dodała: – Muszę się z tobą pilnie zobaczyć.

– O? Jakiś problem? – spytał Cornelius, który dobrze wiedział, co to za problem.

– Nie mogę mówić o takiej delikatnej sprawie przez telefon, ale mogłabym do ciebie wpaść przed dziesiątą.

– Niestety, już się umówiłem na dziesiątą z Elizabeth. Zdaje się, że ona też chce ze mną porozmawiać o jakiejś ważnej sprawie. Może byś więc wpadła o jedenastej?

– Najlepiej przyjadę zaraz – gorączkowym tonem powiedziała Margaret.

– Nie, moja droga, nie znajdę dla ciebie czasu przed jedenastą. Zatem albo o jedenastej, albo po południu. Co wolisz?

– O jedenastej – bez wahania odparła Margaret.

– Tak myślałem – powiedział Cornelius. – Zatem do zobaczenia – dodał i odłożył słuchawkę.

Gdy Cornelius skończył się ubierać, zszedł do kuchni na śniadanie. Czekała nań miska płatków kukurydzianych, lokalna gazeta i koperta bez stempla pocztowego, ale Pauline nigdzie nie było widać.

Nalał sobie herbaty, rozdarł kopertę i wyjął z niej wypisany na swoje nazwisko czek opiewający na pięćset funtów. Westchnął. Pauline najwyraźniej sprzedała samochód.

Przekartkował dodatek sobotni gazety i znalazł rubrykę „Domy na sprzedaż". Kiedy trzeci raz tego ranka zadzwonił telefon, nie wiedział, kto to może być.

– Dzień dobry panu, panie Barrington – zabrzmiał radosny głos. – Mówi Bruce z agencji nieruchomości. Pomyślałem, że zadzwonię, by dać panu znać, że mamy na posiadłość Pod Wierzbami ofertę przewyższającą cenę wywoławczą.

– Brawo! – rzekł Cornelius.

– Dziękuję panu – powiedział agent i w jego głosie było więcej szacunku, niż Cornelius słyszał w ciągu wielu tygodni – ale uważam, że powinniśmy jeszcze trochę poczekać. Jestem przekonany, że zdołam od tego klienta wycisnąć więcej. Jeżeli mi się uda, wtedy radziłbym przyjąć tę ofertę i zażądać dziesięciu procent zadatku.

– To chyba dobra rada – rzekł Cornelius. – Chciałbym też, żeby mi pan znalazł nowy dom, jak tylko ten klient podpisze umowę.

– Co by pana interesowało, panie Barrington?

– Dom mniej więcej o połowę mniejszy od obecnego, z kilkoma akrami ziemi, w tej samej okolicy.

– Z tym nie będzie kłopotu. Mamy w tej chwili wśród naszych ofert kilka doskonałych domów i jestem pewien, że zdołamy pana zadowolić.

– Dziękuję – rzekł Cornelius, szczęśliwy, że rozmawiał z człowiekiem, który dobrze zaczął dzień.

Śmiał się, czytając artykulik na pierwszej stronie lokalnej gazety, gdy raptem zadzwonił dzwonek u drzwi. Spojrzał na zegarek. Dopiero za dziesięć dziesiąta, czyli to jeszcze nie Elizabeth. Otworzył drzwi i zobaczył młodego człowieka w zielonym uniformie, trzymającego w jednej ręce notatnik, a w drugiej paczkę.

– Proszę tu podpisać – powiedział posłaniec, podając mu długopis.

Cornelius nabazgrał swoje nazwisko u dołu arkusza. Spytałby, kto przysyła mu paczkę, gdyby nie odwrócił jego uwagi zajeżdżający na podjazd samochód.

– Dziękuję – powiedział.

Zostawił paczkę w holu i zszedł po stopniach na dół, by przywitać Elizabeth. Samochód zatrzymał się przed domem i zdziwiony Cornelius zobaczył, że jest w nim również Hugh.

– To uprzejmie, że zgodziłeś się z nami spotkać tak prędko – powiedziała Elizabeth, która wyglądała tak, jakby spędziła następną bezsenną noc.

– Witaj, Hugh – rzekł Cornelius. Podejrzewał, że brat też nie zmrużył oka przez całą noc. – Chodźcie, proszę, do kuchni. To jedyne ciepłe miejsce w domu.

Wiódł ich długim korytarzem, gdy nagle Elizabeth przystanęła przed portretem Daniela.

– Tak się cieszę, że widzę go znowu na właściwym miejscu – powiedziała.

Hugh pokiwał głową. Cornelius wlepił wzrok w portret, którego nie widział od czasu aukcji.

– Tak, znowu na właściwym miejscu – przyświadczył. Wpuścił brata i bratową do kuchni, po czym, wlewając wodę do czajnika, spytał: – Więc co was sprowadza Pod Wierzby w sobotni ranek?

– Chodzi o stół w stylu Ludwika XIV – nieśmiało bąknęła Elizabeth.

– Tak, będzie mi go brakowało – rzekł Cornelius. – Ale, Hugh, to był ładny gest z waszej strony – dodał.

– Ładny gest… – powtórzył Hugh.

– Tak. Pomyślałem, że w tej formie oddajecie mi sto tysięcy. – Cornelius odwrócił się do bratowej. – Nie doceniłem cię, Elizabeth – powiedział. – Przypuszczam, że to od początku był twój pomysł.

Elizabeth i Hugh spojrzeli na siebie i obydwoje naraz zaczęli mówić:

– Ależ my nie… – zająknął się Hugh.

– Mieliśmy nadzieję… – rzekła Elizabeth.

Oboje umilkli.

– Powiedz mu prawdę – stanowczo zażądał Hugh.

– Czyżbym źle zrozumiał wasze wczorajsze poczynania na porannej aukcji? – spytał Cornelius.

– Boję się, że tak – powiedziała Elizabeth, która zbladła jak ściana. – Widzisz, prawda jest taka, że sprawy wymknęły się spod kontroli i że powinnam wcześniej zrezygnować. – Zamilkła na chwilę. – Nigdy przedtem nie byłam na aukcji i kiedy nie udało mi się kupić stojącego zegara, a potem widziałam, jak tanio Margaret zdobyła Turnera, niestety, straciłam głowę.

– Cóż, zawsze możesz go odsprzedać – powiedział Cornelius z udawanym smutkiem. – To piękny okaz i na pewno uzyska swoją cenę.

– Już o tym myśleliśmy – rzekła Elizabeth. – Jednak Botts twierdzi, że nie będzie żadnej aukcji meblowej przez co najmniej trzy miesiące i że warunki są wyraźnie podane w katalogu: zapłata w ciągu siedmiu dni.

– Ależ jestem pewien, że gdybyście stół zostawili u niego...

– Tak, on to proponował – rzekł Hugh. – Ale my nie zdawaliśmy sobie sprawy, że domy aukcyjne dodają piętnaście procent prowizji do wylicytowanej ceny, tak że w rzeczywistości rachunek wyniesie sto dwadzieścia sześć tysięcy pięćset funtów. Co gorsza, gdybyśmy ponownie wystawili stół na aukcję, dom aukcyjny zatrzyma sobie piętnaście procent oferowanej ceny, zatem w sumie stracilibyśmy ponad trzydzieści tysięcy.

– Tak, w ten sposób domy aukcyjne zarabiają pieniądze – z westchnieniem powiedział Cornelius.

– Ale my nie mamy trzydziestu tysięcy, a co dopiero stu dwudziestu sześciu tysięcy pięciuset! – wykrzyknęła Elizabeth.

Cornelius powoli nalał sobie drugą filiżankę herbaty, udając głęboko pogrążonego w myślach.

– Hm – mruknął. – Jest dla mnie zagadką, jak sobie wyobrażacie, że mógłbym wam pomóc, przy katastrofalnym stanie moich finansów.

– Myśleliśmy, że skoro aukcja przyniosła ci blisko milion funtów... – zaczęła Elizabeth.

– O wiele więcej, niż szacowano – wtrącił Hugh.

– Mieliśmy nadzieję, że powiesz Bottsowi, że postanowiłeś zatrzymać stół; naturalnie potwierdzilibyśmy wtedy, że nam to odpowiada.

– Nie wątpię – rzekł Cornelius – ale to nie zwalnia z konieczności oddania Bottsowi szesnastu tysięcy pięciuset funtów i nie zabezpiecza przed dalszą stratą, jeżeli za trzy miesiące nie osiągnie się ceny stu dziesięciu tysięcy funtów.

Ani Elizabeth, ani Hugh nie odezwali się słowem.

– Czy macie coś, co można by sprzedać, żeby zgromadzić pieniądze? – zapytał wreszcie Cornelius.

– Tylko dom, ale i tak jego hipoteka jest mocno obciążona – odparła Elizabeth.

– A co z udziałami waszej firmy? Gdybyście je sprzedali, na pewno pokryłyby koszty z naddatkiem.

– Ale kto by je kupił – spytał Hugh – skoro ledwo wychodzimy na swoje?

– Ja kupię – powiedział Cornelius.

Oboje wyglądali na zaskoczonych.

– A w zamian za wasze udziały – ciągnął Cornelius – daruję wam dług i załatwię wszystko z Bottsem.

Elizabeth zaczęła protestować, lecz Hugh spytał:

– Czy mamy jakieś inne wyjście?

– Nie sądzę – rzekł Cornelius.

– Moim zdaniem nie mamy wyboru – powiedział Hugh do żony.

– A te wszystkie lata, które poświęciliśmy naszej firmie? – załkała Elizabeth.

– Elizabeth, od pewnego czasu sklep nie przynosił godziwego dochodu i dobrze o tym wiesz. Jeżeli nie przyjmiemy propozycji Corneliusa, będziemy spłacać dług do końca życia.

Elizabeth zapadła w niezwykłe dla niej milczenie.

– Zatem załatwione – powiedział Cornelius. – Może byście wpadli i pomówili z moim doradcą prawnym? On przypilnuje, żeby wszystko było jak należy.

– I uregulujesz sprawy z Bottsem? – spytała Elizabeth.

– Gdy tylko przepiszecie na mnie udziały, załatwię to. Jestem pewien, że wszystko zostanie sfinalizowane do końca tygodnia.

Hugh skłonił głowę.

– I myślę, że byłoby mądrze – rzekł Cornelius, na co oboje podnieśli głowy i spojrzeli na niego niespokojnie – gdyby Hugh zachował stanowisko prezesa firmy z odpowiednim wynagrodzeniem.

– Dziękuję – powiedział Hugh i uścisnął dłoń bratu. – To wspaniałomyślne w tych okolicznościach.

Wracali korytarzem i Cornelius znowu zatrzymał wzrok na portrecie syna.

– Czy znalazłeś już sobie jakieś mieszkanie? – zagadnęła Elizabeth.

– Dziękuję, Elizabeth, ale wygląda na to, że z tym nie będzie kłopotu. Mam ofertę na moją posiadłość o wiele przekraczającą kwotę, o jakiej myślałem, i jeżeli do tego dodać plon, jaki przyniosła aukcja, to będę w stanie spłacić wszystkich wierzycieli i jeszcze mi sporo zostanie.

– To po co ci potrzebne nasze udziały? – Elizabeth obróciła się i spojrzała mu w twarz.

– Z tego samego powodu, z jakiego tobie był potrzebny mój stół – rzekł Cornelius i otworzył drzwi, żeby ich wypuścić. – Do zobaczenia, Hugh – dodał, kiedy Elizabeth wsiadła do samochodu.

Cornelius miał zamiar wrócić do domu, ale zobaczył Margaret, która wjeżdżała na podjazd swoim nowym samochodem, więc został na miejscu i czekał. Małe audi zatrzymało się przy nim i Cornelius otworzył drzwiczki samochodu, pomagając siostrze wysiąść.

– Dzień dobry, Margaret – powitał ją i poprowadził schodami do domu. – Miło cię znowu widzieć Pod Wierzbami. Nie pamiętam, kiedy tu byłaś ostatnio.

– Popełniłam potworny błąd – wyznała Margaret, zanim jeszcze dotarli do kuchni.

Cornelius nalał wody do czajnika i czekał, aż siostra mu powie coś, o czym już wiedział.

– Corneliusie, nie będę owijać w bawełnę. Widzisz, nie miałam pojęcia, że było dwóch Turnerów.

– Owszem – powiedział obojętnie Cornelius. – Joseph Mallord William Turner, ponoć najlepszy malarz wywodzący się z tego kraju, oraz William Turner z Oksfordu, żaden krewny, i chociaż tworzył mniej więcej w tym samym okresie, na pewno nie dorównywał mistrzowi.

– Ale ja nie zdawałam sobie z tego sprawy… – powiedziała Margaret. – W rezultacie bardzo przepłaciłam za niewłaściwego Turnera – zresztą nie bez winy mojej bratowej.

– Zamurowało mnie, kiedy w porannej gazecie przeczytałem, że dostałaś się do *Księgi rekordów Guinnessa* za zapłacenie najwyższej ceny za obraz tego artysty.

– Mogłabym się doskonale obejść bez tego rekordu – mruknęła Margaret. – Pomyślałam sobie, że może zechciałbyś pomówić z Bottsem i…

– I co? – spytał z głupia frant Cornelius, nalewając siostrze herbaty.

– I mu wytłumaczyć, że to była okropna pomyłka.

– Nic z tego, moja droga. Widzisz, kiedy licytator przybije młotkiem, sprzedaż jest skończona. Tak stanowi prawo.

– A może byś mi pomógł i zapłacił za obraz? – podsunęła Margaret. – W gazetach piszą, że z samej aukcji uzyskałeś blisko milion funtów.

– Ale ja mam tyle innych zobowiązań finansowych – rzekł Cornelius z westchnieniem. – I nie zapominaj, że jak sprzedam dom, będę musiał sobie znaleźć coś innego do mieszkania.

– Zawsze możesz zamieszkać u mnie…

– To już dzisiaj druga taka propozycja – rzekł Cornelius – i, jak wytłumaczyłem to Elizabeth, ponieważ wcześniej obydwie mi odmówiłyście, musiałem wybrać inne rozwiązanie.

– Więc jestem zrujnowana – dramatycznym tonem powiedziała Margaret – ponieważ nie mam dziesięciu tysięcy funtów, a co dopiero jeszcze piętnaście procent. O tym też nie wiedziałam. Widzisz, myślałam, że sprzedam obraz w domu Christie's i trochę na nim zarobię.

Nareszcie prawda, pomyślał Cornelius, albo może półprawda.

– Corneliusie, zawsze byłeś najbystrzejszy z całej rodziny – powiedziała Margaret. Łzy napłynęły jej do oczu. – Na pewno znajdziesz jakieś wyjście z sytuacji.

Cornelius krążył po kuchni, jakby głęboko pogrążony w myślach. Siostra śledziła każdy jego krok. W końcu stanął przed nią.

– Myślę, że mam rozwiązanie.

– Powiedz! – zawołała Margaret. – Zgadzam się na wszystko!

– Na wszystko?

– Na wszystko – powtórzyła.

– Dobrze, zatem powiem ci, co zrobię – rzekł Cornelius. – Zapłacę za obraz, a za to oddasz mi samochód.

Margaret przez długą chwilę nie mogła wydobyć z siebie słowa.

– Ale samochód kosztował mnie dwanaście tysięcy – wreszcie przemówiła.

– Możliwe, ale nie dostałabyś za niego teraz więcej niż osiem tysięcy.

– A czym ja będę jeździć?

– Spróbuj autobusem – poradził Cornelius. – Polecam. Jak opanujesz rozkład jazdy, odmienisz swoje życie. – Spojrzał na zegarek. – Właściwie możesz zacząć zaraz; następny będzie za dziesięć minut.

– Ale… – wybąkała Margaret, lecz Cornelius wyciągnął otwartą dłoń. Z westchnieniem otworzyła torebkę i podała bratu kluczyki od samochodu.

– Dziękuję – rzekł Cornelius. – Nie będę cię dłużej zatrzymywał, bo się spóźnisz na autobus, a następny przyjedzie dopiero za pół godziny.

Wyprowadził siostrę z kuchni i poszedł z nią korytarzem. Otworzył drzwi i uśmiechnął się.

– Tylko nie zapomnij odebrać obrazu od Bottsa – powiedział. – Będzie pięknie wyglądał w twoim salonie nad kominkiem i będzie ci przypominał wiele szczęśliwych chwil, które spędziliśmy razem.

Margaret nie zareagowała, tylko się odwróciła i odmaszerowała długim podjazdem. Cornelius zamknął drzwi. Zamierzał iść do gabinetu i zatelefonować do Franka, żeby powiadomić go o tym, co się wydarzyło tego ranka, kiedy mu się wydało, że słyszy jakiś hałas dobiegający z kuchni. Zmienił kierunek i powędrował z powrotem korytarzem. Wkroczył do kuchni, podszedł do zlewu, schylił się i pocałował Pauline w policzek.

– Dzień dobry, Pauline – powiedział.

– A ten całus to za co? – spytała. Ręce miała zanurzone w pianie.

– Za to, że sprowadziłaś mi syna z powrotem do domu.

– To tylko pożyczka. Jak nie będzie się pan zachowywał jak należy, zabieram portret do siebie.

Cornelius się uśmiechnął.

– Coś mi to przypomina. Chciałbym przyjąć twoją pierwotną ofertę.

– O czym pan mówi?

– Mówiłaś mi wtedy, że wolałabyś odpracować dług, a nie sprzedawać samochodu. – Wyjął jej czek z kieszeni. – Wiem, że w zeszłym miesiącu przepracowałaś tutaj wiele godzin – powiedział i przedarł czek na pół – więc jesteśmy kwita.

– To bardzo uprzejmie z pana strony, panie Barrington, szkoda tylko, że mi pan tego nie powiedział, zanim sprzedałam samochód.

– Pauline, z tym nie będzie problemu, bo zostałem właścicielem nowego auta.

– Jak to? – zdziwiła się Pauline, która właśnie wycierała ręce.

– Dostałem je niespodzianie w prezencie od siostry – powiedział Cornelius, nie bawiąc się w dalsze wyjaśnienia.

– Przecież pan nie prowadzi samochodu.

– Wiem. I powiem ci, co zrobię – rzekł Cornelius. – Wymienię go za portret Daniela.

– Ale to nie będzie sprawiedliwa zamiana. Ja zapłaciłam tylko pięćdziesiąt funtów za portret, a samochód na pewno jest o wiele więcej wart.

– Wobec tego będziesz musiała od czasu do czasu zawieźć mnie do miasta.

– Czy to znaczy, że mam z powrotem moją dawną pracę?

– Owszem – jeżeli chcesz zrezygnować z nowej.

– Nie dostałam jej – powiedziała Pauline z westchnieniem. – Już miałam zacząć, ale dzień wcześniej przyjęli kogoś o wiele ode mnie młodszego.

Cornelius ją uściskał.

– Tylko bez poufałości, panie Barrington.

Cornelius cofnął się o krok.

– Oczywiście masz z powrotem swoją dawną pracę i jeszcze dostaniesz podwyżkę.

– Jak pan uważa. W końcu sługa jest wart, ile mu płacą.

Cornelius z trudem powstrzymał się od śmiechu.

– Czy to znaczy, że wszystkie meble wrócą tu z powrotem?

– Nie, Pauline. Po śmierci Millie ten dom stał się dla mnie za duży. Dawno temu powinienem to sobie uświadomić. Mam zamiar stąd się wyprowadzić i rozejrzeć się za czymś mniejszym.

– Mogłam to panu powiedzieć wiele lat temu – powiedziała Pauline. Zawahała się. – A czy ten sympatyczny pan Vintcent nadal będzie do pana przychodził na kolację w czwartkowe wieczory?

– Póki jeden z nas nie umrze – odparł Cornelius ze śmiechem.

– No dobrze, nie mogę tak cały dzień stać i gadać, proszę pana. W końcu praca kobiety nigdy się nie kończy.

– Święta prawda – przyświadczył Cornelius i prędko wycofał się z kuchni. Wrócił do holu, wziął paczkę i zaniósł ją do gabinetu.

Zdążył tylko zerwać wierzchnią warstwę papieru, gdy zadzwonił telefon. Odłożył paczkę na bok, podniósł słuchawkę i usłyszał głos Timothy'ego.

– To ładnie z twojej strony, Timothy, że przyszedłeś na aukcję. Bardzo ci byłem wdzięczny.

– Przykro mi, wuju, że nie stać mnie było na to, żeby ci kupić komplet szachów.

– Szkoda, że twoja matka i ciotka nie zdobyły się na taki umiar…

– Nie rozumiem, wuju.

– To nieważne – powiedział Cornelius. – A więc, młody człowieku, co mógłbym dla ciebie zrobić?

– Widać zapomniałeś, że obiecałem cię odwiedzić i przeczytać ci zakończenie tej powieści. Chyba że sam ją już skończyłeś.

– Nie, całkiem mi to wyleciało z głowy, tyle się działo w ciągu ostatnich dni. Może byś wpadł jutro wieczorem, to byśmy razem zjedli kolację. I nie wzdychaj, bo Pauline wróciła.

– To wspaniała wiadomość. Do zobaczenia jutro około ósmej.

– Będę na ciebie czekał – rzekł Cornelius.

Odłożył słuchawkę i zajął się znowu na wpół otwartą paczką. Zanim usunął ostatnią warstwę papieru, domyślił się, co jest w środku. Serce zaczęło mu szybciej bić. Uniósł pokrywę ciężkiego drewnianego pudełka i objął wzrokiem trzydzieści dwie doskonałej roboty figury z kości słoniowej. Była tam też karteczka ze słowami: „Skromne podziękowanie za twoją przychylność, jakiej doświadczyłem w ciągu tych lat. Hugh".

Teraz sobie przypomniał twarz kobiety, która przemknęła koło niego w domu aukcyjnym. Oczywiście, to była sekretarka brata. Drugi raz źle kogoś osądził.

– Co za ironia losu! – powiedział Cornelius na głos. – Gdyby Hugh oddał szachy na aukcję do Sotheby's, mógłby sobie zatrzymać stół w stylu Ludwika XIV i jeszcze by mu zostało drugie tyle. Ale, jak powiada Pauline, liczy się pomyślunek.

Pisał liścik z podziękowaniami do brata, kiedy znowu zadzwonił telefon. To był Frank, jak zawsze rzetelny, z relacją o swym spotkaniu z Hugh.

– Twój brat podpisał wszystkie niezbędne dokumenty i udziały zostały przekazane zgodnie z życzeniem.

— Szybko załatwione — rzekł Cornelius.

— Jak tylko przekazałeś mi w zeszłym tygodniu instrukcje, sporządziłem dokumenty prawne. Ty jesteś ciągle moim najbardziej niecierpliwym klientem. Czy mam przynieść ze sobą w czwartek wieczorem świadectwa udziałowe?

— Nie — powiedział Cornelius. — Wstąpię do ciebie po południu i je zabiorę. Jeżeli Pauline będzie mogła zawieźć mnie do miasta.

— Chyba czegoś nie rozumiem? — rzekł Frank, trochę zbity z tropu.

— Nie przejmuj się, Frank. We wszystko cię wtajemniczę, jak się zobaczymy w czwartek wieczorem.

Następnego dnia Timothy przybył do posiadłości Pod Wierzbami kilka minut po ósmej wieczorem. Pauline od razu zagoniła go do obierania ziemniaków.

— Co słychać u twoich rodziców? — zagadnął Cornelius, usiłując wysondować, ile chłopiec wie.

— Dziękuję, wuju, chyba wszystko w porządku. Przy okazji, ojciec mi zaproponował posadę kierownika sklepu. Mam zacząć od pierwszego w przyszłym miesiącu.

— Gratuluję — rzekł Cornelius. — Jestem zachwycony. Kiedy ci to zaproponował?

— W zeszłym tygodniu — odparł Timothy.

— Którego dnia?

— Czy to ważne? — spytał Timothy.

— Myślę, że tak — powiedział Cornelius bez dalszych tłumaczeń.

Młody człowiek chwilę milczał, zanim przemówił:

— Tak, to było w sobotę wieczór, po naszym spotkaniu. — Zamilkł. — Nie jestem pewien, czy mama jest z tego zadowolona. Miałem ci o tym napisać, ale ponieważ wybierałem się na aukcję, pomyślałem, że ci powiem osobiście. Ale wtedy nie miałem okazji z tobą pomówić.

– Czyli że ojciec zaproponował ci to stanowisko jeszcze przed aukcją?

– O tak – odparł Timothy. – Prawie tydzień wcześniej. – Znów popatrzył pytająco na wuja, ale ten się nie odezwał.

Pauline postawiła przed jednym i drugim talerz z rostbefem, a tymczasem Timothy zaczął opowiadać o swoich planach dotyczących przyszłości firmy.

– Wyobraź sobie, wuju, wprawdzie ojciec pozostanie prezesem, ale obiecał, że nie będzie zanadto się wtrącał. A czybyś nie chciał, skoro jesteś teraz właścicielem jednego procenta udziałów firmy, zasiąść w radzie nadzorczej?

Na twarzy Corneliusa odmalowało się najpierw zaskoczenie, potem zadowolenie, a wreszcie niepewność.

– Przydałoby mi się twoje doświadczenie – rzekł Timothy – gdybym miał realizować plany rozwoju firmy.

– Nie jestem przekonany, czy twój ojciec uznałby to za dobry pomysł – powiedział Cornelius z kwaśnym uśmiechem.

– Dlaczego nie? – rzekł Timothy. – Przecież to on z nim wystąpił.

Cornelius dłuższą chwilę milczał. Nie spodziewał się, że się dowie czegoś więcej o graczach, skoro gra dobiegła końca.

– Chyba czas pójść na górę i dowiedzieć się, czy to Simon Kerslake, czy Raymond Gould zostanie premierem* – powiedział w końcu.

Timothy odczekał, aż wuj naleje sobie duży kieliszek koniaku i zapali cygaro – pierwsze od miesiąca – po czym zaczął czytać.

Tak go pochłonęła akcja książki, że nie podniósł głowy, póki nie odwrócił ostatniej stronicy i nie zobaczył koperty przymocowanej taśmą klejącą do wewnętrznej strony okładki. Zaadresowano ją do „Pana Timothy'ego Barringtona".

– Co to jest? – zapytał.

Cornelius chętnie by mu powiedział, ale zasnął.

---

* Bohaterowie książki Archera *Pierwszy między równymi* (przyp. tłum.).

Dzwonek zadzwonił o ósmej, jak w każdy czwartkowy wieczór. Kiedy Pauline otworzyła drzwi, Frank wręczył jej wielki bukiet kwiatów.

– Och! Pan Barrington bardzo się ucieszy – powiedziała. – Zaniosę je do biblioteki.

– One nie są dla pana Barringtona – oznajmił Frank, po czym mrugnął.

– Nie mam pojęcia, co napadło obu panów – rzekła Pauline i umknęła do kuchni.

Gdy Frank pochłaniał drugi talerz duszonej baraniny, Cornelius go uprzedził, że być może jest to ich ostatni wspólny posiłek Pod Wierzbami.

– Czy to znaczy, że sprzedałeś dom? – spytał Frank, podnosząc wzrok.

– Tak. Podpisaliśmy umowę dziś po południu, ale pod warunkiem, że natychmiast się wyprowadzę. Oferta jest tak wspaniałomyślna, że nie wypada mi się opierać.

– A jak się posuwają poszukiwania nowego domu?

– Zdaje się, że znalazłem idealny dom, i jak tylko inspektorzy ocenią stan budynku, złożę ofertę. Trzeba, żebyś jak najszybciej załatwił papierkową robotę, bo nie chciałbym być za długo bezdomny.

– Postaram się – obiecał Frank. – A na razie sprowadź się do mnie. Dobrze wiem, jaki masz inny wybór.

– Miejscowy pub, Elizabeth albo Margaret – rzucił Cornelius ze śmiechem. Podniósł w górę kieliszek. – Dziękuję! Przyjmuję twoją propozycję.

– Ale jest jeden warunek – rzekł Frank.

– Mianowicie? – spytał Cornelius.

– Że włączymy do tego interesu Pauline, bo nie zamierzam poświęcać wolnego czasu na sprzątanie po tobie.

– Pauline, co o tym myślisz? – zagadnął Cornelius swoją gosposię, która sprzątała ze stołu.

– Chętnie poprowadzę panom dom, ale tylko przez miesiąc. Bo inaczej nigdy by się pan nie wyprowadził, panie Barrington.

– Dopilnuję, żeby formalności się nie przeciągnęły. Obiecuję – uspokoił ją Frank.

Cornelius pochylił się ku niemu i powiedział konspiracyjnym szeptem:

– Wiesz, ona nie cierpi prawników, ale myślę, że do ciebie ma słabość.

– Może i tak, proszę pana, to jednak nie przeszkodzi mi odejść, jeżeli w ciągu miesiąca nie wprowadzi się pan do nowego domu.

– Lepiej się pospiesz z zadatkiem – rzekł Frank. – Dobry dom łatwo znaleźć, ale dobrą gosposię – nie.

– Czy nie czas, żebyście panowie zagrali w szachy?

– Zgoda – rzekł Cornelius. – Ale najpierw wzniosę toast.

– Za czyją pomyślność? – spytał Frank.

– Młodego Timothy'ego – powiedział Cornelius, wznosząc kieliszek – który pierwszego w przyszłym miesiącu obejmie stanowisko dyrektora firmy Barringtona w Chudley.

– Za Timothy'ego. – Frank podniósł do góry kieliszek.

– Wiesz, że poprosił mnie, żebym dołączył do rady nadzorczej? – rzekł Cornelius.

– Dla ciebie to będzie przyjemność, a on skorzysta dzięki twojemu doświadczeniu. Ale nadal nie rozumiem, dlaczego dałeś mu wszystkie akcje firmy, chociaż nie zdołał zdobyć dla ciebie kompletu szachów.

– Właśnie dlatego chciałem, żeby kierował firmą. Timothy w odróżnieniu od swojej matki i ojca nie pozwolił sercu rządzić głową.

Frank skinął z aprobatą, tymczasem Cornelius wypił do ostatniej kropli wino z jedynego kieliszka, na jaki panowie sobie pozwalali przed partią szachów.

– Myślę, że powinienem cię uprzedzić – powiedział Cornelius, wstając od stołu – że tylko dlatego zwyciężyłeś mnie ostatnio trzy razy z rzędu, ponieważ miałem co innego na głowie. Teraz, kiedy te sprawy zostały załatwione, skończy się twoja szczęśliwa passa.

– Zobaczymy – rzekł Frank, kiedy wędrowali długim korytarzem.

Obaj przystanęli na chwilę, by podziwiać portret Daniela.

– W jaki sposób go odzyskałeś? – zapytał Frank.

– Musiałem dobić targu z Pauline, ale skończyło się na tym, że oboje mamy, czego chcieliśmy.

– Ale jak...? – zaczął Frank.

– To długa historia – wpadł mu w słowo Cornelius. – Opowiem ci przy koniaku, jak wygram.

Cornelius otworzył drzwi biblioteki i wpuścił przyjaciela pierwszego, tak aby zaobserwować jego reakcję. Kiedy nieprzenikniony prawnik ujrzał rozstawione szachy, nie odezwał się, tylko obszedł stół i zajął swoje zwykłe miejsce po jego drugiej stronie.

– Twój pierwszy ruch, o ile dobrze pamiętam.

– Masz rację – powiedział Cornelius, usiłując ukryć irytację. Posunął pionek na pole d4.

– Zatem mamy znowu dobrze znany otwierający gambit. Widzę, że dziś wieczór będę musiał się skoncentrować.

Grali już prawie godzinę, nie wymieniwszy ani słowa, gdy raptem Cornelius nie wytrzymał.

– Czy nie jesteś ani trochę ciekaw, w jaki sposób odzyskałem szachy?

– Nie – odparł Frank, nie podnosząc wzroku znad szachownicy. – Ani trochę.

– Ale dlaczego, ty stary tumanie?

– Bo wiem – oznajmił Frank, posuwając gońca na drugą stronę szachownicy.

– Skąd możesz wiedzieć? – zdziwił się Cornelius, który cofnął skoczka, by bronił króla.

Frank się uśmiechnął.

– Zapominasz, że Hugh jest również moim klientem – odpowiedział, przesuwając wieżę o dwa pola w prawo.

– I pomyśleć – uśmiechnął się Cornelius – że gdyby znał

prawdziwą wartość zestawu szachów, nie musiałby poświęcać swoich udziałów. – Postawił królową na pole wyjściowe.

– On znał ich wartość – rzekł Frank, rozważając ostatni ruch przeciwnika.

– Jakim cudem mógł to odkryć, skoro ty i ja jesteśmy jedynymi ludźmi, którzy o tym wiedzą?

– Bo mu powiedziałem – oznajmił spokojnie Frank.

– Ale dlaczego to zrobiłeś? – spytał Cornelius, świdrując wzrokiem swojego najstarszego przyjaciela.

– Bo tylko w ten sposób mogłem się przekonać, czy Hugh i Elizabeth idą ręka w rękę.

– To dlaczego nie wziął udziału w licytacji o szachy na porannej aukcji?

– Właśnie dlatego, że nie chciał, aby Elizabeth się zorientowała, co on zamierza. Kiedy się połapał, że Timothy też chciałby nabyć szachy, by ci je dać, zachował milczenie.

– Ale mógł licytować dalej, kiedy odpadł Timothy.

– Nie, nie mógł. Jeśli pamiętasz, zgodził się złożyć ofertę na stół w stylu Ludwika XIV, a to była ostatnia pozycja, która poszła pod młotek na aukcji.

– Ale Elizabeth nie udało się kupić stojącego zegara, więc to ona mogła się o nie ubiegać.

– Elizabeth nie jest moją klientką – powiedział Frank, przesuwając królową na drugą stronę szachownicy. – Więc nie poznała prawdziwej wartości szachów. Uwierzyła w to, co jej powiedziałeś – że w najlepszym razie są warte kilkaset funtów – i dlatego Hugh polecił swojej sekretarce, żeby licytowała szachy tamtego popołudnia.

– Czasem człowiek nie widzi najbardziej oczywistych rzeczy, choć ma je przed oczami – rzekł Cornelius i przesunął wieżę o pięć pól do przodu.

– Podzielam twoje zdanie – powiedział Frank i pobił królową wieżę Corneliusa. Podniósł wzrok na przeciwnika i oznajmił: – Dałem ci mata.

List

Wszyscy goście siedzieli przy śniadaniu, kiedy Muriel Arbuthnot wkroczyła do pokoju z pocztą poranną w ręku. Wyjęła z całego pliku długą białą kopertę i podała swej najdawniejszej przyjaciółce.

Na twarzy Anny Clairmont odbiło się zdziwienie. Kto mógłby wiedzieć, że spędza weekend u Arbuthnotów? Po chwili poznała znajomy charakter pisma i uśmiechnęła się. Ależ on pomysłowy! Miała nadzieję, że Robert, jej mąż, który siedział na drugim końcu stołu, nic nie zauważył, i z ulgą stwierdziła, że jest pochłonięty czytaniem „Timesa".

Spróbowała podważyć kciukiem róg koperty, bacznie obserwując Roberta, gdy nagle spojrzał na nią i uśmiechnął się. Odwzajemniła uśmiech, upuściła kopertę na kolana i dziobnęła widelcem wystygły omlet z pieczarkami.

Nie tknęła koperty, dopóki mąż nie schował się znów za gazetą. Kiedy zagłębił się w lekturze stron biznesowych, przełożyła kopertę na prawą stronę, schwyciła nóż do masła i wsunęła koniuszek w jej róg. Powoli rozcięła kopertę, po czym odłożyła nóż na miejsce, obok talerzyka z masłem.

Przed wykonaniem następnego ruchu ponownie zerknęła na męża, żeby się upewnić, czy nadal jest zasłonięty gazetą. Był.

Przytrzymała kopertę lewą ręką, a prawą ostrożnie wysunęła z niej list. Potem włożyła kopertę do torebki, którą miała z boku.

Spojrzała na znajomy, kremowy papier listowy Basildon Bond, złożony potrójnie. Jeszcze jedno niedbałe spojrzenie w stronę Roberta; nadal był skryty za gazetą, więc rozwinęła dwa arkusiki listu.

Brak daty, adresu, pierwsza strona, jak zwykle, pisana na papierze listowym bez nagłówka.

„Moja droga Tytanio". Pierwsze przedstawienie *Snu nocy letniej* w Stratfordzie, potem pierwsza wspólna noc. Dwie premiery za jednym razem, jak powiedział. „Siedzę w mojej sypialni, naszej sypialni, przelewając na papier te myśli tuż po tym, gdy odeszłaś. To trzecia próba, gdyż trudno mi wyrazić, co czuję".

Anna się uśmiechnęła. Człowiekowi, który zrobił majątek na pisaniu, takie wyznanie nie mogło przyjść łatwo.

„Ostatniej nocy byłaś wszystkim, czego mężczyzna może oczekiwać od kochanki. Podniecająca, czuła, prowokująca, drażniąca, i przez jedną niezwykłą chwilę, rozpasana dziwka.

Minął ponad rok od naszego spotkania na przyjęciu u Selwynów w Norfolku i jak ci często mówiłem, pragnąłem, żebyś wróciła ze mną do domu tego wieczoru. Nie spałem całą noc, wyobrażając sobie, jak leżysz koło tej piły". Anna spojrzała na drugi koniec stołu i zobaczyła, że Robert doszedł do ostatniej strony gazety.

„Potem było przypadkowe spotkanie w Glyndebourne – ale upłynęło jeszcze jedenaście dni, zanim pierwszy raz zdradziłaś piłę, i to dopiero wtedy, kiedy wyjechał do Brukseli. Ta noc minęła o wiele za szybko.

Nie wyobrażam sobie, co piła by pomyślał, gdyby cię zobaczył w stroju pokojówki. Pewno by uznał, że zawsze sprzątasz salon na Lonsdale Avenue w białej przezroczystej bluzce, bez stanika, w opiętej spódniczce z czarnej skóry z suwakiem z przodu, w siatkowych pończochach i wysokich szpilkach, nie zapominając o jaskraworóżowej szmince".

Anna podniosła wzrok i pomyślała, że chyba się rumieni. Skoro to mu sprawiło taką frajdę, zaraz po powrocie do miasta będzie musiała znowu się wybrać do Soho na zakupy. Czytała dalej list.

„Moja jedyna, nie ma takiej odmiany naszego kochania, która nie sprawiałaby mi przyjemności, ale najbardziej fascynują mnie miejsca, jakie wybierasz, gdy tylko masz wolną godzinę w przerwie na lunch. Pamiętam każde. Tylne siedzenie mojego mercedesa na parkingu w Mayfair, winda służbowa u Harrodsa, ubikacja w Caprice. Jednak najbardziej podniecająco było w loży na pierwszym piętrze Covent Garden podczas przedstawienia *Tristana i Izoldy*. Raz przed pierwszą przerwą i potem znowu w trakcie finału – cóż, to długa opera".

Anna zachichotała i prędko upuściła list na kolana, bo Robert wyjrzał zza gazety.

– Co cię tak rozśmieszyło, moja droga? – zapytał.

– Fotografia Jamesa Bonda lądującego na Millennium Dome. – Robert zrobił zdziwioną minę. – Na pierwszej stronie twojej gazety.

– A, tak – rzekł Robert, spojrzawszy na tytułową stronę, ale się nie uśmiechnął. Wrócił znowu do działu biznesu.

Anna sięgnęła po list.

„Gdy pomyślę, że spędzasz weekend z Muriel i Reggiem Arbuthnotami, to najbardziej doprowadza mnie do szału podejrzenie, iż śpisz w jednym łóżku z piłą. Wmawiam sobie, że skoro Arbuthnotowie są spokrewnieni z rodziną królewską, to dali wam oddzielne sypialnie".

Anna skinęła głową, żałując, że nie może mu powiedzieć, iż odgadł prawidłowo.

„I czy on naprawdę wydaje takie dźwięki przez sen jak *Queen Elizabeth II* wpływająca do portu w Southampton? Widzę go, jak siedzi na drugim końcu stołu. Marynarka z tweedu Harris, popielate spodnie, koszula w kratę, krawat Marylebone Cricket Club zgodnie z modą «Hare and Hound» mniej więcej z połowy lat sześćdziesiątych".

Anna wybuchnęła serdecznym śmiechem, ale uratował ją Reggie Arbuthnot, który wstał od stołu i zapytał:

– Czy ktoś chciałby się przyłączyć na czwartego do tenisa? Według prognozy pogody deszcz wkrótce przestanie padać.

– Chętnie zagram – powiedziała Anna, chowając list pod stołem.

– A ty, Robercie? – spytał Reggie.

Anna przyglądała się, jak jej mąż składa gazetę, kładzie ją na stole i potrząsa głową.

O Boże, pomyślała, on rzeczywiście ma na sobie marynarkę tweedową i krawat MCC.

– Bardzo bym chciał – rzekł Robert – ale niestety muszę zatelefonować w kilka miejsc.

– W sobotę rano? – spytała Muriel, która stała przy uginającym się od potraw kredensie i nakładała sobie drugą porcję na talerz.

– Obawiam się, że tak – odparł Robert. – Przestępcy nie pracują przez pięć dni, czterdzieści godzin w tygodniu, więc nie spodziewają się po swoich adwokatach tego samego.

Anna nie roześmiała się. Słyszała tę samą uwagę w każdą sobotę od siedmiu lat.

Robert wstał od stołu i spojrzał na żonę.

– Kochanie, gdybyś mnie potrzebowała, będę w sypialni.

Anna skinęła głową i odczekała, aż mąż wyjdzie z pokoju.

Zamierzała wrócić do listu, gdy zauważyła, że Robert zostawił na stole okulary. Zaniesie mu je, jak tylko skończy śniadanie. Położyła list przed sobą na stole i zaczęła czytać drugi arkusik.

„Pozwól, że ci powiem, co zaplanowałem na nasz rocznicowy weekend, kiedy piła pojedzie na konferencję do Leeds. Zarezerwowałem pokój w Lygon Arms, ten sam, w którym spędziliśmy pierwszą noc. Tym razem dostałem bilety na *Wszystko dobre, co się dobrze kończy*. Ale planuję zmianę atmosfery, gdy wrócimy ze Stratfordu do zacisza naszego pokoju w Broadwayu.

Chcę być przywiązany do łoża z baldachimem i pragnę, żebyś ty stała nade mną w mundurze sierżanta policji, z pałką, gwizdkiem, kajdankami, w czarnym, obcisłym stroju ze srebrnymi guzikami od góry do dołu, które będziesz rozpinać powoli, odsłaniając czarny stanik. I, króliczku, nie uwolnisz mnie, dopóki nie sprawię, że będziesz krzyczała na cały głos, jak wtedy na podziemnym parkingu w Mayfair.

Do zobaczenia,

Twój kochający Oberon".

Anna podniosła głowę i uśmiechnęła się, zastanawiając się, skąd weźmie mundur sierżanta policji. Chciała jeszcze raz przeczytać list od początku, kiedy zauważyła postscriptum.

„PS. Ciekaw jestem, gdzie w tej chwili jest piła".

Anna podniosła wzrok i zauważyła, że na stole nie ma już okularów Roberta.

– Co za łajdak mógł napisać taki bezczelny list do zamężnej kobiety? – spytał Robert, poprawiając okulary.

Anna odwróciła się i zamarła na widok męża, który stał za nią, wpatrując się w list. Na czoło wystąpiły mu kropelki potu.

– Mnie nie pytaj – powiedziała chłodno Anna, kiedy stanęła przy niej Muriel z rakietą tenisową w ręku. Anna złożyła list, podała go swojej najdawniejszej przyjaciółce, mrugnęła i oznajmiła:

– Fascynujące, moja droga, ale mam nadzieję, że Reggie nigdy się nie dowie.

Przestępstwo popłaca

Kenny Merchant – to nie było jego prawdziwe nazwisko, ale wszak nie tylko nazwisko Kenny'ego nie było prawdziwe – wybrał Harrodsa w spokojny poniedziałkowy ranek na miejsce pierwszej części akcji.

Kenny miał na sobie garnitur w prążki, białą koszulę i krawat Gwardii Królewskiej. Niewielu klientów sklepu wiedziałoby, co to za krawat, ale Kenny był pewien, że ekspedient, który miał go obsługiwać, od razu rozpozna karmazynowo-granatowe paski.

Drzwi otworzył mu umundurowany portier, który służył w pułku Coldstream, i na widok krawata natychmiast zasalutował. Ten sam portier nie oddawał mu honorów podczas żadnej z kilku jego wizyt w zeszłym tygodniu, lecz prawdę mówiąc, Kenny nosił wtedy wybłyszczony, wytarty garnitur, koszulę z wykładanym kołnierzykiem i ciemne okulary. Ale w zeszłym tygodniu to był tylko zwiad; dziś, jak sobie Kenny założył, zostanie aresztowany.

Wprawdzie dom towarowy Harrodsa odwiedza sto tysięcy klientów tygodniowo, ale zawsze jest tu najspokojniej w poniedziałki między dziesiątą i jedenastą rano. Kenny znał każdy szczegół tego wielkiego sklepu, tak jak kibic futbolu zna wszystkie dane dotyczące ulubionej drużyny.

Wiedział, gdzie są umiejscowione kamery telewizyjne, i z daleka rozpoznawał strażników. Znał nawet nazwisko ekspedienta, który miał go dziś obsługiwać, chociaż Parker nie miał pojęcia, że zostanie maleńkim trybikiem w doskonale naoliwionej maszynie Kenny'ego.

Kiedy Kenny zjawił się tego ranka w dziale biżuterii, Parker właśnie instruował młodego pomocnika, w jaki sposób zmienić ułożenie kosztowności w gablotce.

– Dzień dobry panu – rzekł, odwracając się w stronę pierwszego w tym dniu klienta. – Czym mogę służyć?

– Rozglądam się za spinkami do mankietów – powiedział Kenny, ucinając wyrazy w stylu oficerów Gwardii.

– Tak, proszę pana. Już podaję – rzekł Parker.

Śmieszyły Kenny'ego względy okazywane mu z powodu krawata Gwardii, który bez trudu nabył poprzedniego dnia w dziale męskim za dwadzieścia trzy funty.

– Jakiś szczególny rodzaj? – spytał ekspedient.

– Wolałbym srebrne.

– Naturalnie, proszę pana – rzekł Parker, wykładając na ladę kilka pudełeczek ze srebrnymi spinkami.

Kenny z góry wiedział, jakie chce, gdyż wybrał je w sobotę po południu.

– A tamte? – zapytał, wskazując najwyższą półkę.

Gdy ekspedient się odwrócił, Kenny sprawdził, gdzie jest kamera obserwacyjna, i przesunął się w prawo, żeby być lepiej widzianym. W chwili, kiedy Parker sięgał w górę, Kenny zgarnął upatrzone spinki z lady i wsunął do kieszeni marynarki.

Kątem oka ujrzał strażnika szybko idącego w jego stronę i mówiącego coś do radiotelefonu.

– Przepraszam pana – powiedział strażnik, dotykając jego łokcia. – Czy zechciałby pan pójść ze mną?

– O co chodzi? – spytał Kenny, udając irytację, gdy drugi strażnik pojawił się u jego boku.

– Byłoby rozsądniej, gdyby poszedł pan z nami, żebyśmy mogli załatwić sprawę na osobności – poradził drugi strażnik, mocniej chwytając go za ramię.

– Nigdy w życiu nikt mnie tak nie obraził – powiedział na cały głos Kenny. Wyjął spinki z kieszeni, położył je na ladzie i dodał: – Absolutnie zamierzałem za nie zapłacić.

Strażnik podniósł pudełeczko. Ku jego zdziwieniu zirytowany klient poszedł za nim bez słowa do pokoju przesłuchań.

Kenny wkroczył do małego pomieszczenia o zielonych ścianach, gdzie poproszono go, by zajął miejsce po drugiej stronie biurka. Jeden strażnik wrócił do służby na parterze, drugi został przy drzwiach. Kenny wiedział, że dziennie aresztowano u Harrodsa przeciętnie czterdzieści dwie osoby za kradzież i ponad dziewięćdziesiąt procent stawiano przed sądem.

Po chwili otworzyły się drzwi i do pokoju wszedł wysoki, szczupły mężczyzna z wyrazem znużenia na twarzy. Usiadł za biurkiem, zlustrował Kenny'ego, po czym otworzył szufladę i wyjął z niej zielony formularz.

– Nazwisko? – spytał.

– Kenny Merchant – odparł Kenny bez wahania.

– Adres?

– St Luke's Road czterdzieści dwa, Putney.

– Zajęcie?

– Bezrobotny.

Kenny przez następne kilka minut ściśle odpowiadał na pytania wysokiego mężczyzny. Kiedy ten wreszcie dotarł do ostatniego, przez chwilę oglądał srebrne spinki, zanim wpisał do ostatniej rubryki słowa: wartość 90 funtów. Kenny dobrze wiedział, co oznacza ta kwota.

Formularz podsunięto teraz Kenny'emu, który ku zdumieniu urzędnika zamaszyście złożył na nim podpis.

Następnie strażnik zaprowadził Kenny'ego do sąsiedniego pomieszczenia, gdzie musiał czekać prawie godzinę. Strażnik się dziwił, że Kenny nie pyta, co będzie potem. Wszyscy pytali. Ale Kenny dobrze wiedział, co będzie potem, mimo że nigdy dotąd nie oskarżono go o kradzież w sklepie.

Godzinę później przyjechała policja i zabrano go, wraz z pięcioma innymi, do Sądu Pokoju przy Horseferry Road. Znów długo czekał, zanim wezwano go do sędziego. Odczytano oskarżenie, a on przyznał się do winy. Ponieważ wartość spinek nie przekraczała stu funtów, Kenny wiedział, że ukarzą go raczej grzywną niż więzieniem, i czekał cierpliwie, aż sędzia zada mu to samo pytanie, które zadał wtedy, gdy Kenny siedział w głębi sali sądowej i przysłuchiwał się kilku sprawom w zeszłym tygodniu.

– Czy jeszcze coś powinienem wziąć pod uwagę, zanim wydam wyrok?

– Tak, panie sędzio – odparł Kenny. – W zeszłym tygodniu ukradłem zegarek w Selfridges. Od tamtej pory leży mi to na sumieniu i chciałbym go zwrócić. – Uśmiechnął się promiennie do sędziego.

Sędzia skinął głową i spojrzawszy na adres Kenny'ego widniejący na formularzu, nakazał policjantowi, żeby towarzyszył panu Merchantowi do jego domu i odzyskał ukradziony przedmiot. Przez chwilę sędzia miał taką minę, jakby zamierzał wygłosić pean pochwalny ku czci kryminalisty za jego obywatelski czyn, ale tak jak Parker, strażnik i urzędnik, nie zdawał sobie sprawy, że pełni tylko rolę skromnego pionka w większej grze.

Kenny'ego odwoził do domu w Putney młody policjant, który mu opowiedział, że pełni służbę dopiero od kilku tygodni. To czeka cię mały wstrząs, pomyślał Kenny, kiedy otworzył drzwi domu i zaprosił policjanta do środka.

– O Boże! – wykrzyknął młody człowiek, przekroczywszy próg saloniku.

Odwrócił się na pięcie, wybiegł z mieszkania i przez radiotelefon w samochodzie porozumiał się z sierżantem. Po kilku minutach przed dom Kenny'ego na St Luke's Road zajechały dwa samochody patrolowe. Nadinspektor policji Travis wmaszerował przez otwarte drzwi i ujrzał Kenny'ego, który siedział w hallu, dzierżąc skradziony zegarek.

– Do diabła z zegarkiem – powiedział nadinspektor. – A to wszystko? – Zatoczył ręką wokół.

– To wszystko jest moje – rzekł Kenny. – Jedyne, do kradzieży czego się przyznaję i co teraz zwracam, to ten zegarek. Timex Masterpiece, o wartości czterdziestu czterech funtów, świśnięty w Selfridges.

– Co to za gierki, chłopaczku? – zagadnął Travis.

– Nie wiem, o co panu chodzi – z głupia frant odparł Kenny.

– Dobrze wiesz, o co mi chodzi – powiedział inspektor. – Tu jest pełno biżuterii, obrazów, przedmiotów sztuki i antycznych mebli – o wartości około trzystu tysięcy funtów, dopowiedziałby chętnie Kenny – i nie wierzę, że choć jedna z tych rzeczy należy do ciebie.

– Musi to pan udowodnić, nadinspektorze, a jak nie, to prawo uzna, że te rzeczy są moją własnością, i wtedy zrobię z nimi, co mi się spodoba.

Nadinspektor zmarszczył brwi, poinformował Kenny'ego o jego prawach i aresztował go za kradzież.

Tym razem Kenny stawił się przed obliczem sędziego w sądzie Old Bailey. Ubrał się stosownie na tę okazję w garnitur w prążki, białą koszulę i krawat Gwardii. Zasiadł na ławie oskarżonych pod zarzutem kradzieży przedmiotów o wartości dwudziestu czterech tysięcy funtów.

Policja sporządziła spis wszystkiego, co odkryła w mieszkaniu, i przez sześć miesięcy usiłowała wytropić właścicieli odnalezionego skarbu. Ale mimo ogłaszania we wszystkich renomowanych pismach, a nawet częstego pokazywania skradzionych przedmiotów w audycji telewizyjnej *Crimewatch*, jak również wystawienia ich na widok publiczny, po ponad osiemdziesiąt procent obiektów nikt się nie zgłosił.

Nadinspektor Travis próbował się targować z Kennym, obiecując mu łagodny wyrok za wyjawienie, do kogo to wszystko należy.

– Wszystko należy do mnie – powtarzał Kenny.

– Jak tak będziesz grał, nie licz na naszą pomoc – groził nadinspektor.

Co do tego, że Kenny nie liczył na żadną pomoc ze strony

Travisa, nie ma dwóch zdań. To nigdy nie leżało w jego planach.

Kenny zawsze uważał, że jeżeli poskąpisz na adwokata, możesz za to drogo zapłacić. Dlatego w sądzie był reprezentowany przez jedną z najlepszych kancelarii prawnych oraz przez gładkiego prawnika, radcę królewskiego nazwiskiem Arden Duveen, który za obronę zażądał dziesięciu tysięcy funtów.

Kenny przyznał się do winy, bo zdawał sobie sprawę, że policja podczas zeznań nie będzie mogła wymienić przedmiotów, do których nikt nie zgłosił pretensji i które zatem prawo uzna za jego własność. W istocie policja już zwróciła, acz niechętnie, rzeczy, co do których nie zdołała dowieść, że są skradzione, i Kenny prędko przekazał je handlarzowi za jedną trzecią wartości, podczas gdy sześć miesięcy wcześniej paser oferował mu jedną dziesiątą.

Obrońca, radca królewski Duveen, wskazał sędziemu, że nie dość, iż jest to pierwsze wykroczenie jego klienta, to jeszcze zachęcił on policję, aby towarzyszyła mu do domu, doskonale zdając sobie sprawę, że odkryje skradzione przedmioty i że zostanie aresztowany. Czyż nie dowodzi to, że oskarżony jest człowiekiem pełnym skruchy i żałuje swych czynów? – zapytał.

Następnie Duveen podkreślił, że pan Merchant służył dziewięć lat w wojsku i został z honorami zwolniony po odbyciu czynnej służby w Zatoce Perskiej, ale po odejściu z wojska trudno mu się było przystosować do życia w cywilu. Obrońca nie mówi o tym, by usprawiedliwić zachowanie swojego klienta, ale pragnie, żeby Wysoki Sąd wiedział, że pan Merchant przyrzekł, iż nigdy więcej nie popełni takiego przestępstwa, toteż wnosi o wydanie łagodnego wyroku.

Kenny stał w ławie oskarżonych z pochyloną głową.

Sędzia przez pewien czas go pouczał, jaką niegodziwością było popełnione przezeń przestępstwo, ale dodał, że wziął pod uwagę wszystkie okoliczności łagodzące i skazuje go na dwa lata więzienia.

Kenny podziękował i zapewnił, że nie będzie mu drugi raz zabierał czasu. Wiedział, że następne przestępstwo, jakie planował, nie zaprowadzi go do więzienia.

Nadinspektor Travis patrzył, jak strażnicy zabierają Kenny'ego, po czym odwrócił się do prokuratora.

– Jak pan myśli – zapytał – ile ten cholerny typek zgarnął forsy, trzymając się litery prawa?

– Założyłbym się, że ze sto tysięcy – odparł odziany w jedwabną togę prokurator.

– Więcej, niż zdołałbym uskładać przez całe życie – zauważył nadinspektor i wyrzucił z siebie wiązankę słów, jakich nikt z obecnych nie odważyłby się wieczorem powtórzyć przy kolacji żonie.

Prokurator niedużo się pomylił. Na początku tygodnia Kenny zdeponował w Banku Hongkong–Szanghaj czek opiewający na osiemdziesiąt sześć tysięcy funtów.

Nadinspektor nie mógł wiedzieć, że Kenny zrealizował tylko połowę swego planu i teraz, kiedy kapitał zakładowy znajdował się tam, gdzie należy, gotów był do wcześniejszego przejścia na emeryturę. Zanim zabrano go do więzienia, zwrócił się z jeszcze jednym żądaniem do swojego doradcy prawnego.

Kenny dobrze wykorzystał czas, kiedy przebywał w więzieniu Forda ze złagodzonym rygorem. Każdą wolną chwilę poświęcał na studiowanie różnych ustaw, nad którymi aktualnie obradowano w Izbie Gmin. Załatwił się krótko z kilkoma Zielonymi Księgami, Białymi Księgami i rozporządzeniami dotyczącymi zdrowia, edukacji i opieki społecznej, aż dotarł do projektu ustawy o ochronie danych, którą studiował zdanie po zdaniu tak wytrwale, jak jakiś poseł przed ostateczną dyskusją na temat owego projektu w Izbie. Śledził każdą nową poprawkę, którą zgłoszono Izbie, i każdą nową klauzulę, która została przyjęta. Kiedy ustawa została wprowadzona w życie w 1992 roku, poprosił o rozmowę z doradcą prawnym.

Prawnik z uwagą wysłuchał pytań Kenny'ego i uznawszy, że sam nie potrafi na nie odpowiedzieć, oznajmił, że musi zasięgnąć opinii Duveena.

– Natychmiast się z nim skontaktuję – obiecał.

W trakcie oczekiwania na opinię radcy królewskiego Kenny poprosił, żeby mu dostarczono wszystkie pisma handlowe wydawane w Zjednoczonym Królestwie.

Prawnik starał się nie okazać zdziwienia, podobnie jak wtedy, gdy Kenny poprosił go o dostarczenie wszystkich projektów ustaw, nad którymi akurat debatowano w Izbie Gmin. Podczas kilku następnych tygodni do więzienia przysyłano pakiety gazet i Kenny spędzał cały wolny czas na wycinaniu ogłoszeń, które pojawiały się w trzech lub więcej pismach.

W rok po zasądzeniu Kenny został warunkowo zwolniony za wzorowe zachowanie. Opuszczając więzienie, w którym odsiedział ledwie połowę wyroku, zabrał tylko dużą brązową kopertę zawierającą trzy tysiące ogłoszeń oraz sporządzoną przez wybitnego prawnika pisemną interpretację rozdziału 9, artykułu 6, podpunktu (a) ustawy o ochronie danych z 1992 roku.

Tydzień później Kenny poleciał samolotem do Hongkongu.

Policja z Hongkongu wysłała do nadinspektora Travisa raport, że Merchant zatrzymał się w małym hoteliku i spędza czas, objeżdżając miejscowe drukarnie i ustalając koszty publikacji magazynu pod tytułem „Business Enterprise UK" oraz ceny detaliczne papierów firmowych i kopert. Jak prędko ustalono, w piśmie będzie trochę artykułów na temat finansów i akcji, ale większość miejsca zajmą drobne ogłoszenia.

Policjant z Hongkongu przyznał, że zdumiał się, kiedy się dowiedział, ile egzemplarzy pisma Kenny polecił wydrukować.

– Ile? – spytał Travis.

– Dziewięćdziesiąt dziewięć.

– Dziewięćdziesiąt dziewięć? Musi być jakiś powód – stwierdził nadinspektor.

Jeszcze bardziej zaintrygowało go, kiedy się dowiedział, że istnieje już magazyn o tytule „Business Enterprise" i że ukazuje się co miesiąc w nakładzie dziesięciu tysięcy egzemplarzy.

Policja w Hongkongu potem doniosła, że Kenny zamówił dwa tysiące pięćset arkuszy papieru z nagłówkiem oraz dwa tysiące pięćset brązowych kopert.

– Co on kombinuje? – zachodził w głowę Travis.

Nikt w Hongkongu ani w Londynie nie umiał znaleźć przekonującej odpowiedzi.

Trzy tygodnie później policja w Hongkongu poinformowała, że widziano na poczcie, jak Merchant wysyłał dwa tysiące czterysta listów na różne adresy w Zjednoczonym Królestwie.

W następnym tygodniu Kenny odleciał na Heathrow.

Chociaż Travis rozciągnął nad Kennym nadzór policyjny, młody posterunkowy nie mógł donieść niczego podejrzanego poza tym, że Merchant dostaje około dwudziestu pięciu listów dziennie i że z dokładnością zegarka co południe odwiedza bank Lloyda na King's Road i deponuje tam kilka czeków opiewających na kwoty od dwustu do dwóch tysięcy funtów. Policjant nie informował, że Kenny codziennie do niego macha, wchodząc do banku.

Po sześciu miesiącach strumień listów zaczął wysychać i wizyty Kenny'ego w banku prawie ustały.

Młody policjant mógł przekazać nadinspektorowi Travisowi tylko to, że Merchant przeprowadził się z małego mieszkania przy St Luke's Road na Putney do okazałego czteropiętrowego domu na Chester Square w eleganckiej dzielnicy Londynu.

Akurat wtedy, gdy uwagę Travisa pochłonęły bardziej naglące przypadki, Kenny znowu odleciał do Hongkongu.

– Rok jak obszył – skomentował nadinspektor.

Policjanci z Hongkongu zameldowali, że Kenny zachowuje się podobnie jak w zeszłym roku, z tą jedynie różnicą, że teraz wynajął sobie apartament w hotelu Mandarin. Wybrał tego samego drukarza, który potwierdził, że jego klient złożył następne zamówienie na druk „Business Enterprise UK". Ten numer magazynu będzie zawierał trochę nowych artykułów, ale tylko tysiąc dziewięćset siedemdziesiąt jeden ogłoszeń.

– Ile egzemplarzy kazał tym razem wydrukować? – zapytał nadinspektor.

– Tyle samo, co przedtem – padła odpowiedź. – Dziewięćdziesiąt dziewięć. Ale zamówił tylko dwa tysiące arkuszy papieru z nagłówkiem i dwa tysiące kopert.

– Co on kombinuje? – powtórzył nadinspektor. Nie dostał odpowiedzi.

Gdy pismo zeszło z pras drukarskich, Kenny udał się na pocztę i wysłał tysiąc dziewięćset siedemdziesiąt jeden listów, po czym odleciał do Londynu samolotem linii lotniczych British Airways, pierwszą klasą.

Travis wiedział, że Kenny musi jakoś łamać prawo, ale nie miał ani dość personelu, ani środków, żeby deptać mu po piętach. I Kenny mógłby bez końca eksploatować swoją dojną krowę, gdyby nie to, że na biurko nadinspektora trafiła skarga pewnej wiodącej na giełdzie spółki.

Jej dyrektor finansowy Cox donosił, że otrzymał fakturę na pięćset funtów za ogłoszenie, którego firma nie zamawiała.

Inspektor Travis odwiedził Coksa w jego biurze w City. Po długiej rozmowie Cox zgodził się pomóc policji, podtrzymując zarzut.

Przygotowanie oskarżenia zajęło prawie pół roku, po czym przekazano go Urzędowi Ścigania Publicznego do rozpatrzenia. Ten niemal tyle samo zwlekał z decyzją, ale gdy wreszcie ją podjął, nadinspektor Travis pojechał prosto na Chester Square i osobiście aresztował Kenny'ego pod zarzutem oszustwa.

Nazajutrz stawił się w sądzie radca królewski Duveen, żeby przekonać sędziego, że jego klient jest wzorowym obywatelem.

Sędzia zwolnił Kenny'ego za kaucją, lecz zażądał, by złożył swój paszport w sądzie.

– Nie mam nic przeciwko temu – powiedział Kenny adwokatowi. – Nie będzie mi potrzebny przez dwa miesiące.

Proces rozpoczął się w Old Bailey sześć tygodni później i Kenny'ego znów reprezentował Duveen. Kiedy Kenny stał wyprężony na swym miejscu, urzędnik sądowy odczytał akt oskarżenia zawierający siedem zarzutów o oszustwo. W żadnym przypadku Kenny nie przyznał się do winy. Oskarżyciel wygłosił mowę, ale sędziowie przysięgli, jak podczas wielu procesów w sprawach finansowych, zdawali się nie podążać za jego szczegółowym wywodem.

Kenny uznał, że dwanaścioro sprawiedliwych mężczyzn i kobiet zdecyduje, czy wierzyć jemu, czy Coksowi, ponieważ trudno było liczyć na to, iż zrozumieją subtelności ustawy o ochronie danych z 1992 roku.

Kiedy trzeciego dnia procesu Cox odczytał tekst przysięgi, Kenny poczuł, że temu człowiekowi można by powierzyć ostatni grosz. Pomyślał nawet, że mógłby zainwestować kilka tysięcy w jego spółkę.

Radca królewski Matthew Jarvis, oskarżyciel z ramienia Korony, zadał Coksowi serię delikatnych pytań, ukazujących go jako człowieka nieskazitelnie uczciwego, który uważa za swój obowiązek położenie kresu niecnym oszustwom popełnionym przez oskarżonego.

Duveen wstał, by zadać Coksowi pytania obrony.

– Pozwoli pan, że najpierw zapytam, czy widział pan rzeczone ogłoszenie.

Cox spojrzał na niego z oburzeniem człowieka sprawiedliwego.

– Oczywiście, że tak – odparł.

– Czy w zwykłych okolicznościach byłoby ono do przyjęcia dla pańskiej firmy?

– Tak, ale…

– Żadnych „ale", panie Cox. Albo byłoby, albo nie.

– Byłoby – powiedział Cox przez zaciśnięte zęby.

– Czy koniec końców pańska firma zapłaciła za ogłoszenie?

– Naturalnie, że nie – odparł Cox. – Jeden z moich pracowników zakwestionował fakturę i natychmiast zwrócił mi na nią uwagę.

– Jakże chwalebne – rzekł Duveen. – A czy ten sam pracownik zauważył sformułowanie dotyczące płatności faktury?

– Nie, to ja je zauważyłem – powiedział Cox, z uśmiechem satysfakcji spoglądając na ławę przysięgłych.

– Imponujące, proszę pana. A czy może pan pamięta jeszcze to zdanie?

– Tak, myślę, że tak – odparł Cox. Zawahał się, ale tylko przez chwilę. – „Jeżeli jesteś niezadowolony z produktu, nie masz obowiązku opłacania tej faktury".

– Nie masz obowiązku opłacania tej faktury – powtórzył Duveen.

– Tak – potwierdził Cox. – Tak było napisane.

– Więc pan nie zapłacił?

– Nie.

– Pozwoli pan, że podsumuję. Dostał pan za darmo w piśmie mojego klienta ogłoszenie, jakie byłoby do przyjęcia dla pańskiej firmy, gdyby ukazało się w jakimś innym periodyku. Czy to się zgadza?

– Tak, ale… – zaczął Cox.

– Nie mam więcej pytań, Wysoki Sądzie.

Duveen nie wymienił tych klientów, którzy zapłacili za ogłoszenia, jako że żaden nie miał ochoty stawić się w sądzie z obawy przed szkodliwą reklamą. Kenny uznał, że jego adwokat unieszkodliwił głównego świadka oskarżenia, ale Duveen ostrzegł go, że Jarvis potraktuje go tak samo, gdy tylko stanie na miejscu dla świadków.

Sędzia ogłosił przerwę na lunch. Kenny nie jadł – jeszcze raz przestudiował ustawę o ochronie danych.

Kiedy po lunchu sąd wznowił rozprawę, Duveen poinformował sędziego, że wezwie do złożenia zeznań tylko oskarżonego.

Kenny stanął na miejscu dla świadków, ubrany w granatowy garnitur, białą koszulę i krawat gwardzisty królewskiego.

Duveen długo wypytywał Kenny'ego o jego karierę wojskową i o służbę, jaką pełnił dla swego kraju w Zatoce, nie wspominając ani słowem o tym, że odsłużył rok za kratkami z łaski królowej. Z materiałem dowodowym uporał się w krótkim trybie. Gdy Duveen siadał, sędziowie przysięgli nie mogli dłużej wątpić, że przed ich obliczem stoi biznesmen niekwestionowanej prawości.

Radca królewski Matthew Jarvis wstał powoli i bardzo długo przekładał papiery, zanim zadał pierwsze pytanie.

– Panie Merchant, pozwoli pan, że zacznę od rzeczonego periodyku, „Business Enterprise UK". Dlaczego wybrał pan tę nazwę dla swojego pisma?

– Gdyż wyraża wszystko to, w co wierzę.

– Jestem o tym przekonany, proszę pana, ale czy nie jest prawdą, że usiłował pan wprowadzić w błąd potencjalnych ogłoszeniodawców, aby pomylili pańskie pismo z „Business Enterprise", magazynem z wieloletnią pozycją i o nieposzlakowanej reputacji. Czy w rzeczywistości nie o to panu szło?

– A czy czytelnicy mylą „Woman" z „Woman's Own" albo „House and Garden" z „Homes and Gardens"? – odciął się Kenny.

– Ale pisma, które pan wymienił, rozchodzą się w wielotysięcznych nakładach. Ile egzemplarzy „Business Enterprise UK" pan opublikował?

– Dziewięćdziesiąt dziewięć – odparł Kenny.

– Tylko dziewięćdziesiąt dziewięć? To pismo raczej nie trafiło na pierwsze miejsca list bestsellerów, prawda? Proszę oświecić Wysoki Sąd, dlaczego zdecydował się pan akurat na tyle.

– Bo to mniej niż sto, a ustawa o ochronie danych z 1992 roku definiuje publikację jako taką, która liczy co najmniej sto egzemplarzy. Rozdział drugi, podpunkt jedenasty.

– Być może, proszę pana. Ale oczekiwać, żeby klienci płacili pięćset funtów za niezamówione ogłoszenie w pańskim piśmie, to bezczelność.

– Może i bezczelność, ale nie przestępstwo – rzekł Kenny z rozbrajającym uśmiechem.

– Kontynuujmy, panie Merchant. Zechce pan wytłumaczyć Wysokiemu Sądowi, na czym pan opierał swoją decyzję, wystawiając rachunki poszczególnym firmom.

– Dowiadywałem się, jakie kwoty mogą wydać ich działy finansowe bez odwoływania się do przełożonych.

– I do jakiego podstępu pan się uciekał, żeby zdobyć tę informację?

– Dzwoniłem do działu finansowego i prosiłem do telefonu urzędnika.

Przez salę sądową przetoczyła się fala śmiechu. Sędzia teatralnie odkaszlnął i nakazał spokój.

– I tylko na tym opierał pan decyzję, ile liczyć za ogłoszenia?

– Niezupełnie. Widzi pan, miałem różne stawki. Ceny były zróżnicowane: od dwóch tysięcy funtów za całą stronę w kolorze do dwustu funtów za ćwierć strony czarno-białej. Myślę, że przyzna pan, że byliśmy konkurencyjni – w każdym razie ceny kształtowały się nieco poniżej przeciętnej krajowej.

– Z pewnością, jeżeli wziąć pod uwagę liczbę egzemplarzy – warknął Jarvis.

– Znam gorsze przypadki.

– To może da pan przykład Wysokiemu Sądowi – zażądał Jarvis, przekonany, że przyszpilił oskarżonego.

– Partia Konserwatywna.

– Chyba pana nie rozumiem.

– Raz w roku wydają kolację w Grosvenor House. Sprzedają około pięciuset programów i liczą sobie pięć tysięcy funtów za całostronicowe ogłoszenie w kolorze.

– Ale przynajmniej dają potencjalnym ogłoszeniodawcom wszelkie szanse niezaakceptowania tej stawki.

– Ja też – odgryzł się Kenny.

– A zatem nie przyznaje pan, że wysyłanie faktur firmom, którym przedtem nie okazano produktu, jest wbrew prawu?

– Może takie prawo obowiązuje w Zjednoczonym Królestwie – rzekł Kenny – a nawet w Europie. Ale nie ma ono zastosowania, jeżeli pismo zostało wydrukowane w Hongkongu, kolonii brytyjskiej, i stamtąd wysyłane są faktury.

Jarvis zaczął przerzucać papiery.

– Proszę sprawdzić: poprawka dziewiąta, rozdział czwarty, zgodnie ze zmianą wniesioną w Izbie Lordów przed trzecim czytaniem projektu ustawy – doradził Kenny.

– Ale nie taki cel przyświecał lordowskim mościom, gdy zgłaszali tę poprawkę – stwierdził Jarvis, rzuciwszy okiem na jej tekst.

– Nie czytam w czyichś myślach, proszę pana – rzekł Kenny – toteż nie mogę zgadnąć, jakie były intencje lordów. Pragnę tylko trzymać się litery prawa.

– Ale pan złamał prawo, przyjmując pieniądze w Anglii i nie deklarując ich w urzędzie skarbowym.

– Nie, proszę pana. „Business Enterprise UK" to podmiot zależny od firmy matki zarejestrowanej w Hongkongu. W przypadku kolonii brytyjskiej ustawa zezwala firmie zależnej na przyjmowanie wpływów w kraju, w którym odbywa się dystrybucja.

– Ale pan, panie Merchant, nie podjął choćby próby dystrybucji.

– Egzemplarz „Business Enterprise UK" został umieszczony w British Library i kilku innych ważnych instytucjach, jak postanowiono w rozdziale dziewiętnastym ustawy.

– Może to i prawda, ale trudno zaprzeczyć faktowi, że domagał się pan nienależnych pieniędzy.

– Nie, o ile na fakturze wyraźnie się stwierdzi, że jeśli klient nie jest zadowolony z produktu, nie musi nic płacić.

– Ale druk na fakturze jest tak drobny, że można go odczytać tylko przez szkło powiększające.

– Proszę przestudiować ustawę, tak jak ja to zrobiłem. Nie znalazłem tam nic na temat wielkości liter.

– A kolor?

– Kolor? – spytał Kenny, udając zdumienie.

– Tak, proszę pana, kolor. Pańskie faktury drukowane są na ciemnoszarym papierze, natomiast litery są jasnoszare.

– To kolory firmowe, co zrozumie każdy, kto spojrzy na okładkę pisma. W ustawie nie ma nic, co by sugerowało, jakiego koloru powinny być faktury.

– Ale jest w niej klauzula – rzekł oskarżyciel – która niedwuznacznie stwierdza, że tekst ma być umieszczony w widocznym miejscu. Rozdział trzeci, artykuł czternasty.

– Zgadza się, proszę pana.

– Czy pan uważa, że miejsce z tyłu kartki można nazwać widocznym?

– Oczywiście – rzekł Kenny. – W końcu nic innego tam nie było. Staram się także stosować do ducha prawa.

– Ja też spróbuję – warknął Jarvis. – A zatem, kiedy jakaś firma zapłaciła za ogłoszenie w „Business Enterprise UK", to czy nie powinna otrzymać egzemplarza pisma?

– Tylko jeżeli tego zażąda – rozdział czterdziesty drugi, artykuł dziewiąty.

– A ile firm zażądało egzemplarza „Business Enterprise UK"?

– W ubiegłym roku sto siedem. W tym roku tylko dziewięćdziesiąt jeden.

– I wszystkie otrzymały egzemplarz?

– Niestety, w zeszłym roku nie wszystkie, ale w tym roku zrealizowałem każde zamówienie.

– Czyli że w tym wypadku złamał pan prawo?

– Tak, ale tylko dlatego, że nie mogłem wydrukować stu egzemplarzy pisma, jak to wcześniej wyjaśniłem.

Jarvis przerwał, aby sędziemu umożliwić sporządzenie notatki.

– Wysoki Sądzie, chodzi o rozdział osiemdziesiąty czwarty, artykuł szósty.

Sędzia skinął głową.

– Na koniec, panie Merchant, zwróćmy uwagę na coś, o czym ku naszemu ubolewaniu nie powiedział pan swojemu obrońcy, kiedy zadawał panu pytania.

Kenny mocno schwycił barierkę okalającą miejsce wyznaczone dla świadków.

– W zeszłym roku wysłał pan dwa tysiące czterysta faktur. Jak wiele firm dokonało wpłat?

– Około czterdziestu pięciu procent.

– Jak wiele, panie Merchant?

– Tysiąc sto trzydzieści – przyznał Kenny.

– Natomiast w tym roku wysłał pan tylko tysiąc dziewięćset. Czy mogę spytać, dlaczego pięćset firm zostało pominiętych?

– Postanowiłem nie wysyłać faktur firmom, które ogłosiły słabe roczne wyniki i nie zdołały wypłacić dywidendy udziałowcom.

– Jakże chwalebne. Ale ile zapłaciło pełną kwotę?

– Tysiąc dziewięćdziesiąt – odparł Kenny.

Jarvis przez dłuższą chwilę patrzył na sędziów przysięgłych, zanim zapytał:

– A jaki miał pan zysk w pierwszym roku?

W sali sądowej było cicho jak makiem zasiał, kiedy Kenny zastanawiał się nad odpowiedzią.

– Milion czterysta dwanaście tysięcy funtów – powiedział wreszcie.

– A w tym roku? – cicho spytał Jarvis.

– Trochę mniej, co przypisuję recesji.

– Ile? – ponowił pytanie Jarvis.

– Trochę ponad milion dwieście.

– Nie mam więcej pytań, Wysoki Sądzie.

Obaj wybitni prawnicy wygłosili sążniste przemówienia, lecz Kenny czuł, że przysięgli poczekają do następnego dnia na mowę zamykającą sędziego, zanim zdecydują się na werdykt.

Sędzia Thornton poświęcił dużo czasu na podsumowanie sprawy. Zwrócił uwagę przysięgłym, że jego obowiązkiem jest wyjaśnienie im prawa w odniesieniu do tego szczególnego przypadku.

– Z pewnością mamy do czynienia z człowiekiem, który zapoznał się z literą prawa. I jest to jego przywilej, to parlamentarzyści bowiem stanowią prawa i nie jest zadaniem sądu odczytywać, co mieli w tym momencie na myśli. Zatem muszę wam powiedzieć, że przeciw panu Merchantowi wysunięto siedem zarzutów i z sześciu powinniście go uniewinnić, gdyż nie złamał on prawa. Jeżeli chodzi o siódmy zarzut – że nie dopełnił obowiązku dostarczenia pisma „Business Enterprise UK" tym klientom, którzy zapłacili za ogłoszenie i zażądali egzemplarza – przyznał, że tego nie uczynił. Sędziowie przysięgli, możecie uznać, że w tym przypadku z pewnością oskarżony złamał prawo, choć w następnym roku się poprawił – podejrzewam, że tylko dlatego, iż klienci zażądali mniej niż stu egzemplarzy. Sędziowie przysięgli może sobie przypominają ten szczególny artykuł ustawy o ochronie danych i jego znaczenie.

Gapowaty wyraz malujący się na dwunastu twarzach nie dowodził, że mają pojęcie, o czym mówi.

– Myślę – zakończył sędzia – że nie podejmiecie pochopnie ostatecznej decyzji, zwłaszcza że poza tą salą są osoby, które będą czekać na wasz werdykt.

Oskarżony musiał się zgodzić z tą opinią, patrząc, jak przysięgli w szeregu opuszczają salę sądową w eskorcie woźnych. Zaprowadzono go z powrotem do celi, gdzie odmówił zjedzenia obiadu, i ponad godzinę leżał na pryczy, póki nie kazano mu wrócić na ławę oskarżonych i dowiedzieć się, jaki go czeka los.

Wszedł po schodach, usiadł na swym miejscu i tylko kilka minut czekał na powrót przysięgłych.

Sędzia zajął miejsce, spojrzał na urzędnika sądowego i skinął głową. Z kolei urzędnik zwrócił się do przewodniczącego ławy przysięgłych i odczytał wszystkie siedem zarzutów.

Przy sześciu zarzutach o oszustwo i wyłudzanie przewodniczący ławy przysięgłych zgodnie z zaleceniem sędziego wydał werdykt „niewinny".

Urzędnik odczytał zarzut siódmy: niedostarczenie pisma firmom, które zapłaciwszy za ogłoszenie zamieszczone w rzeczonym piśmie, zażądały egzemplarza i go nie otrzymały.

– Czy uznaliście, że oskarżony jest winny tego zarzutu czy niewinny? – spytał urzędnik sądowy.

– Winny – odparł przewodniczący ławy przysięgłych i usiadł.

Sędzia zwrócił się do Kenny'ego, który stał na baczność.

– Podobnie jak pan – zaczął – długo studiowałem ustawę o ochronie danych z 1992 roku, a szczególnie wykaz kar za nieprzestrzeganie rozdziału osiemdziesiątego czwartego, artykułu pierwszego. Zdecydowałem, że nie mam wyboru i muszę wymierzyć panu najwyższą karę dozwoloną prawem w tym szczególnym przypadku. – Utkwił wzrok w Kennym z taką miną, jakby miał ogłosić wyrok śmierci. – Zostanie pan ukarany grzywną w wysokości tysiąca funtów.

Duveen nie wstał, aby zwrócić się o zezwolenie na wniesienie apelacji albo odroczenie grzywny, gdyż był to werdykt dokładnie przewidziany przez Kenny'ego przed rozpoczęciem procesu. Popełnił tylko jeden błąd w ciągu ostatnich dwóch lat i chętnie za niego płacił. Kenny opuścił ławę dla oskarżonych, wypisał czek na żądaną kwotę i podał go urzędnikowi sądowemu.

Podziękował swoim prawnikom, spojrzał na zegarek i wyszedł szybko z sali sądowej. W korytarzu czekał na niego nadinspektor.

– Będzie się pan musiał raz na zawsze pożegnać z tymi swoimi interesikami – powiedział Travis, usiłując dotrzymać mu kroku.

– Niby dlaczego? – odparł Kenny, biegnąc korytarzem.

– Bo parlament musi teraz zmienić ustawę – rzekł inspektor – i z pewnością zlikwiduje te wszystkie pańskie furtki.

– Założę się, panie nadinspektorze, że to się nieprędko stanie – rzucił Kenny, zbiegając po schodach sądu. – Parlamentarzyści przygotowują się teraz do letniej przerwy i nie sądzę, żeby znaleźli czas na wniesienie nowych poprawek do ustawy o ochronie danych przed lutym albo marcem przyszłego roku.

– Ale jak pan spróbuje powtórzyć swoje machinacje, aresztuję pana z chwilą, gdy wysiądzie pan z samolotu.

– Nie sądzę, panie nadinspektorze.

– Jak to?

– Nie wyobrażam sobie, żeby Urząd Ścigania Publicznego miał ochotę na następny kosztowny proces, skoro koniec końców skapnie mu tylko tysiąc funtów. Niech pan o tym pomyśli, panie nadinspektorze.

– No to dorwiemy pana w przyszłym roku – rzekł Travis.

– Wątpię. Widzi pan, wtedy Hongkong nie będzie już kolonią brytyjską, a ja będę na innym etapie – oznajmił Kenny, gramoląc się do taksówki.

– Co takiego? – spytał Travis z zaskoczoną miną.

Kenny opuścił szybę samochodu i uśmiechnął się do Travisa.

– Jeżeli nie ma pan nic lepszego do roboty – powiedział – niech pan przestudiuje nową ustawę o obrocie pieniężnym. Nie uwierzyłby pan, ile tam jest luk prawnych. Żegnam, panie nadinspektorze.

– Dokąd jedziemy, szefie? – spytał taksówkarz.

– Na Heathrow. Ale może byśmy po drodze zajechali do Harrodsa? Chciałbym sobie wybrać spinki do mankietów.

Nie wszystko złoto...

– Takie utalentowane dziecko – westchnęła matka Robina, nalewając siostrze kolejną filiżankę herbaty. – Podczas rozdawania nagród dyrektor powiedział, że jak sięgnąć pamięcią, szkoła nie wydała zdolniejszego artysty.

– Musisz być z niego bardzo dumna – rzekła Miriam, po czym upiła łyk herbaty.

– Tak, przyznaję. – Pani Summers niemal mruczała z zadowolenia. – Chociaż wszyscy wiedzieli, że dostanie Nagrodę Założyciela, nawet nauczyciel rysunków był zaskoczony, kiedy zaproponowano mu miejsce w Slade jeszcze przed egzaminem wstępnym. Szkoda tylko, że jego ojciec nie dożył takiego sukcesu.

– A jak idzie Johnowi? – zapytała Miriam, sięgając po ciasteczko z konfiturą.

Pani Summers westchnęła na myśl o starszym synu.

– John ukończy latem studia na kierunku zarządzania w Manchesterze, ale chyba nie może się zdecydować, co chciałby robić. – Przerwała, by wrzucić do herbaty jeszcze jedną kostkę cukru. – Bóg wie, co z niego będzie. Mówi, że zostanie biznesmenem.

– Zawsze w szkole tak dużo się uczył – rzekła Miriam.

– Tak, ale nigdy się nie wyróżniał, a już z pewnością nie dostawał żadnych nagród. Czy mówiłam ci, że Robinowi zaproponowano indywidualną wystawę w październiku? To tylko miejscowa galeria, ale jak powiedział Robin, każdy artysta musi gdzieś zaczynać.

John Summers wybrał się w podróż do Peterborough na wystawę brata. Matka nigdy by mu nie wybaczyła nieobecności. Właśnie poznał wyniki egzaminów. Zajął drugą lokatę, co nie było złe, zważywszy, że sprawował funkcję wiceprzewodniczącego związku studentów przy prawie permanentnej nieobecności przewodniczącego. Nie wspomni matce o swoim wyniku, bo to specjalny dzień Robina.

Matka latami mu powtarzała, że brat jest wybitnym artystą, i John sądził, iż świat niedługo się na nim pozna. Często myślał o tym, jak bardzo obaj są różni, ale czy ludzie wiedzieli, ile braci miał Picasso? Na pewno jeden z nich trudnił się biznesem.

Sporo czasu zabrało mu odszukanie bocznej uliczki, gdzie znajdowała się galeria, ale gdy wreszcie tam dotarł, ucieszył go widok tłumu przyjaciół i sympatyków. Robin stał obok matki, która reporterowi z „Peterborough Echo" podsuwała słowa: „wspaniały", „wybitny", „naprawdę utalentowany", a nawet „genialny".

– O, patrzcie, John przyjechał – obwieściła i na chwilę opuściła swoje grono, by przywitać się z drugim synem.

– Robin nie mógłby mieć lepszego startu do kariery – rzekł John, całując matkę w policzek.

– Owszem, zgadzam się z tobą – przytaknęła matka. – Jestem pewna, że niebawem będziesz pławił się w jego chwale. Każdemu będziesz mógł powiedzieć, że jesteś starszym bratem Robina Summersa.

Pani Summers zostawiła Johna, żeby znowu sfotografować się z Robinem, co dało przybyszowi okazję do obejścia sali wokół i przyjrzenia się płótnom brata. Głównie były to obrazy z teczki skompletowanej przez Robina w ostatnim roku szkoły. John, który bez oporów przyznawał się do swojej ignorancji, gdy chodziło o sztukę, uważał, że niekompetencja nie pozwala mu docenić niewątpliwego talentu brata, i czuł się winny, że nie chciałby takich obrazów powiesić w swoim domu. Przystanął przed portretem matki, oznaczonym czerwoną kropką na znak, że jest sprzedany. Uśmiechnął się, pewny, że wie, kto go kupił.

– Czy nie uważasz, że oddaje całą głębię jej duszy? – zapytał ktoś za jego plecami.

– Z całą pewnością – rzekł John, odwracając się do brata. – Doskonale namalowane. Jestem z ciebie dumny.

– Najbardziej podziwiam u ciebie to – powiedział Robin – że nigdy nie zazdrościłeś mi talentu.

– Na pewno nie. Delektuję się nim.

– To miejmy nadzieję, że mój sukces pomoże i tobie, niezależnie od tego, jaki zawód wybierzesz.

– Miejmy nadzieję – odparł John, nie wiedząc, co innego mógłby powiedzieć.

Robin pochylił się i ściszył głos.

– Czy nie mógłbyś mi pożyczyć funta? – poprosił. – Oczywiście zwrócę.

– Oczywiście.

John się uśmiechnął – niektóre rzeczy się nie zmieniały. To się zaczęło przed laty od sześciopensówki na placu zabaw, a skończyło na dziesięciu szylingach w dniu szkolnego rozdania nagród. A teraz potrzebował funta. Tylko jednego John mógł być pewien: Robin nigdy nie odda ani pensa. Ale John nie żałował młodszemu bratu pieniędzy. W końcu wkrótce ich role z pewnością się odwrócą. John dobył portfel, w którym znajdowały się dwa jednofuntowe banknoty i powrotny bilet kolejowy do Manchesteru. Wyjął jeden banknot i wręczył Robinowi.

John chciał go zapytać o inny obraz – olej noszący nazwę *Barabasz w piekle* – ale brat już się odwrócił na pięcie i dołączył do matki i orszaku admiratorów.

Kiedy John skończył uniwersytet w Manchesterze, z miejsca zaproponowano mu pracę stażysty w przedsiębiorstwie Reynolds i Spółka, tymczasem Robin zamieszkał w Chelsea. Zajął kilkupokojowe mieszkanie, o którym matka w rozmowie z Miriam powiedziała, że jest małe, ale za to położone w najbardziej szykownej dzielnicy miasta. Nie dodała, że dzielił je z pięcioma innymi studentami.

– A co słychać u Johna? – chciała wiedzieć Miriam.

– Zatrudnił się w zakładach w Birminghamie produkujących koła, a przynajmniej tak mi się zdaje – padła odpowiedź.

John wynajął kwaterę na przedmieściu Solihull, niemodnej części miasta, lecz dogodnie usytuowaną w pobliżu fabryki, gdzie jako stażysta musiał odbijać kartę przed ósmą rano codziennie od poniedziałku do soboty.

John nie zanudzał matki opowieściami o tym, co robi Reynolds i Spółka, gdyż zajęcie przy produkcji kół dla pobliskiej fabryki samochodów w Longbridge nie było tak prestiżowe jak egzystencja awangardowego artysty w dzielnicy cyganerii, Chelsea.

Wprawdzie John rzadko widywał brata podczas jego studiów w Slade, ale zawsze przyjeżdżał do Londynu na wystawy organizowane pod koniec semestru.

Studenci pierwszego roku wystawiali po dwie prace i John przyznał w duchu, że żaden z obrazów brata mu się nie podoba. Ale przecież nie znał się na sztuce. Gdy krytycy wyrazili podobną opinię, matka wytłumaczyła, że Robin wyprzedza swój czas, i zapewniła syna, że wkrótce wszyscy dojdą do tego przekonania. Zwróciła też uwagę, że obie prace zostały sprzedane w dniu otwarcia wystawy i dała do zrozumienia, że upolował je słynny kolekcjoner, który umiał się poznać na wschodzącym talencie.

John nie miał okazji do dłuższej rozmowy z bratem, który był zajęty w swoim gronie, ale tego wieczoru powrócił do Birminghamu o dwa funty uboższy, niż kiedy jechał do Londynu.

Pod koniec drugiego roku Robin pokazał na wystawie dwie

nowe prace – *Nóż i widelec w kosmosie* oraz *Śmierć kąsa*. John stanął w odległości kilku kroków od płócien i z ulgą skonstatował, że również na twarzach innych ludzi, którzy patrzyli na obraz brata, maluje się osłupienie – także na widok czerwonych znaczków rezerwacji dokonanej pierwszego dnia.

Odszukał matkę, siedzącą w kącie i tłumaczącą Miriam, dlaczego Robin nie dostał nagrody. Choć jej entuzjazm dla talentu syna nie osłabł, John zauważył, że wygląda mizerniej niż ostatnim razem.

– John, jak ci się wiedzie? – zapytała Miriam bratanka, kiedy stanął przy niej.

– Jestem, ciociu, na stażu kierowniczym – odparł.

W tym momencie podszedł do nich Robin.

– Może byś poszedł z nami na kolację – zaproponował. – Będziesz miał okazję poznać paru moich przyjaciół.

Johna ujęło zaproszenie brata, ale wrażenie prysło, kiedy podano mu rachunek za całą siódemkę.

– Już niedługo będę mógł sobie pozwolić, żeby zaprosić cię do Ritza – oznajmił Robin, gdy opróżniono szóstą butelkę wina.

Siedząc w trzeciej klasie pociągu w drodze na dworzec Birmingham New Street, John z zadowoleniem myślał o tym, że kupił bilet powrotny, bo kiedy pożyczył bratu pięć funtów, nic mu nie zostało w portfelu.

John przyjechał do Londynu dopiero z okazji zakończenia studiów brata. Matka napisała, nalegając, by się stawił, gdyż będzie ogłoszona lista nagrodzonych, a słyszała, że Robin też tam się znajdzie.

Kiedy John przybył na wystawę, uroczystość trwała w najlepsze. Powoli obszedł salę i od czasu do czasu przystawał, podziwiając niektóre płótna. Poświęcił sporo czasu na obejrzenie ostatnich dzieł Robina. Nie zauważył żadnej tabliczki z informacją, że zdobyły którąś z głównych nagród – czy choćby wyróżnienie. Ale, co może ważniejsze, tym razem nie było też znaczków rezerwacji. Uświadomiło to Johnowi, że miesięczne dochody matki nie nadążały już za inflacją.

– Jurorzy mają swoich ulubieńców – wyjaśniła matka, siedząca samotnie w kącie. Wyglądała jeszcze mizerniej, niż kiedy ją widział ostatnio. John pokiwał głową i uznał, że nie jest to odpowiedni moment, by jej powiedzieć, że niedawno znowu awansował.

– Turner nigdy nie dostał nagrody, kiedy był studentem – zauważyła jeszcze matka i nie wracała już do tego tematu.

– I co Robin zamierza teraz robić? – spytał John.

– Wprowadzi się do studia na Pimlico, żeby nadal przebywać w swoim środowisku – to bardzo ważne, kiedy chce się wyrobić nazwisko. – John nie musiał pytać, kto będzie płacił za wynajem mieszkania, kiedy Robin zajmie się „wyrabianiem nazwiska".

Gdy Robin zaprosił Johna na kolację, ten odmówił, zasłaniając się koniecznością powrotu do Birminghamu. Na widok zawiedzionych min naciągaczy John wyciągnął z portfela dziesięć funtów.

Odkąd Robin opuścił uczelnię, bracia rzadko się widywali.

Mniej więcej pięć lat później, kiedy Johna zaproszono, by wygłosił przemówienie na konferencji Konfederacji Przemysłu Brytyjskiego w Londynie, dotyczącej problemów stojących przed przemysłem samochodowym, postanowił wpaść niespodziewanie do brata i zaprosić go na obiad.

Gdy konferencja się skończyła, John pojechał taksówką na Pimlico. Nagle poczuł się nieswojo, że nie uprzedził brata o swojej wizycie.

Kiedy wdrapywał się na ostatnie piętro, ogarniał go coraz większy niepokój. Nacisnął dzwonek i gdy nareszcie otworzyły się drzwi, dopiero po dłuższej chwili zdał sobie sprawę, że stojący przed nim mężczyzna to jego brat. Nie mógł uwierzyć, że aż tak się zmienił w ciągu zaledwie pięciu lat.

Włosy całkiem mu posiwiały. Pod oczami miał worki, nalaną i pokrytą plamami skórę i bardzo się roztył.

— John — powiedział. — Co za niespodzianka. Nie miałem pojęcia, że jesteś w mieście. Proszę, wejdź.

Co uderzyło Johna, kiedy wszedł do mieszkania, to zapach. Zrazu sądził, że to farby, ale rozejrzawszy się, stwierdził, że było tu więcej pustych butelek po winie niż na pół skończonych płócien.

— Przygotowujesz się do wystawy? — spytał John, oglądając jedną z niedokończonych prac.

— Nie, nic takiego mi się w tej chwili nie kroi — odparł Robin. — Duże zainteresowanie, ale poza tym nic konkretnego. Wiesz, jacy są londyńscy handlarze sztuki.

— Mówiąc szczerze, nie wiem — rzekł John.

— Cóż, musisz być albo modny, albo budzić zainteresowanie prasy, żeby zaproponowali ci wystawienie prac. Czy wiedziałeś, że van Gogh nie sprzedał za życia ani jednego obrazu?

Przy obiedzie w pobliskiej restauracji John dowiedział się więcej o kapryśnym świecie sztuki i o tym, co niektórzy krytycy myślą o pracy Robina. Cieszył się, że brat nie stracił ani trochę pewności siebie i wiary, iż jest tylko kwestią czasu, kiedy zostanie doceniony.

Robin mówił bez przerwy w trakcie obiadu i dopiero kiedy wrócili do jego mieszkania, John miał okazję wspomnieć, że zakochał się w dziewczynie, która ma na imię Susan, i że będzie się żenił. Robin nawet nie zapytał o jego karierę zawodową w zakładach Reynolds i Spółka, gdzie John był obecnie zastępcą dyrektora.

Nim John wyruszył na stację, uregulował rachunki Robina za niezapłacone posiłki i wcisnął mu czek na sto funtów; żaden z nich nie wspomniał, że to pożyczka. Kiedy John wsiadał do taksówki, Robin mu oznajmił:

— Właśnie przedłożyłem w Akademii Królewskiej dwa obrazy na Letnią Wystawę i jestem pewien, że zostaną przyjęte. Musisz przyjechać na otwarcie.

W Euston John wpadł do Menziesa kupić popołudniową gazetę i na górze sterty z przecenionymi książkami znalazł dziełko zatytułowane *Wprowadzenie do świata sztuki od Fra Angelica do Picassa*. Gdy pociąg ruszył, otworzył książkę na pierwszej strome, a kiedy doszedł do rozdziału o Caravaggiu, dojeżdżał do Birmingham New Street.

Usłyszał stukanie w okno i ujrzał uśmiechniętą Susan.

– To dopiero musi być ciekawa książka – powiedziała, kiedy szli razem peronem.

– Jeszcze jak. Żebym tylko gdzieś znalazł drugi tom.

Dwaj bracia spotkali się dwukrotnie w następnych latach. Pierwszy raz przy smutnej okazji, na pogrzebie matki. Po uroczystości wrócili do Miriam na herbatę i wtedy Robin poinformował brata, że Akademia przyjęła obie jego prace na Letnią Wystawę.

Trzy miesiące później John wybrał się do Londynu na otwarcie wystawy. W chwili, gdy po raz pierwszy przekraczał szacowne odrzwia Akademii Królewskiej, zdążył już przeczytać kilkanaście książek o sztuce, od wczesnego renesansu do popartu. Odwiedził każdą galerię sztuki w Birminghamie i nie mógł się doczekać, kiedy pobobruje po galeriach w bocznych uliczkach Mayfair.

Wędrując po przestronnych salach Akademii, John postanowił, że czas zainwestować w pierwszy obraz. Wysłuchaj znawców, ale koniec końców zaufaj swoim oczom, jak pisał Godfrey Barker w „Telegraphie". Oczy wybrały Bernarda Dunstana, a znawcy sugerowali Williama Russella Flinta. Wygrały oczy, bo Dunstan kosztował siedemdziesiąt pięć funtów, a najtańszy Russell Flint sześćset.

John przemierzał salę za salą w poszukiwaniu dwóch olejnych płócien brata, ale bez pomocy błękitnej książeczki Akademii nigdy by ich nie znalazł. Powieszono je w środkowej galerii w najwyższym rzędzie, niemal pod samym sufitem. Zauważył, że żaden nie został sprzedany.

Po dwukrotnym okrążeniu wystawy i zdecydowaniu się na

płótno Dunstana udał się do kasy i uiścił zadatek na to, co wybrał. Spojrzał na zegarek; dochodziła dwunasta, godzina, na którą się umówił z bratem.

Robin dał mu na siebie czekać czterdzieści minut, a potem, bez słowa przeproszenia, oprowadził go po wystawie. Wyraził się z lekceważeniem o pracach Dunstana i Russella Flinta jako o malarzach, którzy portretują ludzi z towarzystwa, i nawet nie napomknął, kogo uważa za utalentowanego artystę.

Nie krył rozczarowania, kiedy dotarli do środkowej galerii, gdzie wisiały jego obrazy.

– Jaką mogę mieć szansę, żeby je sprzedać, skoro są tak ukryte? – zapytał z niesmakiem.

John starał się przybrać współczującą minę.

Przy późnym lunchu John wyjaśnił Robinowi, co zawiera testament matki, ponieważ adwokaci rodziny nie doczekali się odpowiedzi na kilka listów wysłanych do Robina Summersa.

– Z zasady nigdy nie otwieram korespondencji w brązowych kopertach – wyjawił Robin.

W każdym razie to nie był powód nieprzybycia Robina na mój ślub, pomyślał John. Wrócił do omawiania testamentu matki.

– Zapis jest nieskomplikowany – powiedział. – Wszystko zostawiła tobie, z wyjątkiem jednego obrazu.

– Którego? – natychmiast spytał Robin.

– Jej portretu, który namalowałeś, kiedy byłeś w szkole.

– To jedna z moich najlepszych prac – rzekł Robin. – Musi być wart co najmniej pięćdziesiąt funtów i zawsze myślałem, że mnie go zostawi.

John wypisał czek na kwotę pięćdziesięciu funtów. Kiedy wieczorem wrócił do Birminghamu, nie przyznał się Susan, ile zapłacił za obydwa obrazy. Powiesił *Wenecję* Dunstana w salonie nad kominkiem, a portret matki w swoim gabinecie.

Gdy urodziło się pierwsze dziecko, John zaproponował, żeby Robin został chrzestnym ojcem.

– Dlaczego? – spytała Susan. – Nawet nie chciało mu się przyjechać na nasz ślub.

Trudno się było Johnowi nie zgodzić z argumentem Susan i choć Robin został zaproszony na chrzciny, to ani nie odpowiedział, ani się nie pojawił, mimo że zaproszenie wysłano w białej kopercie.

Od tamtego czasu upłynęły może dwa lata, gdy John dostał zaproszenie z Crewe Gallery na Cork Street na długo wyczekiwaną wystawę indywidualną Robina. Okazało się, że jest to wystawa dwóch malarzy, i John chętnie by kupił którąś z prac tamtego artysty, gdyby nie czuł, że uraziłby brata.

Jednak wybrał olej, który mu się spodobał, zanotował numer i następnego ranka poprosił sekretarkę, żeby zatelefonowała do galerii i zarezerwowała obraz na swoje nazwisko.

– Niestety, obraz Petera Blake'a, który pana interesował, został sprzedany w dniu otwarcia wystawy – poinformowała go sekretarka.

Skrzywił się zawiedziony.

– Mogłaby pani zapytać, ile sprzedano obrazów Robina Summersa?

Sekretarka powtórzyła jego pytanie i zasłaniając ręką słuchawkę, powiedziała:

– Dwa.

John ponownie się skrzywił.

W następnym tygodniu John musiał pojechać do Londynu, by reprezentować swoje przedsiębiorstwo na wystawie samochodów na Earls Court. Postanowił, że wpadnie do Crewe Gallery i sprawdzi, jak sprzedają się obrazy brata. Żadnych zmian. Na ścianie tylko dwa czerwone znaczki oznaczające rezerwację, a tymczasem prawie wszystkie płótna Petera Blake'a zostały sprzedane.

John opuścił galerię, rozczarowany z dwóch względów, i zawrócił w stronę Piccadilly. Niemal ją minął, ale gdy zobaczył delikatny koloryt jej policzków i pełną wdzięku postać, z miejsca się zakochał. Stał i wpatrywał się, bojąc się, że okaże się za droga. Wstąpił do galerii, żeby przyjrzeć się z bliska. Była drobna, delikatna i wytworna.

– Ile kosztuje? – spytał niepewnie, patrząc na kobietę siedzącą za szklanym stołem.

– Obraz Vuillarda? – zapytała.

John potaknął.

– Tysiąc dwieście funtów.

Jakby śniąc na jawie, wyjął książeczkę czekową i wypisał kwotę, która, jak wiedział, spustoszy jego rachunek bankowy.

Obraz Vuillarda został umieszczony naprzeciwko obrazu Dunstana i w ten sposób zaczął się romans Johna z kilkoma namalowanymi damami z różnych stron świata, chociaż nigdy nie przyznał się żonie, ile kosztowały go te kochanki z portretów.

Poza obrazami wiszącymi od czasu do czasu w ciemnym kącie na Letniej Wystawie Robin nie miał indywidualnej wystawy przez kilka lat. Handlarze sztuki nie przyjmują życzliwie sugestii artystów, których prace nie znajdują nabywców, że mogą się one okazać korzystną inwestycją, gdy umrą – głównie dlatego, że właścicieli galerii też nie będzie wtedy wśród żywych.

Kiedy w końcu przyszło zaproszenie na następną indywidualną wystawę Robina, John wiedział, że nie ma wyboru i musi przybyć na wernisaż.

John ostatnio uczestniczył w wykupie przedsiębiorstwa Reynolds i Spółka przez menedżerów. Przy rosnącej co roku w latach siedemdziesiątych sprzedaży samochodów rosło też zapotrzebowanie na koła, co mu pozwalało na oddawanie się nowemu hobby kolekcjonera sztuki. Ostatnio wzbogacił swoje zbiory o Bonnarda, Dufy'ego, Camoina i Luce'a – nadal słuchał rad znawców, ale najbardziej ufał swoim oczom.

John wysiadł z pociągu w Euston i podał pierwszemu w kolejce taksówkarzowi adres. Taksiarz chwilę drapał się w głowę, po czym skierował samochód w stronę East Endu.

Kiedy John wszedł do galerii, Robin podbiegł do niego i wykrzyknął:

– Oto jest ktoś, kto nigdy nie wątpił w mój talent.

John uśmiechnął się do brata, który podał mu kieliszek białego wina.

Obrzucił spojrzeniem małą galerię i ujrzał grupki ludzi, którzy zdawali się bardziej zajęci wychylaniem kieliszków pośledniego wina niż oglądaniem poślednich obrazów. Kiedy wreszcie brat się nauczy, że ostatnie, czego potrzeba na otwarciu wystawy, to inni nieznani artyści w asyście bandy darmozjadów.

Robin ujął go pod ramię i prowadził od jednej grupki do drugiej, przedstawiając mu ludzi, których nie byłoby stać na kupno jednej z jego ram, a co dopiero płócien.

Im dłużej ciągnął się wieczór, tym bardziej Johnowi robiło się żal brata i tym razem chętnie dał się naciągnąć na kolację. Skończyło się na tym, że ugościł dwunastu kompanów Robina z właścicielem galerii włącznie, który, jak podejrzewał, nie będzie miał z tego wieczoru nic oprócz posiłku składającego się z trzech dań.

– Och, nie – zapewnił Johna. – Już sprzedaliśmy dwa obrazy i mnóstwo ludzi wyraziło zainteresowanie. Prawda jest taka, że krytycy nigdy nie rozumieli twórczości Robina, z czego pan najlepiej zdaje sobie sprawę.

John przyglądał się ze smutkiem przyjaciołom Robina, którzy wygłaszali takie uwagi, jak „nigdy się na nim nie poznano", „niedoceniony talent", „powinien zostać wybrany do Akademii Królewskiej wiele lat temu". Usłyszawszy tę opinię, Robin chwiejnie wstał i oświadczył:

– Nigdy! Postąpię jak Henry Moore i David Hockney. Kiedy mnie zaproszą, odmówię.

Wzmogła się wrzawa, goście wychylali kielich za kielichem stawianego przez Johna wina.

Gdy zegar wybił jedenastą, John się wymówił, że ma wcześnie rano spotkanie. Przeprosił towarzystwo, uregulował rachunek i pojechał do Savoyu. Siedząc w taksówce, ostatecznie pogodził się z czymś, co od dawna przeczuwał: brat po prostu wcale nie miał talentu.

Upłynęło kilka lat, zanim John dostał od Robina znak życia. Doszedł do wniosku, że skoro żadna londyńska galeria się nie kwapi, by wystawiać jego prace, obowiązek wzywa go na południe Francji, gdzie dołączy do grupy równie utalentowanych i równie niezrozumianych przyjaciół.

„To mi da szansę rozpoczęcia nowego życia – tłumaczył w jednym z rzadkich listów do brata. – Szansę realizacji w pełni mojego potencjału, za długo dławionego przez karty londyńskiego establishmentu sztuki. Czy mógłbyś mi pożyczyć..."

John przekazał pięć tysięcy funtów na rachunek bankowy w Vence, żeby brat mógł się udać w cieplejsze klimaty.

Oferta przejęcia firmy Reynolds i Spółka była zaskoczeniem, choć John zawsze uważał, że może się ona stać obiektem zainteresowania jakiegoś japońskiego koncernu samochodowego, szukającego punktu oparcia w Europie. Ale nawet on był zaskoczony, kiedy ich najwięksi rywale w Niemczech złożyli kontrofertę.

Śledził, jak z dnia na dzień rośnie wartość jego udziałów, i dopiero gdy ostatecznie Honda przelicytowała Mercedesa, uznał, że musi podjąć decyzję. Postanowił spieniężyć akcje i odejść z firmy. Oznajmił Susan, że chce się wybrać w podróż dookoła świata, odwiedzając tylko te miasta, które słyną ze wspaniałych zbiorów sztuki. Najpierw zobaczą Luwr, potem Prado, następnie Uffizi, potem Ermitaż w Petersburgu, a na koniec kolekcje nowojorskie, pozostawiając Japończykom montowanie kół w samochodach.

Johna nie zdziwił list od Robina z francuskim znaczkiem, w którym brat gratulował mu pomyślnego obrotu fortuny, życzył pomyślności na emeryturze i wspominał, że jemu nie pozostaje nic innego, jak walczyć, póki krytykom nie spadną łuski z oczu.

John przekazał dziesięć tysięcy funtów do banku w Vence.

John dostał pierwszego ataku serca w Nowym Jorku, kiedy podziwiał Belliniego we Frick Collection.

Wieczorem powiedział Susan, która siedziała przy jego łóżku, iż jest wdzięczny losowi, że odwiedzili już Metropolitan Museum of Art i Whitney Museum of American Art.

Drugi atak serca nastąpił wkrótce po powrocie do Warwickshire. Susan uznała za swój obowiązek napisać do Robina do Francji i uprzedzić go, że prognozy lekarzy nie są optymistyczne.

Robin nie odpowiedział. Jego brat zmarł trzy tygodnie później.

Na pogrzeb stawili się tłumnie przyjaciele i koledzy Johna, ale mało kto rozpoznał potężnie zbudowanego mężczyznę, który zażądał miejsca na przedzie. Susan i dzieci dobrze wiedziały, dlaczego się zjawił; z pewnością nie po to, by złożyć hołd.

– Obiecał, że zadba o mnie w testamencie – oznajmił Robin pogrążonej w żalu wdowie, ledwo odeszli od grobu. Potem odszukał dwóch synów Johna, by im przekazać tę samą wiadomość, choć niewiele miał z nimi kontaktów przez te wszystkie lata. – Widzicie – tłumaczył – wasz tata był jednym z nielicznych ludzi, którzy znali moją prawdziwą wartość.

W domu przy herbacie, kiedy inni pocieszali wdowę, Robin krążył od pokoju do pokoju i przyglądał się obrazom, które brat zgromadził przez lata.

– Sprytna inwestycja – zapewnił tutejszego pastora – nawet jeśli tym obrazom brakuje oryginalności lub pasji.

Pastor grzecznie przytaknął.

Gdy Robina przedstawiono adwokatowi rodziny, natychmiast go zapytał, kiedy będzie ogłoszony testament.

– Jeszcze nie rozmawiałem na ten temat z panią Summers. Ale przewiduję, że pod koniec przyszłego tygodnia.

Robin wynajął pokój w pobliskim zajeździe i co rano dzwonił do kancelarii adwokackiej, aż wreszcie otrzymał wiadomość, że ostatnia wola Johna będzie odczytana o trzeciej po południu w następny czwartek.

Tego popołudnia Robin zjawił się w kancelarii kilka minut przed trzecią; pierwszy raz od wielu lat przyszedł wcześniej na jakieś spotkanie. Susan przybyła zaraz po nim razem z synami. Zajęli miejsca na drugim końcu sali, nie witając się z nim.

Większą część majątku John Summers zostawił żonie i obu chłopcom, ale sporządził także specjalny zapis dla swego brata Robina.

„Miałem szczęście w ciągu mojego życia zgromadzić kolekcję obrazów, z których część ma teraz znaczną wartość. Według ostatnich obliczeń jest ich razem osiemdziesiąt jeden. Moja żona Susan może wybrać dwadzieścia według upodobania, moi dwaj chłopcy Nick i Chris też mogą sobie wybrać po dwadzieścia, natomiast mój młodszy brat Robin otrzyma pozostałe dwadzieścia jeden, które powinny mu pozwolić na życie w stylu godnym jego talentu".

Robin rozpromienił się z zadowolenia. Brat nawet na łożu śmierci nie zwątpił w jego prawdziwą wartość.

Kiedy adwokat skończył czytać testament, Susan wstała i podeszła do Robina.

– Wybierzemy obrazy, które chcemy zachować w rodzinie, a potem pozostałe dwadzieścia jeden odeślę ci do zajazdu Pod Dzwonkiem i Kaczką.

Po tych słowach Susan odwróciła się i odeszła, zanim Robin mógł odpowiedzieć. Głupia kobieta, pomyślał. Całkiem inna niż brat – nie pozna się na prawdziwym talencie, nawet gdyby miała go przed oczami.

Wieczorem przy kolacji Robin snuł projekty, jak spożytkuje

swoje bogactwo. Zanim skończył butelkę najlepszego wina, jakie mieli w zajeździe, postanowił, że ograniczy się do oddawania co sześć miesięcy na aukcję jednego obrazu do Sotheby's i jednego do Christie's, co mu pozwoli na życie godne jego talentu, jak wyraził się brat.

Położył się do łóżka około jedenastej i gdy zasypiał, jawili mu się Bonnard, Vuillard, Dufy, Camoin i Luce i nurtowało go pytanie, jaką wartość może mieć dwadzieścia jeden takich arcydzieł.

Wciąż mocno spał, gdy następnego dnia o dziesiątej rano rozległo się pukanie do drzwi.

– Kto tam? – mruknął ze złością spod koca.

– George, portier, proszę pana. Przyjechała furgonetka. Szofer mówi, że nie może wyładować rzeczy, póki pan nie pokwituje.

– Nie pozwól mu odjechać! – wrzasnął Robin.

Pierwszy raz od lat wyskoczył z łóżka, narzucił starą koszulę, włożył spodnie i buty i pomknął schodami na dół, po czym wypadł na podwórze.

Mężczyzna w niebieskim kombinezonie z kwitariuszem w ręku stał oparty o dużą furgonetkę. Robin do niego podszedł.

– Czy to pan czeka na dostawę dwudziestu jeden obrazów? – zapytał mężczyzna.

– Tak, to ja – odrzekł Robin. – Gdzie mam podpisać?

– Tutaj – powiedział szofer, wskazując słowo „podpis".

Robin szybko skreślił swoje nazwisko w poprzek formularza, a potem podążył za szoferem do tyłu furgonetki. Szofer odsunął rygiel i otworzył drzwiczki.

Robina zamurowało.

Patrzył na portret matki, leżący na stercie dwudziestu innych obrazów pędzla Robina Summersa, namalowanych w latach circa 1951–1999.

Odmiana serca

Jest taki człowiek w Kapsztadzie, który jeździ co dzień do osiedla czarnych, Crossroads. Przed południem uczy angielskiego w jednej z tamtejszych szkół, po południu, zależnie od pory roku, trenuje zawodników w rugby lub krykiecie, a wieczorami wędruje ulicami i przekonuje młodzież, żeby nie organizowała się w gangi, nie popełniała przestępstw i trzymała się jak najdalej od narkotyków. Zwą go Nawróconym z Crossroads.

Nikt się nie rodzi z uprzedzeniami w sercu, aczkolwiek niektórym wpaja się je od dziecka. Z pewnością odnosiło się to do Stoffela van den Berga. Stoffel urodził się w Kapsztadzie i nigdy w życiu nie wyjeżdżał za granicę. Jego przodkowie wyemigrowali z Holandii w osiemnastym wieku i Stoffel dorastał przyzwyczajony do czarnoskórej służby, która była na każde jego zawołanie.

Jeżeli „chłopcy" – żaden ze służących, niezależnie od wieku, nie został zaszczycony imieniem – nie słuchali rozkazów Stoffela, dostawali porządne lanie albo byli głodzeni. Jeśli dobrze wykonywali swoje zadania, nie dziękowano im, a już na pewno nigdy ich nie chwalono. Po co dziękować komuś, kto przyszedł na świat tylko po to, żeby ci usługiwać?

Kiedy Stoffel poszedł do pierwszej klasy szkoły podstawowej w Kapsztadzie, uprzedzenia jeszcze się wzmogły; w klasach pełno było białych dzieci, a uczyli tylko biali nauczyciele. Nieliczni czarni, na których czasem natykał się w szkole, czyścili ubikacje, z których nie wolno im było korzystać.

W szkolnych czasach Stoffel wybijał się ponad przeciętny poziom, celował w matematyce, a na boisku bił wszystkich na głowę.

W ostatniej klasie ten jasnowłosy, rosły Bur zimą grał w rugby na pozycji pomocnika środkowego w pierwszym składzie piętnastki, a latem w krykiecie był jednym z dwóch najlepszych odbijających w pierwszym składzie jedenastki. Już się mówiło, że będzie grał albo w rugby, albo w krykieta w drużynie Springboksów, choć jeszcze się nie starał o przyjęcie na żadną uczelnię. Kilku wysłanników klubów uniwersyteckich odwiedziło szkołę z propozycją stypendium i za radą dyrektora, którego poparł ojciec, Stoffel wybrał uniwersytet w Stellenbosch.

Kariera Stoffela rozpoczęła się z chwilą jego przybycia na kampus. Jako student pierwszego roku został wybrany do drużyny uniwersyteckiej na odbijającego, kiedy jeden z zawodników pierwszego składu odniósł kontuzję. Do końca sezonu nie opuścił ani jednego meczu. Dwa lata później został kapitanem niezwyciężonej reprezentacji uniwersyteckiej i zdobył sto punktów dla Prowincji Zachodniej w meczu przeciw Natalowi.

Kiedy Stoffel ukończył uniwersytet, został zwerbowany przez bank Barclays do działu informacyjnego, chociaż podczas rozmowy kwalifikacyjnej wyraźnie dano mu do zrozumienia, że jego najważniejszym zadaniem będzie wygrana drużyny Barclays w międzybankowych rozgrywkach pucharowych w krykiecie.

Zaledwie kilka tygodni pracował w banku, kiedy selekcjonerzy powiadomili go, że rozważa się jego udział w reprezentacji RPA w krykiecie, przygotowującej się do bliskiego przyjazdu Anglików. W banku byli zachwyceni i powiedzieli mu, że może sobie wziąć tyle wolnego, ile mu potrzeba, żeby się przygotować do tego występu. Marzył, że zdobędzie setkę w Newlands, a może nawet kiedyś na stadionie Lord's.

Z zainteresowaniem śledził coroczny turniej Ashes, rozgrywki między reprezentacjami Anglii i Australii, odbywające się w Anglii. Czytał o takich graczach, jak Underwood czy Snow, ale nie przejmował się ich sławą. Zamierzał wybijać ich piłki poza boisko.

Gazety południowoafrykańskie również śledziły turniej Ashes z olbrzymim zainteresowaniem, ponieważ chciały na bieżąco informować czytelników o mocnych i słabych punktach drużyn, z którymi krajowa reprezentacja będzie walczyć za kilka tygodni. Nagle, z dnia na dzień, doniesienia na ten temat przeniosły się z ostatnich stron na pierwsze, kiedy Anglicy wytypowali wielopozycyjnego gracza z klubu Worcester nazwiskiem Basil D'Oliveira. Pan D'Oliveira, jak zwali go dziennikarze, trafił na czołówki gazet, gdyż według rodzimej nomenklatury był „koloredem". Ponieważ nie pozwolono mu grać w pierwszej lidze krykietowej w jego ojczystym kraju, wyemigrował do Anglii.

Prasa w obu krajach spekulowała na temat tego, jakie stanowisko zajmie rząd południowoafrykański, jeżeli D'Oliveira zostanie wytypowany przez Marylebone Cricket Club do zespołu, który pojedzie do Republiki Południowej Afryki.

– Jeśli Anglicy będą tak głupi, że go wybiorą – powiedział Stoffel przyjaciołom w banku – trzeba będzie odwołać ten turniej. W końcu trudno się spodziewać, żebym grał w jednym meczu z koloredem.

Południowoafrykańczycy liczyli na to, że D'Oliveira nie spisze się dobrze w finałowym meczu na stadionie Oval, nie zostanie włączony do składu drużyny wyruszającej w objazd i w ten sposób sprawa upadnie.

D'Oliveira zawiódł w pierwszej części meczu, zdobywając tylko jedenaście punktów i nie eliminując żadnego australijskiego gracza. Ale w drugiej części przyczynił się najbardziej do wygrania meczu i wyrównania bilansu rozgrywek; pozostając bez przerwy na boisku, zdobył sto pięćdziesiąt osiem punktów. Mimo to – co wzbudziło kontrowersje – został pominięty przy kompletowaniu drużyny przeciw RPA. Kiedy jednak inny gracz wycofał się z powodu kontuzji, wszedł na jego miejsce.

Rząd Republiki Południowej Afryki natychmiast zajął stanowisko: tylko biali zawodnicy będą mile widziani w tym kraju. W następnym tygodniu wymieniono sążniste noty dyplomatyczne, ale ponieważ MCC odmówił usunięcia D'Oliveiry z zespołu, wyjazdowe rozgrywki trzeba było odwołać. Dopiero kiedy Nelson Mandela został prezydentem w 1994 roku, oficjalna angielska reprezentacja odwiedziła Republikę Południowej Afryki.

Stoffel był załamany i chociaż regularnie grał w drużynie Prowincji Zachodniej i pilnował, żeby bank Barclays utrzymał puchar rozgrywek międzybankowych, wątpił, czy kiedykolwiek przywdzieje honorową czapkę z emblematem reprezentanta swego kraju.

Jednakże mimo rozczarowania nie wątpił, że rząd podjął właściwą decyzję. Koniec końców, dlaczego Anglicy mieliby dyktować, kto powinien przyjechać do RPA?

Kiedy grał w meczu przeciwko drużynie Transwalu, poznał Ingę. Nie dość, że była najpiękniejszym stworzeniem, jakie widział w życiu, to w dodatku w pełni podzielała jego zdrowy pogląd na temat wyższości białej rasy. Pobrali się rok później.

Kiedy kolejne kraje nakładały na RPA sankcje, Stoffel nadal popierał stanowisko rządu, dowodząc, że dekadenccy politycy Zachodu to liberalni słabeusze. Dlaczego nie przyjadą do RPA i nie zobaczą kraju na własne oczy? – pytał wszystkich odwiedzających Kraj Przylądkowy. Prędko by się wtedy przekonali, że on nie bije swoich służących i że czarni dostają sprawiedliwe płace, jak zaleca rząd. Czego jeszcze mogliby się spodziewać? W gruncie rzeczy nigdy nie rozumiał, dlaczego rząd nie powiesi Mandeli i jego kompanów terrorystów za zdradę.

Piet i Marike przytakiwali ojcu, kiedy wyrażał swe poglądy. Nieustannie pouczał ich przy śniadaniu, że nie można ludzi, którzy niedawno zeskoczyli z drzew, traktować jak równych sobie. W końcu Bóg urządził to inaczej.

Kiedy Stoffel przestał grać w krykieta, zbliżając się do czterdziestki, zajął stanowisko szefa działu informacyjnego w banku i został zaproszony do zarządu. Rodzina przeprowadziła się do dużego domu odległego o kilka mil od Kapsztadu, z widokiem na Atlantyk.

Podczas kiedy świat nadal utrzymywał sankcje, Stoffel jeszcze utwierdził się w wierze, iż RPA jest jedynym miejscem na świecie, gdzie wszystko jest jak należy. Regularnie głosił ten pogląd, zarówno na forum publicznym, jak i prywatnie.

– Powinieneś kandydować do parlamentu – powiedział mu jeden z przyjaciół. – Krajowi potrzebni są ludzie wierzący w południowoafrykański sposób życia i opierający się zgrai ignoranckich cudzoziemców, którzy w większości nigdy nawet nie byli w naszym kraju.

Z początku Stoffel nie potraktował poważnie sugestii przyjaciela. Ale później przewodniczący Partii Narodowej przyleciał specjalnie do Kapsztadu, żeby się z nim zobaczyć.

– Komitet polityczny ma nadzieję, że zgodzi się pan na wysunięcie swojej kandydatury w najbliższych wyborach powszechnych – powiedział.

Stoffel obiecał, że się zastanowi, ale zastrzegł, że musi porozmawiać z żoną i kolegami z zarządu banku, zanim podejmie decyzję. Ku jego zdziwieniu wszyscy zachęcali go, aby przyjął propozycję. Mówili mu, że jest postacią znaną w całym kraju, cieszącą się popularnością, i że nikt nie będzie miał wątpliwości co do jego stanowiska wobec apartheidu. Tydzień później Stoffel zatelefonował do przewodniczącego Partii Narodowej i oznajmił mu, że będzie zaszczycony, występując jako kandydat.

Kiedy wybrano go, żeby ubiegał się o mandat z ramienia Noordhoek, okręgu tradycyjnie wiernego Partii Narodowej, zakończył swoje przemówienie, które wygłaszał przed komisją nominacyjną, słowami:

– Aż po grób będę żywił przekonanie, że apartheid jest słuszny, tak dla czarnych, jak dla białych.

Nagrodzono go długotrwałą owacją.

Wszystko się zmieniło 18 sierpnia 1989 roku.

Stoffel wyszedł tego dnia z banku kilka minut wcześniej, ponieważ miał przemawiać na zebraniu w lokalnym ratuszu. Do wyborów pozostało tylko kilka tygodni, a badania opinii publicznej wskazywały, że na pewno zostanie posłem z okręgu wyborczego Noordhoek.

Wychodząc z windy, wpadł na Martinusa de Jonga, naczelnego dyrektora banku.

– Wcześniej do domu, Stoffel? – spytał de Jong z uśmiechem.

– Niezupełnie, Martinusie. Pędzę, żeby wygłosić przemówienie na zebraniu w okręgu wyborczym.

– Brawo, stary – rzekł de Jong. – Przekonaj ich, że nikt teraz nie może sobie pozwolić na zmarnowanie swego głosu – o ile nie chce, żeby krajem rządzili czarni. Przy okazji, niepotrzebne są nam też subsydiowane miejsca dla czarnych na uniwersytetach. Jeżeli pozwolimy zgrai studentów w Anglii dyktować politykę banku, skończy się na tym, że jakiś czarny zażąda mojego stanowiska.

– Czytałem notatkę z Londynu. Zachowują się jak stadko strusi. Muszę pędzić, Martinusie, bo się spóźnię na zebranie.

– Tak, przepraszam, stary, że cię zatrzymałem.

Stoffel spojrzał na zegarek i zbiegł pochylnią na parking. Kiedy włączył się do ruchu na Rhodes Street, prędko się przekonał, że nie udało mu się uniknąć exodusu wyjeżdżających z miasta na weekend; samochody niemal dotykały się zderzakami.

Kiedy wyjechał z miasta, wrzucił szybko najwyższy bieg. Do Noordhoek było tylko piętnaście mil, choć teren był stromy i droga kręta. Ale Stoffel znał ją na pamięć i zwykle zajeżdżał pod dom w niecałe pół godziny.

Spojrzał na zegar na tablicy rozdzielczej. Jak wszystko dobrze pójdzie, zdąży jeszcze wziąć prysznic i przebrać się przed zebraniem.

Skręcił na południe drogą wiodącą w góry i mocno wcisnął pedał gazu, zwinnie lawirując między powolnymi ciężarówkami i samochodami, których kierowcy nie znali trasy tak dobrze jak on. Skrzywił się, śmigając koło czarnego kierowcy w rozklekotanej furgonetce, która z trudem wspinała się pod górę. Takich samochodów nie powinno się dopuszczać do ruchu.

Gdy przyspieszył na następnym zakręcie, zobaczył przed sobą ciężarówkę. Wiedział, że przed kolejnym zakrętem jest długi odcinek prostej, więc mógł śmiało wyprzedzać. Ruszył do przodu i zdziwił się, że ciężarówka jedzie tak szybko.

Kiedy od następnego zakrętu dzieliło go około stu jardów, dostrzegł jadący z przeciwka samochód. Musiał podjąć błyskawiczną decyzję, czy przyspieszyć, czy hamować. Wcisnął do samego końca pedał gazu, zakładając, że tamten zahamuje. Wyskoczył przed ciężarówkę i w tym momencie przerzucił samochód w prawo, niemniej zaczepił o błotnik nadjeżdżającego auta. W ułamku sekundy ujrzał przerażone oczy tamtego kierowcy, który usiłował hamować, ale ostry spadek drogi nie bardzo na to pozwalał. Samochód Stoffela wyrżnął w barierę ochronną, odbił się, odskoczył na drugą stronę drogi i w końcu zatrzymał się w kępie drzew.

To było ostatnie, co pamiętał, nim pięć tygodni później odzyskał świadomość.

Stoffel spojrzał w górę i ujrzał stojącą przy łóżku Ingę. Kiedy zobaczyła, że otworzył oczy, uścisnęła jego rękę, a potem wybiegła z pokoju po lekarza.

Kiedy znowu się obudził, oboje stali przy łóżku, ale upłynął jeszcze tydzień, zanim chirurg mógł mu powiedzieć, co się stało po wypadku.

Stoffel słuchał w milczeniu, przejęty grozą relacji o tym, że tamten kierowca zmarł z powodu obrażeń głowy zaraz po przywiezieniu go do szpitala.

– Masz szczęście, że przeżyłeś – powiedziała Inga.

– Na pewno tak – rzekł chirurg – bo w parę chwil po śmierci tamtego kierowcy przestało też bić pana serce. Pańskie szczęście, że w sąsiedniej sali operacyjnej był odpowiedni dawca.

– Czy nie kierowca tamtego samochodu? – spytał Stoffel.

Chirurg skinął głową.

– Ale… czy on nie był czarny? – zapytał z niedowierzaniem Stoffel.

– Owszem – potwierdził chirurg. – Może to będzie dla pana niespodzianką, panie van den Berg, że pańskie ciało nie jest tego świadome. Niech pan będzie wdzięczny, że jego żona zgodziła się na transplantację. O ile pamiętam jej słowa – na moment zamilkł – powiedziała: „Nie widzę żadnego sensu, żeby obaj umarli". Dzięki niej, proszę pana, mogliśmy ocalić panu życie. – Zawahał się, ściągnął usta, a potem cicho rzekł: – Przykro mi, ale muszę panu powiedzieć, że pańskie inne wewnętrzne obrażenia były tak poważne, że mimo udanej transplantacji serca rokowania bynajmniej nie są dobre.

– Ile życia mam przed sobą? – spytał Stoffel po długim milczeniu.

– Trzy, może cztery lata – odparł chirurg. – Ale tylko wtedy, jeżeli będzie się pan oszczędzał.

Stoffel zapadł w głęboki sen.

Minęło sześć tygodni, zanim Stoffel wyszedł ze szpitala, a Inga jeszcze nalegała, żeby rekonwalescencja trwała długo. Kilku przyjaciół odwiedzało go w domu, w tym Martinus de Jong, który go zapewnił, że będzie mógł objąć swoje stanowisko w banku, jak tylko nabierze sił.

– Nie wrócę do banku – powiedział cicho Stoffel. – Za kilka dni otrzymasz moją rezygnację.

– Ale dlaczego? – spytał de Jong. – Mogę cię zapewnić… Stoffel pomachał ręką.

– To ładnie z twojej strony, Martinusie, ale mam inne plany.

Gdy tylko doktor pozwolił Stoffelowi wychodzić z domu, ten poprosił Ingę, żeby go zawiozła do Crossroads, gdyż chciał odwiedzić wdowę po człowieku, którego zabił.

Wysoka, jasnowłosa para białych wędrowała między ruderami Crossroads, odprowadzana posępnymi, zrezygnowanymi spojrzeniami. Zatrzymali się przed lepianką, gdzie, jak im powiedziano, mieszkała żona nieżyjącego kierowcy.

Stoffel chciał zapukać do drzwi, ale ich nie było. Zajrzał przez szparę i dojrzał w ciemności skuloną w kącie młodą kobietę z dzieckiem na ręku.

– Nazywam się Stoffel van den Berg – przedstawił się. – Przyszedłem, żeby powiedzieć, jak bardzo żałuję, że spowodowałem śmierć pani męża.

– Dziękuję, panie – odparła. – Nie trzeba się było fatygować.

Ponieważ nie było krzesła, Stoffel usiadł na ziemi i skrzyżował nogi.

– Chcę też podziękować za to, że dała mi pani szansę przeżycia.

– Dziękuję, panie.

– Czy mógłbym coś dla pani zrobić? – Na chwilę zamilkł. – Może chciałaby pani razem z dzieckiem zamieszkać u nas?

– Nie, dziękuję, panie.

– To nic nie mogę zrobić? – spytał bezradnie Stoffel.

– Nic, dziękuję, panie.

Stoffel podniósł się, czując, że jego obecność ją krępuje. Wracali wraz z Ingą w milczeniu i nie zamienili słowa, póki nie znaleźli się w samochodzie.

– Byłem ślepy – wyznał, gdy Inga wiozła go do domu.

– Nie tylko ty – powiedziała Inga. Jej oczy wezbrały łzami. – Ale co można na to poradzić?

– Ja wiem, co muszę zrobić.

Inga słuchała, gdy mąż tłumaczył, jak zamierza spędzić resztę życia.

Nazajutrz Stoffel przybył do banku i przy pomocy Martinusa de Jonga obliczył, na jakie wydatki może sobie pozwolić przez najbliższe trzy lata.

– Czy powiedziałeś Indze, że chcesz zrezygnować z ubezpieczenia na życie i wykupić polisę?

– To był jej pomysł – powiedział Stoffel.

– Jak zamierzasz wydać te pieniądze?

– Zacznę od zakupu używanych książek, starych piłek do rugby i kijów do krykieta.

– Możemy pomóc, podwajając kwotę, jaką na to chcesz przeznaczyć – zasugerował dyrektor naczelny banku.

– W jaki sposób? – zapytał Stoffel.

– Wykorzystując nadwyżkę naszego funduszu na cele sportowe.

– Ale to jest tylko dla białych.

– Przecież ty jesteś biały – powiedział dyrektor. – Nie myśl – ciągnął po chwili milczenia – że jesteś jedyną osobą, której ta tragedia otworzyła oczy. I w twojej sytuacji o wiele łatwiej będzie... – Zawahał się.

– Co masz na myśli?

– Uświadomić innym, bardziej uprzedzonym niż ty, jak błądzili w przeszłości.

Tego popołudnia Stoffel ponownie pojechał do Crossroads. Obchodził osiedle przez kilka godzin, wreszcie wybrał kawałek ziemi, otoczony budami skleconymi z blachy i namiotami.

Wprawdzie grunt nie był płaski ani odpowiedni kształtem

i wielkością, ale odmierzył krokami boisko. Przypatrywał mu się tłumek dzieci.

Następnego dnia niektóre z nich pomogły mu pomalować linie boczne i umocować narożne chorągiewki.

Przez cztery lata, miesiąc i jedenaście dni Stoffel van den Berg co rano jeździł do Crossroads, gdzie uczył dzieci angielskiego w baraku, który udawał szkołę.

Te same dzieci uczył popołudniami gry w krykieta albo rugby, w zależności od pory roku. Wieczorami przemierzał ulice, nakłaniając nastolatki, by nie tworzyły gangów, nie popełniały przestępstw i trzymały się jak najdalej od narkotyków.

Stoffel van den Berg umarł 24 marca 1994 roku, niewiele dni przed objęciem prezydentury przez Nelsona Mandelę. Podobnie jak Basil D'Oliveira, odegrał skromną rolę w zwalczaniu apartheidu.

Na pogrzebie Nawróconego z Crossroads zgromadziło się dwa tysiące żałobników, którzy przyjechali ze wszystkich stron kraju, żeby oddać hołd zmarłemu.

Dziennikarze nie mogli się zgodzić, czy przeważali czarni czy biali.

Za dużo przypadków

Ilekroć Ruth rozmyślała o minionych trzech latach – a zdarzało się to jej często – dochodziła do wniosku, że Max musiał zaplanować wszystko ze szczegółami – tak, zanim jeszcze się spotkali.

Pierwszy raz wpadli na siebie przypadkowo – w każdym razie tak się wtedy Ruth wydawało – i żeby oddać Maksowi sprawiedliwość, nie oni wpadli na siebie, lecz ich łodzie.

Rabuś morski wolno wpływał do przystani w wieczornym półmroku, gdy obydwa jachty zetknęły się dziobami. Kapitanowie szybko sprawdzili, czy nie ma uszkodzeń, ale ponieważ oba miały zawieszone na burtach wielkie, pneumatyczne odbijacze, żadnemu nic się nie stało. Właściciel *Szkockiej piękności* żartobliwie zasalutował i zniknął pod pokładem.

Max nalał sobie dżinu z tonikiem, wziął do ręki książkę, którą zamierzał skończyć poprzedniego lata, i ulokował się na dziobie. Zaczął przewracać kartki w poszukiwaniu miejsca, do którego doczytał, kiedy kapitan *Szkockiej piękności* pojawił się na pokładzie.

Starszy mężczyzna znów żartobliwie zasalutował, na co Max odłożył książkę i powiedział:

– Dobry wieczór. Przepraszam za kolizję.

– Nie ma żadnych śladów – odparł mężczyzna, podnosząc szklankę z whisky.

Max wstał, podszedł do burty i wyciągnął rękę.

– Nazywam się Max Bennett – przedstawił się.

– Angus Henderson – odwzajemnił się starszy mężczyzna. Miał lekko wibrujące, szkockie „r".

– Mieszkasz w tych stronach, Angusie? – zapytał od niechcenia Max.

– Nie – odparł Angus. – Mieszkamy z żoną na Jersey, ale nasze bliźniaki są w szkole na południowym wybrzeżu, toteż przypływamy tu pod koniec każdego trymestru i zabieramy ich na ferie. A ty? Czy mieszkasz w Brighton?

– Nie, w Londynie, ale wpadam tutaj, kiedy tylko mam czas, żeby trochę pożeglować, niestety, zbyt rzadko, jak zdążyłeś się przekonać – dodał ze śmiechem, gdy spod pokładu *Szkockiej piękności* wyłoniła się kobieta.

– Ruth, to jest Max Bennett – zwrócił się do niej Angus i uśmiechnął się. – Dosłownie wpadliśmy na siebie.

Max uśmiechnął się do kobiety, którą można by wziąć za córkę Hendersona, gdyż była co najmniej dwadzieścia lat młodsza niż mąż. Choć nie piękność, robiła wrażenie, a sądząc po wysportowanej sylwetce, musiała codziennie ćwiczyć. Nieśmiało uśmiechnęła się do Maksa.

– Może byś się z nami napił? – zaproponował Angus.

– Dziękuję – powiedział Max i wgramolił się na drugą, większą łódź. Pochylił się i uścisnął dłoń Ruth. – Miło mi panią poznać, pani Henderson.

– Ruth, proszę. Czy pan mieszka w Brighton? – spytała.

– Nie – rzekł Max. – Właśnie mówiłem twojemu mężowi, że od czasu do czasu wpadam tu na sobotę i niedzielę, żeby trochę pożeglować. A co ty porabiasz na Jersey? – zwrócił się znów do Angusa. – Z pewnością tam się nie urodziłeś.

– Nie, przenieśliśmy się tam z Edynburga, kiedy siedem lat temu przeszedłem na emeryturę. Miałem małą firmę maklerską. Teraz tylko pilnuję, czy posiadłości rodzinne przynoszą godziwy dochód, trochę żegluję i czasem gram w golfa. A ty czym się zajmujesz? – spytał.

– Czymś podobnym, ale z pewną różnicą.

– O? To znaczy? – zainteresowała się Ruth.

– Ja też mam do czynienia z posiadłościami, ale takimi, które należą do innych ludzi. Jestem młodszym wspólnikiem firmy z West Endu zajmującej się handlem nieruchomościami.

– Jakie są obecnie ceny nieruchomości w Londynie? – spytał Angus, pociągnąwszy łyk whisky.

– Ostatnie dwa lata były niedobre dla większości agentów – nikt nie chce sprzedawać i tylko cudzoziemcy mogą sobie pozwolić na kupowanie. A wszyscy, którzy powinni przedłużyć dzierżawę, domagają się obniżenia czynszu, inni zaś po prostu nie płacą.

– Może powinieneś przenieść się na Jersey – powiedział ze śmiechem Angus. – Przynajmniej byś uniknął…

– Powinniśmy zacząć się przebierać – wpadła mu w słowo Ruth – jeżeli nie chcemy się spóźnić na koncert chłopców.

Henderson spojrzał na zegarek.

– Przepraszamy, Max – powiedział. – Miło się z tobą rozmawia, ale Ruth ma rację. Może znowu się zderzymy.

– Miejmy nadzieję – rzekł Max.

Uśmiechnął się, odłożył kieliszek na pobliski stolik i z powrotem wgramolił się na swoją łódkę, Hendersonowie zaś zniknęli pod pokładem.

I znowu Max wziął do ręki swoją mocno sfatygowaną książkę, ale choć znalazł wreszcie właściwe miejsce, nie mógł się skoncentrować na czytaniu. Pół godziny później na pokładzie zjawili się Hendersonowie ubrani na koncert. Kiedy wstąpili na molo, kierując się do czekającej taksówki, Max skinął im niedbale ręką.

Kiedy rano następnego dnia Ruth wyszła na pokład z filiżanką herbaty w ręku, z rozczarowaniem stwierdziła, że *Rabuś morski* nie jest przycumowany obok. Już miała zejść na dół, kiedy zobaczyła, że znajoma łódź zbliża się do przystani.

Stała bez ruchu, obserwując, jak żagiel staje się coraz większy, z nadzieją, że Max zacumuje w tym samym miejscu co wczoraj. Kiedy ją zauważył, pomachał do niej. Udała, że go nie widzi.

Gdy tylko przygotował liny cumownicze, zawołał:

– Gdzie jest Angus?

– Wyjechał po chłopców, żeby ich zabrać na mecz rugby. Nie spodziewam się go przed wieczorem – niepotrzebnie dodała.

Max przywiązał cumę dziobową do pachołka na pomoście i spojrzał w górę.

– Ruth, wobec tego zjedz ze mną lunch – zaproponował. – Znam małą włoską restaurację, której jeszcze nie odkryli turyści.

Ruth udała, że się zastanawia, czy przyjąć propozycję.

– Czemu nie – powiedziała w końcu.

– Możemy się spotkać za pół godziny? – spytał Max.

– Dobrze – odparła.

Pół godziny przedłużyło się do pięćdziesięciu minut, toteż Max znowu sięgnął po swoją książkę, ale i tym razem niewiele zdołał przeczytać.

Kiedy Ruth wreszcie się pokazała, miała na sobie czarną skórzaną minispódniczkę, białą bluzkę, czarne pończochy i była umalowana za mocno nawet jak na Brighton.

Max otaksował spojrzeniem jej nogi. Niezłe, jak na trzydzieści osiem lat, pomyślał, chociaż spódniczka była trochę za obcisła i niewątpliwie za krótka.

– Rewelacyjnie wyglądasz. – Starał się to powiedzieć przekonująco. – Idziemy?

Ruth dołączyła do niego na molo i gawędząc, powędrowali do miasta. Max skręcił w boczną uliczkę i zatrzymał się przed restauracją o nazwie Venitici. Kiedy otworzył przed Ruth drzwi, z rozczarowaniem stwierdziła, że sala jest pełna ludzi.

– Nie mamy szans na wolny stolik – powiedziała.

– Zaraz się przekonamy – rzekł Max.

Podszedł do nich starszy kelner.

– Pański stolik, ten co zwykle? – zapytał.

– Dziękuję, Valerio – rzekł Max.

Kelner powiódł ich do odosobnionego stolika w kącie.

– Ruth, czego byś się napiła? – spytał Max, gdy usiedli. – Kieliszek szampana?

– Chętnie – rzuciła lekko, jakby zdarzało się to jej codziennie. W rzeczywistości nieczęsto piła szampana przed obiadem, gdyż Angus nie pozwoliłby na taką rozrzutność, chyba że z okazji jej urodzin.

Max zajrzał do karty dań.

– Jedzenie tutaj jest zawsze doskonałe, zwłaszcza gnocchi, które robi żona Valeria. Dosłownie rozpływa się w ustach.

– Chętnie spróbuję – powiedziała Ruth, nawet nie otwierając swojej karty.

– I do tego mieszana sałatka?

– Jak najbardziej.

Max odłożył kartę i spojrzał na Ruth.

– Chłopcy – powiedział – nie mogą być twoimi dziećmi, skoro są w szkole z internatem.

– Dlaczego nie? – powiedziała skromnie Ruth.

– Ze względu na wiek Angusa. Po prostu pomyślałem, że to są jego dzieci z pierwszego małżeństwa.

– Nie – odparła ze śmiechem Ruth. – Angus nie ożenił się przed czterdziestką i kiedy poprosił mnie o rękę, bardzo mi to pochlebiło.

Max nie skomentował jej słów.

– A ty? – zapytała Ruth w chwili, gdy kelner podawał jej do wyboru cztery różne gatunki pieczywa.

– Byłem żonaty cztery razy – odparł Max.

Ruth była zaszokowana. Max wybuchnął śmiechem.

– W istocie nigdy – cicho powiedział. – Myślę, że po prostu nie trafiłem na odpowiednią dziewczynę.

– Ale wciąż jesteś na tyle młody, że możesz mieć każdą kobietę, jaka ci się spodoba – zauważyła Ruth.

– Jestem starszy od ciebie – powiedział Max szarmancko.

– U mężczyzn jest inaczej – stwierdziła Ruth w zamyśleniu.

Przy stoliku zjawił się starszy kelner z małym bloczkiem w ręku.

– Dwa razy gnocchi i butelka waszego barolo – zamówił Max, zwracając karty dań. – Oraz duża porcja sałatki, wystarczająca dla nas obojga – szparagi, awokado, młoda sałata – wiesz, co lubię.

– Naturalnie, panie Bennett – odparł Valerio.

Max z powrotem zajął się swoim gościem.

– Czy dla osoby w twoim wieku wyspa Jersey nie jest trochę za nudna? – zapytał, pochylając się do przodu i odgarniając kosmyk blond włosów, który opadł Ruth na czoło.

Ona nieśmiało się uśmiechnęła.

– Ma też trochę zalet – odparła niezbyt przekonująco.

– Na przykład? – nalegał Max.

– Dwudziestoprocentowy podatek.

– To może być powód do pobytu na Jersey dla Angusa, ale nie dla ciebie. W każdym razie ja wolałbym być w Anglii i płacić czterdzieści procent.

– Teraz, kiedy Angus przeszedł na emeryturę i ma stały dochód, to nam odpowiada. Gdybyśmy zostali w Edynburgu, nie moglibyśmy żyć na takiej stopie.

– Więc Brighton nie jest takie złe – rzekł Max, szczerząc zęby.

Starszy kelner pojawił się ponownie, niosąc dwa talerze z gnocchi, które postawił przed nimi, tymczasem drugi kelner umieścił wielki półmisek z sałatką na środku stołu.

– Ja się nie skarżę – oznajmiła Ruth, popijając szampana. – Angus zawsze był bardzo troskliwy. Niczego mi nie brakuje.

– Niczego? – powtórzył Max. Wsunął rękę pod stół i położył jej na kolanie.

Ruth wiedziała, że powinna ją natychmiast strącić, ale tego nie zrobiła.

Kiedy wreszcie Max zabrał rękę i zajął się gnocchi, Ruth usiłowała się zachowywać, jakby się nic nie wydarzyło.

– Czy pokazują coś ciekawego na West Endzie? – spytała od niechcenia. – Podobno warto zobaczyć *Pan inspektor przyszedł*.

– Na pewno warto – zgodził się Max. – Byłem na premierze.

– Tak? A kiedy to było? – spytała niewinnie Ruth.

– Z pięć lat temu – odparł Max.

– To teraz – powiedziała ze śmiechem Ruth – kiedy wiesz, jakie mam zaległości, możesz mi powiedzieć, co powinnam obejrzeć.

– W przyszłym miesiącu dają premierę nowej sztuki Toma Stopparda. – Zawiesił głos. – Gdybyś się mogła wyrwać na parę dni, moglibyśmy wybrać się razem.

– To nie takie proste, Max. Angus chce, żebym była razem z nim na Jersey. Nie przyjeżdżamy tak często do Londynu.

Max spojrzał na jej pusty talerz.

– Zdaje się, że nie przesadziłem z pochwałą gnocchi.

Ruth skinęła głową.

– Powinnaś spróbować *crème brûlée*, też roboty żony Valeria.

– Nie, dziękuję. Ta wyprawa już mnie kosztuje co najmniej trzy dni gimnastyki, więc zadowolę się kawą – powiedziała Ruth.

W tym momencie postawiono przed nią znowu kieliszek szampana. Zmarszczyła brwi.

– Udawajmy, że to twoje urodziny – rzekł Max. Jego ręka znów zabłądziła pod stół – teraz spoczęła na jej udzie.

Z perspektywy czasu oceniła, że w tym właśnie momencie powinna wstać i wyjść.

– Więc jak długo jesteś agentem od nieruchomości? – zapytała, dalej udając, że nic takiego się nie dzieje.

– Odkąd skończyłem szkołę. Zaczynałem w firmie od podawania herbaty, a w zeszłym roku zostałem wspólnikiem.

– Gratuluję. Gdzie się mieści twoje biuro?

– W samym centrum Mayfair. Może byś kiedyś wpadła? Jak będziesz następnym razem w Londynie.

– Rzadko tam bywam – powiedziała Ruth.

Kiedy Max zauważył kelnera zbliżającego się do ich stolika, zdjął rękę z nogi Ruth. Kelner postawił przed nimi po filiżance cappuccino, Max uśmiechnął się do niego i poprosił o rachunek.

– Spieszysz się? – zagadnęła Ruth.

– Tak – odparł. – Właśnie sobie przypomniałem, że mam na pokładzie *Rabusia morskiego* butelkę dobrego koniaku, a to może być idealna okazja, żeby ją otworzyć. – Przechylił się nad stołem i ujął ją za rękę. – Wiesz, trzymam tę butelkę, żeby uczcić coś albo kogoś specjalnego.

– Nie wydaje mi się, żeby to było rozsądne.

– Czy zawsze robisz tylko to, co jest rozsądne? – spytał Max, nie puszczając jej ręki.

– Ale ja naprawdę muszę już wracać na łódź.

– Żeby przez trzy godziny nic nie robić, tylko czekać na Angusa?

– Nie, ja tylko…

– Boisz się, że cię uwiodę.

– Czy taki jest twój zamiar? – zapytała Ruth, wyzwalając rękę.

– Tak, ale najpierw musimy spróbować koniaku – powiedział Max.

Podano mu rachunek. Odwrócił na drugą stronę biały karteluszek, wyjął portfel i położył cztery dziesięciofuntowe banknoty na srebrnej tacy.

Angus kiedyś jej powiedział, że ktoś, kto płaci w restauracji gotówką, albo nie potrzebuje karty kredytowej, albo zarabia za mało, żeby ją otrzymać.

Max wstał, podziękował trochę zbyt ostentacyjnie starszemu kelnerowi i wsunął mu banknot pięciofuntowy, gdy otworzył im drzwi. W drodze powrotnej nic nie mówili. Ruth się wydawało, że widzi jakąś postać wyskakującą z *Rabusia morskiego*, kiedy jednak spojrzała jeszcze raz, nikogo nie było. Zbliżyli się do łodzi i Ruth zamierzała się pożegnać, ale stwierdziła, że idzie za Maksem na pokład i w dół do kabiny.

– Nie przypuszczałam, że jest taka ciasna – powiedziała, stanąwszy na najniższym szczeblu.

Okręciła się wkoło i znalazła w ramionach Maksa. Odepchnęła go delikatnie.

– Idealna dla kawalera – odrzekł, nalewając dwie duże porcje koniaku.

Podał jeden kieliszek Ruth, otaczając ją wolnym ramieniem. Przyciągnął ją delikatnie do siebie i pocałował w usta, a potem się odsunął i upił trochę koniaku.

Patrzył, jak podnosi kieliszek do ust, i po chwili znów ją objął. Całując się, rozchylili wargi i Ruth nie wzbraniała Maksowi, kiedy odpinał górny guziczek jej bluzki.

Za każdym razem, gdy się opierała, on się odsuwał i czekał, aż upije koniaku, po czym wracał do swego zadania. Pociągnęła jeszcze kilka łyków i dopiero wtedy udało mu się zdjąć z niej białą bluzkę i wymacać suwak obcisłej minispódniczki, ale wtedy Ruth nawet nie udawała, że próbuje go powstrzymać.

– Jesteś drugim mężczyzną, z jakim się w życiu kochałam – powiedziała potem cicho, leżąc na podłodze.

– Byłaś dziewicą, gdy spotkałaś Angusa? – spytał z niedowierzaniem.

– Nie ożeniłby się ze mną, gdybym nią nie była – odrzekła po prostu.

– I nie było nikogo innego w ciągu ostatnich dwudziestu lat? – spytał, nalewając sobie koniaku.

– Nie – odparła – chociaż mam wrażenie, że podobam się Geraldowi Prescottowi, wychowawcy chłopców z ich dawnej szkoły. Ale on nigdy się nie odważył na więcej niż cmoknięcie w policzek i rzucanie mi smętnych spojrzeń.

– A tobie się podoba?

– Tak, owszem. Jest dość przystojny – przyznała Ruth pierwszy raz w życiu. – Ale to nie ten rodzaj mężczyzny, który pierwszy wystąpi z inicjatywą.

– Tym gorzej dla niego – powiedział Max, znowu biorąc ją w ramiona.

Ruth spojrzała na zegarek.

– Och, Boże, czy naprawdę jest już tak późno? Angus może wrócić lada chwila.

– Moja droga, nie panikuj – rzekł Max. – Wystarczy nam czasu na jeszcze jeden koniak, a może nawet na jeszcze jeden orgazm – co wolisz.

– Jedno i drugie, ale nie chcę ryzykować, żeby nas przyłapał.

– To musimy zostawić na następny raz. – Max zdecydowanym ruchem zakorkował butelkę.

– Albo dla następnej dziewczyny – rzekła Ruth, naciągając rajstopy.

Max wziął z podręcznego stolika długopis i napisał na etykietce butelki: „Wypić tylko razem z Ruth".

– Czy jeszcze cię zobaczę? – spytała Ruth.

– To będzie zależało od ciebie, kochanie – odparł Max i znów ją pocałował. Wypuścił ją z objęć, a ona się odwróciła, weszła na górę i szybko znikła mu z oczu.

Znalazłszy się na swojej łodzi, próbowała wymazać z pamięci ostatnie dwie godziny, ale kiedy wieczorem Angus wrócił z chłopcami, pojęła, że nie będzie jej łatwo zapomnieć Maksa.

Gdy następnego ranka wyszła na pokład, nigdzie nie było widać *Rabusia morskiego*.

– Za czymś się rozglądasz? – spytał Angus, podchodząc do niej.

– Nie – obróciła się i uśmiechnęła do niego. – Po prostu nie mogę się doczekać, kiedy wrócimy do domu.

Minął chyba miesiąc, gdy podniósłszy słuchawkę telefonu, usłyszała głos Maksa. Ogarnęło ją takie samo podniecenie, jakiego doznała, kiedy się kochali.

– Wybieram się jutro na Jersey, żeby obejrzeć nieruchomość dla klienta. Czy jest szansa, żeby cię zobaczyć?

– Może byś wpadł do nas na kolację? – Ruth usłyszała swój głos.

– A może byś odwiedziła mnie w hotelu? – odrzekł. – Po co sobie zawracać głowę kolacją.

– Nie, myślę, że mądrzej będzie, jeżeli przyjdziesz na kolację. Na Jersey nawet skrzynki pocztowe plotkują.

– Zgoda, jeżeli nie ma innego sposobu, żeby cię zobaczyć.

– O ósmej wieczorem?

– Ósma mi odpowiada – odparł i odłożył słuchawkę.

W tym momencie Ruth uświadomiła sobie, że nie dała Maksowi adresu i nie może do niego zadzwonić, bo nie zna jego numeru telefonu.

Angus się ucieszył, gdy go uprzedziła, że będą mieli wieczorem gościa na kolacji.

– Lepiej nie mogło się złożyć – powiedział. – Chciałbym się Maksa w czymś poradzić.

Nazajutrz Ruth spędziła całe przedpołudnie w St Helier na zakupach. Wybrała najlepsze mięso, najświeższe warzywa, kupiła też butelkę wina bordoskiego, co Angus, jak wiedziała, uzna za wielką rozrzutność.

Popołudnie spędziła w kuchni, szczegółowo tłumacząc kucharce, jak należy przyrządzić potrawy, a wieczorem jeszcze dłużej tkwiła w sypialni, wybierając i odrzucając kolejne kreacje. Była jeszcze naga, gdy kilka minut po ósmej zabrzmiał dzwonek.

Ruth otworzyła drzwi sypialni i z piętra przysłuchiwała się, jak Angus wita gościa. Jaki on ma stary głos, pomyślała, słuchając rozmowy obydwu mężczyzn. Nadal nie wiedziała, o czym mąż chce mówić z gościem, gdyż nie pytała, by nie sprawiać wrażenia, że jest zanadto ciekawa.

Wróciła do sypialni i zdecydowała się na sukienkę, w której, według słów przyjaciółki, wyglądała uwodzicielsko. Pamiętała, że odpowiedziała wtedy, iż wobec tego ta sukienka na Jersey się zmarnuje.

Obydwaj mężczyźni wstali, gdy Ruth weszła do salonu, a Max podszedł do niej i ucałował ją w oba policzki, tak samo jak Gerald Prescott.

– Mówiłem Maksowi o naszym letnim domu w Ardenach – oznajmił Angus, zanim zdążyli usiąść – i że teraz, kiedy bliźniaki pójdą na uniwersytet, chcemy go sprzedać.

Jakie to typowe dla Angusa, pomyślała Ruth. Załatwiać interesy, zanim jeszcze poda się gościowi coś do picia. Podeszła do kredensu i nalała dla Maksa dżinu z tonikiem, nie zastanawiając się, co robi.

– Spytałem Maksa, czy byłby tak dobry i pojechał obejrzeć domek, oszacował go i doradził, kiedy najlepiej go sprzedać.

– To wydaje się rozsądne – rzekła Ruth. Nie patrzyła na Maksa, bo się bała, że Angus zauważy, co do niego czuje.

– Jeżeli chcesz, pojadę do Francji choćby jutro – odezwał się Max. – Nic nie zaplanowałem na weekend. W poniedziałek bym się z tobą skontaktował.

– To mi odpowiada – rzekł Angus. Umilkł i pociągnął łyk słodowej whisky podanej mu przez żonę. – Myślę, moja droga, że przyspieszyłoby sprawę, gdybyś ty też pojechała.

– Nie, jestem pewna, że Max poradzi sobie…

– O, nie – rzekł Angus. – To on podsunął ten pomysł. Mogłabyś mu pokazać to miejsce i nie musiałby telefonować, gdyby miał jakieś pytania.

– Ale ja akurat jestem dosyć zajęta, bo…

– Kółko brydżowe, siłownia i… Myślę, że te kilka dni obejdą się bez ciebie – powiedział Angus z uśmiechem.

Ruth była wściekła, że wyszła na taką prowincjuszkę przy Maksie.

– W porządku – powiedziała. – Jeżeli uważasz, że to w czymś pomoże, pojadę z Maksem w Ardeny. – Tym razem na niego spojrzała.

Nawet Chińczykom zaimponowałaby nieprzenikniona mina Maksa.

Wyprawa w Ardeny trwała trzy dni i trzy niezapomniane noce. Kiedy wrócili na Jersey, Ruth tylko się modliła w duchu, by za bardzo nie rzucało się w oczy, że są kochankami.

Max przedstawił Angusowi szczegółowe sprawozdanie i wycenę, a starszy pan przyjął jego radę, aby wystawić nieruchomość na sprzedaż kilka tygodni przed rozpoczęciem letniego sezonu. Obaj mężczyźni przypieczętowali transakcję uściskiem dłoni i Max oświadczył, że odezwie się, jak tylko znajdzie się kupiec.

Ruth odwiozła go na lotnisko i kiedy odchodził ku stanowisku kontroli celnej, poprosiła:

– Czy odezwiesz się do mnie wcześniej niż za miesiąc?

Max zatelefonował nazajutrz, żeby poinformować Angusa, że zgłosił nieruchomość w dwu cieszących się dobrą opinią agencjach w Paryżu, z którymi jego firma od lat współpracuje.

– Zanim spytasz – dodał – wiedz, że dzielę się moją prowizją, tak że nic nie będziesz musiał dopłacać.

– Ten facet przypadł mi do serca – powiedział Angus. Odłożył słuchawkę, zanim Ruth mogła zamienić kilka słów z kochankiem.

W następnych dniach Ruth zawsze pierwsza odbierała telefon, ale Max już nie zadzwonił w tym tygodniu. Kiedy wreszcie zatelefonował w następny poniedziałek, Angus był w tym samym pokoju.

– Kochanie, nie mogę się doczekać, kiedy znowu zedrę z ciebie sukienkę – brzmiały pierwsze słowa Maksa.

– Max, miło mi to słyszeć, ale dam od razu słuchawkę Angusowi, który chętnie wysłucha nowiny. – Przekazując słuchawkę mężowi, miała tylko nadzieję, że Max rzeczywiście ma jakąś wiadomość.

– Co za nowina? – spytał Angus.

– Oferują nam za nieruchomość dziewięćset tysięcy franków – rzekł Max – czyli prawie sto tysięcy funtów. Ale na razie nie podejmuję decyzji, bo mam jeszcze dwóch klientów.

Francuscy agenci radzą, żeby się zgodzić na każdą cenę powyżej miliona franków.

– O ile ty też tak radzisz, chętnie się zastosuję – powiedział Angus. – I Max, jak przygotujesz transakcję, przylecę i podpiszę umowę. Od pewnego czasu obiecuję Ruth wycieczkę do Londynu.

– To się dobrze składa. Cieszę się, że was zobaczę – rzekł Max i odłożył słuchawkę.

Zatelefonował znów pod koniec tygodnia i chociaż Ruth zdążyła wypowiedzieć całe jedno zdanie, zanim stanął przy niej Angus, zabrakło jej czasu, aby odwzajemnić jego czułości.

– Sto siedem tysięcy sześćset funtów? – powiedział Angus. – To o wiele lepiej, niż się spodziewałem. Dobra robota, Max. Sporządź umowę, a ja przylecę samolotem, jak tylko będziesz miał w banku zadatek. – Angus odłożył słuchawkę i odwracając się do Ruth, rzekł: – Cóż, wygląda na to, że niedługo wybierzemy się w tę obiecywaną podróż do Londynu.

Ulokowawszy się w małym hoteliku przy Marble Arch, Ruth i Angus poszli spotkać się z Maksem w restauracji na South Audley Street. Angus nigdy o niej nie słyszał, a kiedy zobaczył ceny w karcie dań, wiedział, że nigdy by jej nie wybrał. Ale kelnerzy byli bardzo uprzejmi i wyglądało na to, że dobrze znają Maksa.

Kolacja nie sprawiła przyjemności Ruth, gdyż Angusa interesowała tylko transakcja, a gdy wyczerpali z Maksem tę kwestię, skierował rozmowę na temat innych swoich majętności w Szkocji.

– Myślę, że dają marne zyski z zainwestowanego kapitału – rzekł Angus. – Może byś zbadał sprawę i doradził mi, co mam z nimi zrobić?

– Z przyjemnością – odparł Max.

Ruth podniosła wzrok znad talerza z pasztetem strasburskim i przyjrzała się mężowi.

– Czy dobrze się czujesz? – zapytała. – Jesteś blady jak ściana.

– Boli mnie z prawej strony u dołu – poskarżył się Angus. – Miałem męczący dzień i nie jestem przyzwyczajony do bywania w tych modnych knajpach. Myślę, że po dobrze przespanej nocy przejdzie jak ręką odjął.

– Możliwe, ale mimo wszystko uważam, że powinniśmy natychmiast wracać do hotelu – powiedziała z troską Ruth.

– Tak, zgadzam się z Ruth – wtrącił Max. – Zapłacę rachunek i poproszę portiera, żeby przywołał taksówkę.

Angus niepewnie wstał i wsparty ciężko na ramieniu Ruth, powoli wyszedł z restauracji. Kiedy po chwili Max dołączył do nich na ulicy, Ruth z portierem pomagali Angusowi wsiąść do taksówki.

– Dobranoc, Angusie – rzekł Max. – Mam nadzieję, że rano poczujesz się lepiej. Zadzwoń do mnie, gdybym mógł się do czegoś przydać. – Uśmiechnął się i zamknął drzwiczki taksówki.

Gdy Ruth w końcu położyła męża do łóżka, nadal wyglądał źle. Chociaż wiedziała, że uzna to za niepotrzebną rozrzutność, wezwała hotelowego lekarza.

Doktor zjawił się w niecałą godzinę i po dokładnym zbadaniu pacjenta zaskoczył Ruth pytaniem o to, co Angus jadł na kolację. Usiłowała sobie przypomnieć, jakie dania wybierał, ale pamiętała tylko, że kierował się sugestiami Maksa. Doktor poradził, żeby z samego rana zbadał Angusa specjalista.

– Bzdury – słabym głosem odezwał się Angus. – Nic takiego mi nie jest, z czym by sobie nie poradził nasz miejscowy lekarz. Wrócimy pierwszym samolotem do domu.

Ruth była tego zdania co lekarz, ale wiedziała, że nie ma sensu przeciwstawiać się mężowi. Kiedy wreszcie zasnął, zeszła na dół, zadzwoniła do Maksa i zawiadomiła go, że rano wracają na Jersey. Wydawał się zmartwiony i powtórzył, że zrobi wszystko, by pomóc.

Następnego dnia rano wsiedli do samolotu, ale Angus był w takim stanie, że Ruth musiała użyć całej siły przekonywania, żeby uprosić głównego stewarda, by męża zostawiono na pokładzie.

– Muszę go jak najszybciej dowieźć do jego własnego lekarza – nalegała.

Steward w końcu niechętnie się zgodził.

Ruth zatelefonowała wcześniej i zamówiła samochód, który miał na nich czekać – Angus też by tego nie zaaprobował. Ale kiedy wylądowali, nie był już zdolny do wyrażenia jakiejkolwiek opinii.

Ruth dowiozła go do domu, ułożyła w jego własnym łóżku i natychmiast zadzwoniła do lekarza. Doktor Sinclair zbadał Angusa podobnie jak lekarz w Londynie i też zapytał, co Angus jadł poprzedniego wieczoru. Powiedział to samo, co tamten: że pacjenta musi natychmiast zbadać specjalista.

Po południu przyjechała karetka i zabrała chorego do szpitala. Kiedy specjalista w Cottage Hospital zakończył badania, wezwał Ruth do swojego pokoju.

– Niestety, proszę pani, nie mam dobrych wiadomości – oznajmił. – Pani mąż przeszedł atak serca, do czego prawdopodobnie przyczyniły się męczący dzień i zjedzenie czegoś, co mu zaszkodziło. W tej sytuacji radziłbym sprowadzić dzieci do domu.

Ruth wróciła wieczorem do domu, nie wiedząc, do kogo się zwrócić. Zadzwonił telefon i gdy podniosła słuchawkę, natychmiast poznała znajomy głos.

– Max! – wybuchnęła. – Tak się cieszę, że zatelefonowałeś. Specjalista mówi, że Angus nie pożyje długo i że powinnam sprowadzić tu chłopców. – Na chwilę umilkła. – Nie wiem, czy zdołam im powiedzieć, co się stało. Oni uwielbiają swego ojca.

– Zostaw to mnie – powiedział spokojnie Max. – Zatelefonuję do dyrektora szkoły, z rana tam pojadę i ich zabiorę, a potem przylecę z nimi na Jersey.

– Jesteś bardzo uprzejmy, Max.

– Przynajmniej tyle mogę zrobić w tej sytuacji – rzekł Max. – A teraz postaraj się trochę odpocząć. Masz zmęczony głos.

Zadzwonię znowu, kiedy będę wiedział, którym samolotem polecimy.

Ruth wróciła do szpitala i przesiedziała prawie całą noc przy łóżku męża. Poza nią jedyną osobą, którą chciał koniecznie zobaczyć Angus, był adwokat rodziny. Ruth uzgodniła, że pan Craddock przybędzie do szpitala następnego dnia rano, gdy ona pojedzie na lotnisko po Maksa i synów.

Max wymaszerował po kontroli celnej z obydwoma chłopcami po bokach. Ruth z ulgą zauważyła, że są o wiele spokojniejsi niż ona. Max odwiózł całą trójkę do szpitala. Była rozczarowana, że po południu wraca do Londynu, ale on jej wytłumaczył, że teraz powinna być sama z rodziną.

W następny piątek Angus w spokoju zmarł w Cottage Hospital w St Helier. Byli przy nim Ruth i bliźniacy.

Max przyleciał na pogrzeb i nazajutrz towarzyszył chłopcom do szkoły. Ruth machała im na pożegnanie, zastanawiając się, czy on się jeszcze kiedyś odezwie.

Zatelefonował następnego ranka i spytał ją, jak się czuje.

– Osamotniona. I trochę winna, bo tęsknię za tobą bardziej, niż powinnam. – Zamilkła. – Kiedy znowu zamierzasz zjawić się na Jersey?

– Musi upłynąć trochę czasu. Nie zapominaj, że to ty mnie ostrzegałaś, że na Jersey nawet skrzynki pocztowe plotkują.

– Ale co ja mam robić? Chłopcy są daleko stąd w szkole, a ty ugrzązłeś w Londynie.

– Nie mogłabyś tu do mnie przyjechać? W Londynie będzie o wiele łatwiej się zgubić i na pewno nikt cię tu nie rozpozna.

– Chyba masz rację. Zastanowię się i oddzwonię.

Tydzień później Ruth wylądowała na Heathrow. Max przyjechał na lotnisko, żeby ją przywitać. Ujął ją dbałością i delikatnością, ani razu jej nie wytknął, że pogrąża się w długim milczeniu albo że nie chce się z nim kochać.

Gdy w poniedziałek rano odwiózł ją na lotnisko, trudno się jej było od niego oderwać.

– Wiesz – powiedziała – nigdy nie odwiedziłam ani twojego mieszkania, ani biura.

– To chyba rozsądne, że teraz zatrzymałaś się w hotelu. Przecież możesz obejrzeć moje biuro następnym razem.

Uśmiechnęła się pierwszy raz od czasu pogrzebu. Kiedy się rozstawali na lotnisku, objął ją i rzekł:

– Ja wiem, moja miła, że to jeszcze za wcześnie, ale chcę ci powiedzieć, jak bardzo cię kocham, i że mam nadzieję, że kiedyś w przyszłości uznasz mnie za godnego następcę Angusa.

Powróciła wieczorem do St Helier, powtarzając te słowa bez końca, niczym refren piosenki, od której nie sposób się uwolnić.

Upłynął może tydzień, kiedy zadzwonił Craddock, prawnik rodziny, i zasugerował, żeby wpadła do niego do biura w celu omówienia spraw związanych z ostatnią wolą zmarłego męża. Umówiła się na następny dzień, przed południem.

Ruth uważała, że skoro zawsze żyło się im z Angusem wygodnie, jej standard życiowy nie ulegnie zmianie. W końcu Angus nie był typem człowieka, który by zostawił sprawy nieuporządkowane. Pamiętała, jak bardzo nalegał, żeby Craddock odwiedził go w szpitalu.

Ruth nigdy nie ciekawiły interesy Angusa. Chociaż zawsze był ostrożny, jeżeli chodzi o wydawanie pieniędzy, kiedy tylko czegoś chciała, nigdy jej nie odmawiał. Zresztą Max właśnie przekazał bankowi Angusa czek na kwotę ponad stu tysięcy funtów, więc nazajutrz wyruszyła do biura prawnika przeświadczona, że mąż zostawił jej dostatecznie dużo, żeby miała z czego żyć.

Przyszła kilka minut wcześniej. Mimo to recepcjonistka zaprowadziła ją prosto do gabinetu starszego wspólnika. Gdy przekroczyła próg, ujrzała trzech mężczyzn siedzących wokół stołu konferencyjnego. Natychmiast powstali z miejsc i Craddock przedstawił ich jako wspólników firmy. Ruth sądziła, że przyszli złożyć wyrazy uszanowania, lecz oni z powrotem usiedli i dalej studiowali leżące przed nimi grube teczki. Pierwszy raz Ruth ogarnął niepokój. Czy na pewno majątek Angusa był w porządku?

Starszy wspólnik zajął miejsce u szczytu stołu, rozwinął zwitek dokumentów i wyjął gruby pergamin, a potem spojrzał na żonę swojego zmarłego klienta.

– Przede wszystkim chciałbym wyrazić w imieniu mojej firmy nasz smutek z powodu śmierci pana Hendersona – zaczął.

– Dziękuję – rzekła Ruth, chyląc głowę.

– Poprosiliśmy panią o przybycie dziś rano, żeby powiadomić panią o szczegółach testamentu męża. Z największą przyjemnością odpowiemy potem na ewentualne pytania.

Ruth zrobiło się zimno i dostała dreszczy. Dlaczego Angus jej nie uprzedził, że mogą być jakieś problemy?

Prawnik odczytał preambułę, po czym przeszedł do zapisów.

– „Zostawiam wszystkie moje dobra doczesne mej żonie Ruth, z wyłączeniem następujących zapisów:

a) po dwieście funtów moim synom, Nicholasowi i Benowi, z życzeniem, aby wydali te kwoty dla upamiętnienia mojej osoby,

b) pięćset funtów dla Szkockiej Akademii Królewskiej na kupno dowolnego obrazu pędzla szkockiego artysty,

c) tysiąc funtów dla mojej dawnej szkoły, George Watson College, oraz dwa tysiące funtów dla Uniwersytetu Edynburskiego".

Prawnik odczytał listę drobniejszych zapisów, kończąc na darowiźnie w wysokości stu funtów dla szpitala, gdzie otoczono Angusa tak troskliwą opieką podczas ostatnich dni jego życia.

Główny wspólnik spojrzał na Ruth i zapytał:

– Czy ma pani jakieś pytania, na które moglibyśmy pani odpowiedzieć? I czy chciałaby pani, żebyśmy nadal prowadzili pani sprawy, tak jak zmarłemu mężowi?

– Szczerze mówiąc, Angus nigdy ze mną nie rozmawiał o swoich interesach, toteż nie jestem pewna, co to wszystko znaczy. Chętnie powierzę panom dalsze prowadzenie naszych spraw, o ile wystarczy środków, żebym razem z chłopcami żyła na tej samej stopie jak za życia Angusa.

Wspólnik siedzący po prawej stronie Craddocka zabrał głos:

– Miałem zaszczyt doradzać panu Hendersonowi, odkąd przed siedmiu laty przybył na wyspę, i chętnie udzielę pani odpowiedzi na każde pytanie, jakie chciałaby pani zadać.

– Jest pan nadzwyczaj uprzejmy – odparła Ruth – ale ja nie mam pojęcia, o co pytać. Chciałabym tylko wiedzieć, jaka jest mniej więcej wartość majątku męża.

– Odpowiedź nie jest łatwa – powiedział Craddock – ponieważ zostawił niewiele w gotówce. Jednakże, muszę podać orientacyjną sumę w celu zatwierdzenia testamentu – dodał, otwierając jedną z leżących przed nim teczek. – Według mojej wstępnej, raczej ostrożnej oceny, suma ta wynosi od osiemnastu do dwudziestu milionów.

– Franków? – wyszeptała Ruth.

– Nie, proszę pani. Funtów – powiedział sucho Craddock.

Po głębszym namyśle Ruth postanowiła, że nikomu, nawet dzieciom, nie będzie mówić o odziedziczonej fortunie. Kiedy następnego weekendu przyleciała do Londynu, powiedziała Maksowi, że doradcy prawni Angusa zapoznali ją z jego testamentem i podali jej wartość pozostawionego przez niego majątku.

– Jakieś niespodzianki? – zagadnął Max.

– Nie, właściwie nie. Zostawił chłopcom po dwieście funtów, a te sto tysięcy funtów, za jakie ci się udało sprzedać nasz dom w Ardenach, akurat wystarczą na skromne utrzymanie, jeżeli nie będę zbyt rozrzutna. Toteż boję się, że będziesz musiał dalej pracować, jeżeli wciąż chcesz, żebym została twoją żoną.

– Jeszcze bardziej. Nie zniósłbym myśli, że przejadam pieniądze Angusa. Mam dla ciebie dobrą wiadomość. Firma chce, żebym zbadał możliwość utworzenia filii w St Helier na początku nowego roku. Powiedziałem, że przyjmę tę propozycję pod jednym warunkiem.

– A mianowicie? – spytała Ruth.

– Że jedna z mieszkanek zgodzi się zostać moją żoną.

Ruth objęła go, przeświadczona, że znalazła odpowiedniego mężczyznę, który będzie jej towarzyszył do końca życia.

Trzy miesiące później Max i Ruth pobrali się w urzędzie stanu cywilnego w Chelsea. Na ślubie obecni byli tylko bliźniacy jako świadkowie, zresztą stawili się niechętnie.

– On nigdy nie zajmie miejsca ojca – porywczo powiedział matce Ben, a Nicholas mu przytaknął.

– Nie przejmuj się – rzekł Max w drodze na lotnisko. – Czas pomoże rozwiązać ten problem.

Kiedy odlatywali z Heathrow do Włoch, żeby spędzić tam miesiąc miodowy, Ruth wspomniała, że jest trochę rozczarowana, iż nikt z przyjaciół Maksa nie zjawił się na ceremonii.

– Lepiej nie wzbudzać niemiłych komentarzy tak prędko śmierci Angusa – odpowiedział. – Mądrzej będzie trochę odczekać, nim wprowadzę cię do londyńskiego towarzystwa.

Uśmiechnął się i ujął jej rękę. Ruth przyjęła zapewnienie i stłumiła wątpliwości.

Trzy godziny później samolot wylądował w Wenecji. Szybko odwieziono ich motorówką do hotelu z widokiem na plac Świętego Marka. Wszystko było świetnie zorganizowane i Ruth była mile zaskoczona, że nowy mąż chętnie spędza z nią całe godziny w sklepach, pomagając wybierać liczne kreacje. Znalazł nawet sukienkę, która jej zdaniem była o wiele za droga. Przez cały tydzień leniuchowania na gondolach ani na chwilę nie zostawił jej samej.

W piątek Max wynajął samochód i zawiózł świeżo poślubioną żonę na południe do Florencji, gdzie razem wędrowali, przemierzając mosty, odwiedzili galerię Uffizi, Palazzo Pitti i Gallerie dell'Accademia. Wieczorami objadali się makaronem i tańczyli na rynku, często wracali do hotelu dopiero o wschodzie słońca. Trzeciego tygodnia niechętnie odlecieli do Rzymu, gdzie łóżko hotelowe, Koloseum, opera i Watykan zajmowały im niemal cały wolny czas. Trzy tygodnie minęły tak szybko, że Ruth nie mogła sobie przypomnieć poszczególnych dni.

Co wieczór przed położeniem się do łóżka, pisywała do chłopców i relacjonowała, jakie ma wspaniałe wakacje, zawsze podkreślając dobroć Maksa. Bardzo jej zależało, żeby go zaakceptowali, ale bała się, że sam czas tego nie załatwi.

Po powrocie do St Helier Max nadal był troskliwy i pełen względów. Rozczarowujące było tylko to, że jakoś mu się nie szczęściło ze znalezieniem lokalu na filię firmy. Wychodził z domu co rano około dziesiątej, ale zdawał się spędzać więcej czasu w klubie golfowym niż w mieście.

– Nawiązuję kontakty – tłumaczył. – To się najbardziej przyda, kiedy założę filię.

– Jak myślisz, kiedy to nastąpi? – pytała Ruth.

– Już niedługo – zapewniał. – Pamiętaj, że najważniejsza w mojej branży jest właściwa lokalizacja. Lepiej czekać na najlepsze miejsce, niż decydować się na coś pośledniejszego.

Jednak płynęły tygodnie i Ruth coraz bardziej się martwiła, że Max wciąż nie ma tego najlepszego miejsca. Ile razy poruszała ten temat, wytykał jej, że mu dokucza, więc potem przynajmniej przez miesiąc nie śmiała do tego wracać.

Już pół roku byli małżeństwem, kiedy napomknęła, że mogliby spędzić parę dni w Londynie.

– Poznałabym twoich przyjaciół, nadrobiłabym zaległości w teatrze, a ty mógłbyś złożyć sprawozdanie w swojej firmie.

Za każdym razem Max znajdował nowy pretekst, żeby się wymówić. Jednak zgodził się na wyjazd do Wenecji, aby uczcić pierwszą rocznicę ślubu.

Ruth miała nadzieję, że dwutygodniowe wakacje ożywią wspomnienia miodowego miesiąca sprzed roku i może nawet pobudzą Maksa do wyboru lokalu, kiedy wrócą na Jersey. Ale tym razem nic nie przypominało poprzedniego pobytu.

Padało, kiedy samolot wylądował w Wenecji, i dygocąc, stali w długiej kolejce do taksówki. Kiedy przybyli do hotelu, Ruth się dowiedziała, że Max myślał, iż to ona zarezerwowała pokój. Obrugał niewinnego kierownika i wściekły wypadł z budynku. Po ponadgodzinnej wędrówce w deszczu z walizkami zatrzymali się w końcu w podrzędnym hoteliku, gdzie był wolny jeden mały pokój z jednoosobowymi łóżkami, położony nad barem.

Wieczorem przy drinkach Max wyznał, że zostawił swoje karty kredytowe w domu i że liczy, iż Ruth będzie pokrywać wszystkie wydatki do powrotu na Jersey. Ruth i tak płaciła ostatnio większość rachunków, ale uznała, że nie czas teraz o tym mówić.

We Florencji Ruth nieśmiało napomknęła przy śniadaniu, że kiedy wrócą na Jersey, może mu się poszczęści i znajdzie odpowiedni lokal, i niewinnie spytała, czy firma nie niepokoi się brakiem postępów z jego strony.

Max natychmiast wpadł we wściekłość, warknął, żeby mu bez przerwy nie dokuczała, i wyszedł z jadalni. Nie pokazał się do końca dnia.

W Rzymie nadal padało, a Max nie umilał pobytu, bo regularnie wychodził bez uprzedzenia i czasami wracał do hotelu długo po tym, jak położyła się spać.

Ruth się cieszyła, kiedy samolot wystartował w stronę Jersey. Po powrocie do St Helier starała się jak mogła: pilnowała się, żeby nie dokuczać mężowi, okazywała mu poparcie i zrozumienie w jego trudach. Ale on na wszystkie jej gesty reagował albo długim ponurym milczeniem, albo wybuchami złości.

Płynęły miesiące, a oni coraz bardziej oddalali się od siebie. Ruth już nawet nie pytała, jak posuwa się sprawa lokalu. Dawno doszła do wniosku, że pomysł został zarzucony, i zastanawiała się tylko, czy Maksowi w ogóle powierzono takie zadanie.

Któregoś ranka przy śniadaniu Max znienacka oznajmił, że jego firma postanowiła nie otwierać filii w St Helier, i zawiadomiła go, że jeśli chce dalej być wspólnikiem, musi wrócić do Londynu na dawne stanowisko.

– A gdybyś odmówił? – spytała Ruth. – Czy masz jakąś możliwość wyboru?

– Wyraźnie mi napisali, że wtedy musiałbym wręczyć im swoją rezygnację.

– Ja chętnie przeniosłabym się do Londynu – podsunęła Ruth, mając nadzieję, że to rozwiąże sprawę.

– Nie, nie sądzę, że to miałoby sens – rzekł Max, który najwyraźniej już zdecydował, co zrobi. – Uważam, że lepiej, żebym tydzień spędzał w Londynie, a na sobotę i niedzielę przylatywał tu do ciebie.

Ruth nie uznała tego za dobry pomysł, ale wiedziała, że protesty na nic się nie zdadzą.

Następnego dnia Max odleciał do Londynu.

Ruth już nie pamiętała, kiedy ostatnio się kochali, i kiedy Max nie zjawił się na Jersey w ich drugą rocznicę ślubu, przyjęła zaproszenie Geralda Prescotta na kolację.

Dawny wychowawca bliźniaków był jak zwykle miły i pełen względów, a kiedy zostawali sami, nie posuwał się dalej niż pocałunek w policzek. Postanowiła opowiedzieć mu o kłopotach, jakie ma z Maksem, on zaś słuchał z uwagą, od czasu do czasu kiwając głową ze zrozumieniem. Ruth spojrzała na starego przyjaciela, który siedział po drugiej stronie stołu, i pierwszy raz nasunęła się jej smutna myśl o rozwodzie. Szybko wyrzuciła ją z pamięci.

Max miał przyjechać na następny weekend i Ruth postanowiła, że specjalnie się postara. Rano poszła na rynek, żeby wybrać wszystko co najświeższe do ulubionej potrawy Maksa, *coq au vin*, a do tego dobrała bordo z dobrego rocznika. Włożyła sukienkę, którą wybrał dla niej w Wenecji, i pojechała po niego na lotnisko. Nie przyleciał tym samolotem co zwykle, lecz pojawił się dwie godziny później, tłumacząc, że czekał na Heathrow. Nie przeprosił jej, że musiała tkwić w poczekalni lotniska dwie godziny, a kiedy wkońcu dojechali do domu i zasiedli do kolacji, nie zdobył się na pochwałę potrawy, wina i sukienki.

Kiedy Ruth skończyła sprzątać po kolacji, pobiegła na górę do sypialni; Max udawał, że mocno śpi.

Prawie całą sobotę spędził w klubie golfowym, a w niedzielę po południu wrócił samolotem do Londynu. Przed wyjazdem na lotnisko powiedział, że nie jest pewien, kiedy wróci.

Ruth drugi raz pomyślała o rozwodzie.

W miarę jak płynęły tygodnie i tylko od czasu do czasu odzywał się telefon z Londynu oraz zdarzał się przypadkowy weekend we dwoje, Ruth zaczęła coraz częściej widywać się z Geraldem. Chociaż nigdy nie próbował nic poza pocałunkiem w policzek na początek i zakończenie ich potajemnych spotkań, a już z pewnością nie kładł jej ręki na udzie, ostatecznie to ona zdecydowała, że pora go uwieść.

— Ożenisz się ze mną? — zapytała, patrząc, jak się ubiera o szóstej rano.

— Ale ty masz już męża — delikatnie jej przypomniał.

— Dobrze wiesz, że to małżeństwo to fikcja, od wielu miesięcy. Max zawrócił mi w głowie, a ja zachowałam się jak pensjonarka. I pomyśleć, że czytałam całą masę powieści o małżeństwie na pocieszenie.

– Ożeniłbym się z tobą jutro, gdybyś tylko dała mi szansę – rzekł Gerald z uśmiechem. – Wiesz, że cię uwielbiam od pierwszego dnia, kiedy cię spotkałem.

– Chociaż nie przyklękłąłeś na jedno kolano, Geraldzie, uznam to za oświadczyny. – Ruth się roześmiała. Umilkła i obrzuciła spojrzeniem stojącego w półmroku kochanka. – Kiedy znowu zobaczę się z Maksem, zażądam rozwodu – cicho dodała.

Gerald rozebrał się i z powrotem wszedł do łóżka.

Minął miesiąc, zanim Max znowu zawitał na wyspę. Chociaż przyleciał późno, Ruth na niego czekała, kiedy wszedł do domu. Schylił się, by pocałować ją w policzek, ale ona się odwróciła.

– Chcę się rozwieść – powiedziała sucho.

Max bez słowa poszedł za nią do salonu. Opadł na krzesło i przez pewien czas milczał. Ruth usiadła i cierpliwie czekała na odpowiedź.

– Czy jest jakiś inny mężczyzna? – w końcu zapytał.

– Tak – odparła.

– Czy go znam?

– Tak.

– Gerald? – zapytał, podnosząc na nią wzrok.

– Tak.

Max znowu popadł w ponure milczenie.

– Chętnie ci to ułatwię – odezwała się Ruth. – Możesz wystąpić o rozwód, podając jako powód, że zdradziłam cię z Geraldem. Nie będę się zapierać.

Zaskoczyła ją reakcja Maksa.

– Potrzebuję trochę czasu, żeby to przemyśleć – powiedział. – Może byłoby rozsądnie nic nie robić, póki chłopcy nie przyjadą do domu na Boże Narodzenie.

Ruth niechętnie się zgodziła, ale była zdziwiona, gdyż nawet nie pamiętała, kiedy Max ostatnio wspomniał przy niej o chłopcach.

Max spędził noc w wolnym pokoju i nazajutrz odleciał do Londynu z dwiema pękatymi walizami.

Przez kilka tygodni nie pojawiał się na Jersey i w tym czasie Ruth i Gerald zaczęli planować wspólną przyszłość.

Kiedy bliźniacy wrócili z uniwersytetu do domu na święta, nie okazali ani zdziwienia, ani rozczarowania, że matka zamierza się rozwieść.

Max nie dołączył do rodziny w okresie świątecznym, lecz przyleciał na Jersey w dzień po powrocie chłopców na uniwersytet. Przyjechał taksówką do domu, ale został tylko godzinę.

– Zgadzam się na rozwód – oznajmił – i zamierzam wystąpić do sądu, zaraz jak wrócę do Londynu.

Ruth tylko skinęła głową.

– Jeżeli chcesz, żeby wszystko przebiegło szybko i gładko, proponuję, żebyś wzięła londyńskiego adwokata. Dzięki temu nie będę musiał latać ciągle na Jersey, co tylko opóźniłoby sprawę.

Ruth nie wyraziła sprzeciwu, bo osiągnęła stadium, kiedy nie chciała stawiać Maksowi żadnych przeszkód.

Kilka dni po jego wyjeździe doręczono jej papiery rozwodowe od londyńskiej firmy prawniczej, o której nigdy nie słyszała. Poleciła dawnym doradcom prawnym Angusa na Chancery Lane w Londynie zająć się sprawą, wyjaśniając telefonicznie młodszemu wspólnikowi, że zależy jej, by załatwić to możliwie jak najszybciej.

– Czy liczy pani na alimenty? – spytał prawnik.

– Nie – odparła Ruth, powstrzymując śmiech. – Nie chcę nic, zależy mi tylko na tym, żeby jak najszybciej otrzymać rozwód na podstawie mojego cudzołóstwa.

– Jeżeli takie są pani dyspozycje, przygotuję odpowiednie dokumenty i przedstawię je pani do podpisu za kilka dni.

Kiedy doręczono warunkowe orzeczenie rozwodowe, Gerald rzucił pomysł, żeby uczcili to wyjazdem na wakacje. Ruth zgodziła się pod warunkiem, żeby to nie było blisko Włoch.

– Pożeglujemy wokół wysp greckich – rzekł Gerald. – Tam przypuszczalnie nie natknę się na moich uczniów ani na ich rodziców.

Następnego dnia polecieli do Aten.

– Nigdy nie myślałam, że trzecią rocznicę ślubu spędzę z innym mężczyzną – powiedziała Ruth, kiedy wpłynęli do Skyros.

– Spróbuj zapomnieć o Maksie – rzekł Gerald i wziął ją w ramiona. – To przeszłość.

– Prawie. Spodziewałam się rozwodu ostatecznego jeszcze przed naszym odlotem do Grecji.

– Czy domyślasz się, co spowodowało opóźnienie? – spytał Gerald.

– Jeden Bóg wie – odparta Ruth. – Ale cokolwiek to jest, Max ma swoje powody. – Umilkła. – Nigdy nie udało mi się zobaczyć jego biura na Mayfair ani spotkać żadnego jego kolegi czy przyjaciela. Czasem mi się wydaje, że to wszystko było wytworem mojej wyobraźni.

– Albo raczej jego – skwitował Gerald, obejmując ją. – Ale nie traćmy już czasu na rozmowy o Maksie. Pomyślmy o Grekach i bachanaliach.

– Czy tego uczysz niewinne dziatki w okresie, kiedy się kształtuje ich osobowość?

– Nie, to one mnie tego uczą.

Przez następne trzy tygodnie żeglowali wokół wysp greckich, objadali się musaką, pili za dużo wina i intensywnie uprawiali seks w przekonaniu, że dzięki temu zbytnio nie utyją. Pod koniec wakacji Gerald był trochę za czerwony, a Ruth z lękiem myślała o chwili, kiedy stanie na swojej łazienkowej wadze.

Wakacje bardzo się udały; nie tylko dlatego, że Gerald okazał się świetnym żeglarzem, ale ponieważ, jak się przekonała Ruth, i podczas burzy potrafił ją rozśmieszyć.

Przylecieli na Jersey i Gerald odwiózł Ruth do domu. Otworzywszy drzwi, ujrzała stos listów. Westchnęła. Postanowiła, że przeczyta je następnego dnia.

Noc miała niespokojną, rzucała się i przewracała z boku na bok. Przespała kilka godzin, po czym postanowiła, że wstanie i zrobi sobie herbatę. Zaczęła przerzucać korespondencję, aż natrafiła na długą, bladożółtą kopertę z napisem „pilne" i londyńskim stemplem.

Rozdarła ją i wyjęła dokument, na którego widok się rozpromieniła uśmiechem. „Wyrokiem końcowym sąd udziela się rozwodu stronom: Maksowi Donaldowi Bennettowi i Ruth Ethel Bennett".

— To załatwia sprawę raz na zawsze — stwierdziła na głos i od razu zatelefonowała do Geralda, żeby się z nim podzielić dobrą nowiną.

— Szkoda — powiedział.

— Szkoda? — powtórzyła.

— Tak, kochanie. Nie masz pojęcia jak wzrósł mój prestiż, kiedy chłopcy w szkole wyniuchali, że byłem na wakacjach z mężatką.

— Geraldzie, zachowuj się przyzwoicie — ze śmiechem upomniała go Ruth — i zacznij się przyzwyczajać do roli szacownego żonatego mężczyzny.

— Nie mogę się doczekać — powiedział. — Ale muszę pędzić. Żyć w grzechu to jedno, a spóźnić się na poranne nabożeństwo to całkiem co innego.

Ruth weszła do łazienki i stanęła ostrożnie na wadze. Jęknęła, ujrzawszy, gdzie w końcu zatrzymała się mała wskazówka. Postanowiła, że tego rana spędzi przynajmniej godzinę w sali gimnastycznej. Telefon zadzwonił w chwili, gdy wchodziła do kąpieli. Wyszła z wanny i schwyciła ręcznik, sądząc, że to Gerald.

– Dzień dobry, pani Bennett – usłyszała oficjalnie brzmiący głos. Jakże nienawidziła tego nazwiska!

– Dzień dobry – odparła.

– Mówi Craddock. Próbuję się z panią skontaktować od trzech tygodni.

– Och, tak mi przykro – rzekła Ruth – ale dopiero wczoraj wieczorem wróciłam z wakacji w Grecji.

– Tak, rozumiem. Czy moglibyśmy się jak najszybciej zobaczyć? – spytał, nie wykazując zainteresowania wakacjami.

– Oczywiście, proszę pana. Mogłabym zajrzeć do pańskiego biura koło południa, jeżeli to panu odpowiada.

– Kiedy tylko będzie pani wygodnie – powiedział oficjalny głos.

Tego ranka Ruth bardzo się wysilała na sali gimnastycznej, żeby stracić parę kilo nadwagi, jakie jej przybyło w Grecji – nawet jako przyzwoita mężatka chciała być szczupła. Kiedy schodziła z mechanicznej bieżni, zegar wybił dwunastą. Szybko wpadła po swoje rzeczy do szatni, wzięła prysznic i ubrała się, ale mimo pośpiechu spóźniła się ponad pół godziny do Craddocka.

I znów recepcjonistka zaprowadziła ją wprost do biura głównego wspólnika, nie każąc jej oglądać poczekalni. Craddock krążył wielkimi krokami po pokoju.

– Przepraszam, że kazałam panom czekać – powiedziała, trochę zakłopotana widokiem dwóch wspólników wstających zza stołu konferencyjnego.

Tym razem Craddock nie zaproponował jej filiżanki herbaty, ale wskazał jej krzesło na drugim końcu stołu. Gdy usiadła, zajął swoje miejsce, spojrzał na plik leżących przed nim papierów i wyjął pojedynczą kartkę.

– Pani Bennett, otrzymaliśmy wezwanie od pełnomocników pani męża z żądaniem pełnego rozliczenia po rozwodzie.

– Ale myśmy nigdy nie mówili o żadnym rozliczeniu – rzekła Ruth z niedowierzaniem. – Nie było takiej umowy.

– To możliwe – rzekł główny wspólnik, patrząc w papiery. –

Jednak tak się niefortunnie złożyło, że pani się zgodziła na rozwód na podstawie cudzołóstwa, jakiego się pani dopuściła z Geraldem – sprawdził nazwisko – Prescottem w czasie, kiedy pani mąż pracował w Londynie.

– To prawda, ale tak uzgodniliśmy tylko po to, by przyspieszyć sprawę. Widzi pan, obydwoje chcieliśmy jak najszybciej dostać rozwód.

– Pani Bennett, jestem pewien, że tak było.

Na zawsze znienawidzi to nazwisko.

– Jednakże pan Bennett, dzięki temu, że przystała pani na jego warunki, w tym powództwie stał się stroną niewinną.

– Ale to już nie ma znaczenia – rzekła Ruth – ponieważ dzisiaj rano otrzymałam od mojego adwokata w Londynie potwierdzenie wyroku rozwodowego.

Wspólnik siedzący po prawicy Craddocka obrócił się i na nią spojrzał.

– Mogę zapytać, czy to z inspiracji pana Bennetta zleciła pani adwokatowi z Londynu prowadzenie sprawy rozwodowej?

Ach, to o to chodzi, pomyślała Ruth. Po prostu są rozdrażnieni, że się ich nie poradziłam.

– Tak – powiedziała stanowczo. – To była tylko kwestia wygody, bo Max wtedy mieszkał w Londynie i nie chciał bez przerwy latać na wyspę i z powrotem.

– Z pewnością okazało się to bardzo wygodne dla pana Bennetta – rzekł główny wspólnik. – Czy pani mąż kiedykolwiek rozmawiał z panią na temat ugody finansowej?

– Nigdy – powiedziała Ruth jeszcze bardziej stanowczo. – On nie miał pojęcia, jaką wartość przedstawia mój majątek.

– Mam wrażenie – odezwał się wspólnik siedzący z lewej strony Craddocka – że pan Bennett aż za dobrze znał wartość pani majątku.

– Ale to niemożliwe – upierała się Ruth. – Widzi pan, ani razu nie rozmawiałam z nim o moich finansach.

– Niemniej wystąpił wobec pani z roszczeniem i, jak się

wydaje, bardzo trafnie ocenił wartość majątku pani zmarłego męża.

– Zatem musicie mu panowie odmówić, gdyż nigdy nie wchodziło to w zakres naszej umowy.

– Wierzę pani, ale niestety, ponieważ rozwód orzeczono z pani winy, nie mamy podstaw do odrzucenia roszczenia.

– Jak to? – zapytała Ruth.

– Prawo rozwodowe na Jersey jest jednoznaczne – rzekł Craddock – o czym byśmy panią chętnie poinformowali, gdyby się pani nas poradziła.

– Mianowicie? – spytała Ruth, nie zwracając uwagi na uszczypliwy komentarz.

– Jeżeli według orzeczenia sądu jedna ze stron nie ponosi winy, to tutejsze prawo stanowi, że – niezależnie od płci – jest ona uprawniona do jednej trzeciej części majątku drugiej strony.

Ruth zadrżała.

– Czy są jakieś wyjątki? – cicho zapytała.

– Tak – odparł Craddock.

Ruth spojrzała na niego z nadzieją.

– Prawo to nie ma zastosowania, jeżeli małżeństwo trwa krócej niż trzy lata. Jednakże pani była mężatką przez trzy lata i osiem dni. – Poprawił okulary i dodał: – Odnoszę wrażenie, że pan Bennett nie tylko dokładnie znał wartość pani majątku, ale również doskonale się orientował w prawie obowiązującym na Jersey.

Trzy miesiące później, kiedy prawnicy obu stron uzgodnili wartość majątku Ruth Ethel Bennett, Max Donald Bennett otrzymał czek na kwotę sześciu milionów dwustu siedemdziesięciu tysięcy funtów tytułem pełnego i ostatecznego rozliczenia.

Ile razy Ruth wracała myślą do ostatnich trzech lat – a zdarzało się jej to często – dochodziła do wniosku, że Max musiał z góry zaplanować wszystko do ostatniego szczegółu. Tak, zanim jeszcze się zderzyli.

Miłość od pierwszego wejrzenia

Andrew był spóźniony i gdyby nie godzina szczytu, złapałby taksówkę. Wszedł do zatłoczonego paryskiego metra i lawirował wśród ciżby ludzkiej oblepiającej ruchome schody.

Nie wracał, jak inni pasażerowie, do domu. Na czwartej stacji wychynie z czeluści ziemi, by zdążyć na spotkanie z Elym Bloomem, dyrektorem naczelnym banku Chase Manhattan w Paryżu. Andrew nigdy nie miał okazji poznać Blooma, ale tak jak jego koledzy z banku dobrze wiedział, kim jest. On się z nikim nie umawiał na spotkanie bez ważnego powodu.

Od chwili, kiedy przed dwoma dniami zadzwoniła sekretarka Blooma, żeby ich umówić, Andrew bez przerwy się głowił, co to za powód. Nasuwała się odpowiedź, że po prostu chodzi o przejście z Crédit Suisse do Chase – ale sprawa nie mogła być prosta, jeżeli w to zaangażowany był Bloom. Czy zamierza wyjść z propozycją nie do odrzucenia? Czy spodziewa się, że Andrew wróci do Nowego Jorku po niespełna dwóch latach w Paryżu? Tyle pytań kłębiło mu się w głowie. Wiedział, że zastanawianie się nie ma sensu, bo na wszystko dostanie odpowiedź o szóstej. Zbiegłby schodami, ale tłum był zbyt gęsty.

Andrew wiedział, że ma kilka atutów w ręku – od prawie dwóch lat kierował działem walut obcych w Crédit Suisse i wszyscy wiedzieli, że bije na głowę wszystkich swych rywali. Francuscy bankierzy po prostu wzruszali ramionami, kiedy im mówiono o sukcesach Andrew, natomiast amerykańscy rywale próbowali go nakłonić, żeby porzucił obecne stanowisko i przeszedł do nich. Andrew był pewien, że cokolwiek by mu zaproponował Bloom, Crédit Suisse nie będzie gorszy. Wszystkich, którzy w ciągu ostatniego roku zwracali się do niego z ofertami, zbywał z tym samym miłym, chłopięcym uśmiechem – ale wiedział, że teraz będzie inaczej. Na Blooma taki uśmiech nie podziała.

Andrew nie chciał zmieniać banku, gdyż był całkiem zadowolony z pakietu warunków finansowych, jakie mu zapewniał Crédit Suisse – a jaki młody człowiek nie lubiłby pracować w Paryżu? Ale ponieważ akurat teraz ustalano, jaką komu przyznać roczną premię, było mu na rękę, że go zobaczą z Elym Bloomem w Amerykańskim Barze hotelu Georges V. Wieść o tym dotrze do jego zwierzchników po kilku godzinach.

Kiedy znalazł się na peronie, panował tam taki tłok, że nie był pewien, czy uda mu się wsiąść do pierwszego pociągu, który wjeżdżał na stację. Spojrzał na zegarek: piąta trzydzieści siedem. Miał jeszcze czas. Jednak w żadnym wypadku nie powinien się spóźnić na spotkanie z Bloomem, więc wykorzystując każdą, nawet najmniejszą lukę, zaczął się przeciskać przez tłum, aż znalazł się z przodu, w dogodnej pozycji wyjściowej, by wsiąść do następnego pociągu. Nawet jeśli nie dojdą do porozumienia z Bloomem, to i tak nie należy się spóźniać i robić złego wrażenia na facecie, który będzie ważną postacią w świecie bankowym w nadchodzących latach.

Niecierpliwie czekał, kiedy następny pociąg wynurzy się z tunelu. Spojrzał przez tory na drugą stronę i próbował się skupić na tym, o co może spytać go Bloom.

Jaka jest pańska obecna pensja?

Czy może pan zerwać umowę?

Czy jest pan zatrudniony w systemie premiowym?

Czy chce pan wrócić do Nowego Jorku?

Peron, z którego odjeżdżały pociągi w kierunku południowym, był równie zatłoczony jak ten, na którym stał Andrew. Nagle jego uwagę zwróciła młoda kobieta, która spoglądała na zegarek. Pewno też się spieszyła na spotkanie, na które nie wypadało się spóźnić.

Kiedy podniosła głowę, natychmiast zapomniał o Bloomie. Po prostu zapatrzył się w ciemne, brązowe oczy dziewczyny. Nie zauważyła podziwiającego ją mężczyzny. Wysoka, o pięknej, owalnej twarzy i oliwkowej cerze niepotrzebującej makijażu, z czupryną krętych, czarnych włosów, których nie zdołałby ułożyć żaden fryzjer. Jestem po niewłaściwej stronie torów, powiedział sobie, i jest za późno, żeby coś na to poradzić.

Miała na sobie przewiązany paskiem w talii beżowy płaszcz przeciwdeszczowy, który uwydatniał smukłą i zgrabną figurę, a jej nogi – na ile mógł dostrzec – dopełniały idealnej całości. Bardziej ponętnej niż wszelkie oferty Blooma.

Ponownie spojrzała na zegarek, a potem podniosła głowę; nagle uświadomiła sobie, że on się jej przygląda.

Uśmiechnął się. Ona się zarumieniła i opuściła głowę w momencie, gdy z dwu przeciwnych stron nadjechały pociągi. Ludzie stojący za nim przepychali się do przodu, żeby wejść do wagonu.

Kiedy pociąg odjechał, tylko Andrew został na peronie. Wbił wzrok w pociąg po drugiej stronie i patrzył, jak wolno przyspieszając, wytacza się ze stacji. Gdy zniknął w tunelu, Andrew znów się uśmiechnął. Na przeciwległym peronie została tylko jedna osoba i tym razem odwzajemniła jego uśmiech.

Możecie zapytać, skąd wiem, że to prawdziwa historia. Odpowiedź jest prosta. Wysłuchałem jej na początku tego roku na przyjęciu z okazji dziesiątej rocznicy ślubu Andrew i Claire.

Wzięty w dwa ognie

– Jest jedna sprawa, z którą nie zdołałem się uporać – przyznał Billy Gibson. – Ale nim o niej opowiem, najpierw ci doleję. Dwaj mężczyźni siedzieli od godziny w ciemnym kącie pubu Pod Godłem Króla Wilhelma, dyskutując o problemach kierowania komendą policji na granicy Irlandii Północnej i Republiki Irlandii. Billy Gibson miał wkrótce przejść na emeryturę po trzydziestu latach służby, przez ostatnie sześć lat w charakterze komendanta przygranicznego posterunku. Jego następca, Jim Hogan, został oddelegowany z Belfastu i mówiło się, że jeśli się wykaże dostatecznie twardą ręką, czeka go awans na komendanta głównego.

Billy pociągnął solidny łyk piwa i usadowił się wygodniej, zanim rozpoczął swoją opowieść:

– Nikt nie zna całej prawdy o domu, który stoi na samej granicy, ale jak przy wszystkich dobrych irlandzkich historiach, nieodmiennie krąży o tym kilka rozmaitych półprawd. Muszę cię trochę wprowadzić w historię tego domu, nim przejdę do kłopotów, jakie mam z jego obecnymi właścicielami. Trzeba tutaj wspomnieć o niejakim Patricku O'Dowdzie, który pracował w dziale planowania Rady Miejskiej w Belfaście.

– To gniazdo żmij nawet w najlepszych okresach – wtrącił przyszły komendant.

– A ten nie należał do najlepszych – potwierdził odchodzący.

Pociągnął kolejny łyk guinnessa, a zaspokoiwszy pragnienie, podjął swoją opowieść:

– Nikt nigdy nie zdołał dojść, jak O'Dowd mógł w ogóle wydać pozwolenie na budowę domu na samej granicy. Dopiero kiedy dom już stał, ktoś w Dublinie, przy ustalaniu wymiaru podatkowego, ściągnął plany terenu z wydziału geodezyjnego i zwrócił władzom w Belfaście uwagę, że granica przebiega przez sam środek salonu. Rozmaite ciemne typy w miasteczku twierdzą, że budowniczy po prostu źle odczytał plany, normalni ludzie zapewniają mnie jednak, że doskonale wiedział, co robi. Z początku nikt się tym specjalnie nie przejmował, bo człowiek, dla którego zbudowano dom, niejaki Bertie O'Flynn, był bogobojnym wdowcem, który na mszę uczęszczał do Najświętszej Marii Panny po południowej stronie granicy, a na swój kufelek guinnessa Pod Ochotnika po północnej. Nie od rzeczy będzie tu może wspomnieć, że Bertie stronił w ogóle od polityki.

Dublin i Belfast osiągnęły rzadki kompromis, ustalając, że ponieważ front domu wychodzi na północ, Bertie będzie płacił podatki państwowe Koronie Brytyjskiej, a ponieważ kuchnia i półakrowy ogród są na południu, podatki lokalne będzie płacił gminie po drugiej stronie granicy. Przez całe lata nie powodowało to żadnych zgrzytów, dopóki poczciwy stary Bertie nie rozstał się z tym światem, pozostawiając dom w spadku swemu synowi, Eamonnowi. A Eamonn, krótko mówiąc, zawsze był, jest i będzie parszywą owcą.

Do szkoły posyłano go na północ, natomiast do kościoła uczęszczał na południu, ani jednym, ani drugim nie wykazywał jednak większego zainteresowania. Tak naprawdę w wieku jedenastu lat jedyną rzeczą, jakiej nie wiedział o przemycie, było, jak się to słowo pisze. W wieku trzynastu lat kupował na północy kartony papierosów, które wymieniał na południu na skrzynki guinnessa. W wieku piętnastu lat zarabiał więcej niż dyrektor jego szkoły, a kiedy opuszczał szkołę, prowadził dochodowy interes, importując whisky i wina z południa, a marihuanę i prezerwatywy z północy.

Ilekroć do drzwi frontowych pukał kurator sądowy z północy, Eamonn chronił się w kuchni na południu. Ilekroć na ścieżce ogrodowej ukazywali się funkcjonariusze Gardy, Eamonn znikał w jadalni i nie wychodził z niej, dopóki nie sprzykrzyło im się czekanie i nie odjechali. Osobą, na którą spadało otwieranie drzwi, był oczywiście zawsze Bertie, czym się serdecznie gryzł i co, jak podejrzewam, stanowiło przyczynę, dla której przedwcześnie wyzionął ducha.

Dość, że kiedy sześć lat temu zostałem tutaj komendantem, za punkt honoru postawiłem sobie wsadzenie Eamonna O'Flynna za kratki. Ale cóż, kłopoty, z jakimi bez przerwy borykałem się na granicy, no i codzienne obowiązki policyjne sprawiły, że jakoś nigdy się do tego dostatecznie nie przyłożyłem. Prawdą jest, że zacząłem nawet po trochu przymykać oczy, przynajmniej do momentu, kiedy O'Flynn spiknął się z Maggie Crann, osławioną prostytutką z południa, która miała ambicje rozszerzenia swoich usług na północ. Dom z czterema sypialniami, po dwie z każdej strony granicy, wydawał się ukoronowaniem jej marzeń, nawet jeżeli od czasu do czasu jakiegoś półnagiego klienta trzeba było dla ochrony przed aresztowaniem przerzucać na gwałt z jednej strony domu na drugą.

Kiedy się nasiliły kłopoty graniczne między południem a północą, uzgodniliśmy z moim odpowiednikiem z południa, że odstawimy na razie sprawę „na boczny tor". Tak było do chwili, gdy Eamonn otworzył po południowej stronie kasyno w nowo wybudowanej oranżerii, która nie miała nigdy ujrzeć ani jednego kwiatka – pozwolenie na budowę załatwił w Dublinie – a kasę ulokował po północnej w nowo wybudowanym garażu, który mógłby pomieścić flotę autobusów, ale nigdy nie gościł choćby jednego pojazdu – pozwolenie na tę budowę załatwił w Belfaście.

– Czemu nie zgłosiliście sprzeciwów wobec tych pozwoleń? – zapytał Hogan.

– Zgłosiliśmy, a jakże, ale szybko się okazało, że Maggie

ma klientów w obu wydziałach budowlanych – westchnął
Billy. – Ostateczny cios spadł jednak, kiedy na sprzedaż zostały
wystawione tereny rolne otaczające dom. Nikt inny się nimi
nie interesował i O'Flynn został właścicielem sześćdziesięciu
pięciu akrów, na których wystawia straże. Pozostawia mu to
aż nadto czasu, żeby przenieść wszystko, cokolwiek mogłoby
go obciążyć, z jednej strony posesji na drugą, nim zdążymy
podjechać do wejścia.

Kufle były puste. Ze słowami: „Teraz ja stawiam" – młodszy z mężczyzn podszedł do baru i zamówił nowe. Wracając,
zanim jeszcze zdążył postawić kufle, rzucił następne pytanie:

– Dlaczego nie wystąpicie o nakaz rewizji? Przy tej liczbie
paragrafów, którą on łamie, moglibyście zamknąć interes lata
temu.

– Zgoda – przyznał ustępujący komendant. – Tylko że ilekroć wystąpimy o nakaz, on jest pierwszą osobą, która się o tym
dowiaduje. W rezultacie, kiedy przyjeżdżamy na rewizję, zasta-
jemy tylko szczęśliwą parę małżeńską, żyjącą sielsko na farmie.

– A co z twoim odpowiednikiem po południowej stronie?
Przecież współdziałanie z tobą powinno chyba leżeć w jego
interesie?

– Tak by się wydawało, prawda? Ale przez ostatnie siedem
lat zmieniło się tam już pięciu komendantów, a żaden nie chce
sobie zamykać drogi do awansu, każdy woli spokojnie żyć, nie
wspominając już o ordynarnym przekupstwie, tak że żaden
nie był skłonny do współpracy. Obecnemu komendantowi
pozostało kilka miesięcy do przejścia w stan spoczynku i nie
będzie stawiał pod znakiem zapytania wymiaru swojej emerytury. Nie – podsumował Billy – z którejkolwiek strony na to
spojrzeć, nie ulega wątpliwości, że pokpiłem sprawę. A mogę
cię zapewnić, że w przeciwieństwie do mojego południowego
odpowiednika gotów byłbym nawet poświęcić swoją emeryturę, byleby raz na zawsze uziemić Eamonna O'Flynna.

– No, zostało ci jeszcze półtora miesiąca, a po tym wszystkim, co mi powiedziałeś, spadłby mi kamień z serca, gdyby

się udało wykurzyć O'Flynna z mojego terenu, nim obejmę komendanturę. Pomyślę, może mi wpadnie do głowy coś, co rozwiąże nasz wspólny problem.

– Z góry się zgadzam na wszystko z wyjątkiem morderstwa. Chociaż nie myśl, że i to mi nie przechodziło przez głowę.

Jim Hogan się roześmiał i popatrzył na zegarek.

– Muszę wracać do Belfastu – powiedział.

Ustępujący komendant kiwnął głową, wychylił resztkę guinnessa i ruszył za towarzyszem na parking za pubem. Hogan bez słowa usadowił się za kierownicą swego auta. Dopiero zapaliwszy silnik, odkręcił szybę i zapytał:

– Masz zamiar urządzić jakiś jubel na pożegnanie?

– Tak – odparł komendant. – W ostatnią sobotę przed odejściem. Czemu pytasz?

– Bo uważam, że przyjęcia pożegnalne stanowią zawsze okazję do załatwienia porachunków – odparł Jim Hogan i na tym poprzestał.

Komendant odprowadził go zaciekawionym wzrokiem, kiedy Hogan ruszył z parkingu, skręcił w prawo i skierował się na północ ku Belfastowi.

Eamonna O'Flynna zaskoczyło zaproszenie – nie spodziewał się znaleźć na liście gości komendanta policji.

Maggie zlustrowała wytłaczany kartonik zapraszający ich na pożegnanie komendanta Gibsona w hotelu Pod Herbem Królowej w Ballyroney.

– Przyjmiesz zaproszenie? – zapytała.

– Miałbym je przyjąć – odparł Eamonn – po tym, jak ten sukinsyn stawał przez sześć lat na głowie, żeby mnie wpakować za kratki?

– Może chce na koniec zakopać topór wojenny – poddała Maggie.

– Na mój rozum, prędzej chce mi go wbić w plecy. A zresztą wolałabyś pewnie umrzeć, niż pokazać się tej całej bandzie.

– O, tutaj się grubo mylisz – odparła Maggie.

– A to dlaczego?

– Bo będę miała nielichą zabawę, patrząc na miny żon tych wszystkich radnych, z którymi spałam. Nie wspominając już o policjantach.

– Może się okazać, że to pułapka.

– Nie wyobrażam sobie, jak byłoby to możliwe – powiedziała Maggie – skoro mamy pewność, że nikt z południa nie będzie nas się czepiał, a wszyscy z północy, którzy mogliby się czepiać, będą na przyjęciu.

– Nie przeszkodzi im to zrobić nalotu podczas naszej nieobecności.

– Czeka ich nieliche rozczarowanie, kiedy się okaże, że wszyscy pracownicy otrzymali wolny dzień, i znajdą tylko pusty dom pary uczciwych, praworządnych obywateli.

Eamonn nie wyzbył się jednak swego sceptycyzmu i zgodził się towarzyszyć Maggie na przyjęcie dopiero wtedy, gdy powróciła z Dublina z nową suknią, w której chciała się tam pokazać.

– Ale nie zostaniemy dłużej niż godzinę – zapowiedział. – To moje ostatnie słowo w tej sprawie.

Przed wyjściem z domu w wieczór przyjęcia Eamonn sprawdził, czy wszystkie okna są dokładnie zamknięte, a wszystkie drzwi zaryglowane, nim włączył system alarmowy. Objechał następnie powoli całą posiadłość, zapowiadając strażnikom, żeby byli szczególnie czujni i alarmowali go telefonem komórkowym, jeśli tylko zauważą cokolwiek podejrzanego. Cokolwiek, powtarzał.

Maggie, która poprawiała fryzurę przed lusterkiem w samochodzie, zwróciła mu uwagę, że jak będzie dłużej marudził, to cała zabawa się skończy, nim dojadą.

Kiedy wkroczyli do sali balowej hotelu Pod Herbem Królowej, Billy Gibson zdawał się szczerze uradowany ich widokiem, co jedynie wzmogło podejrzliwość Eamonna.

– Nie znacie jeszcze mojego następcy – powiedział ustępujący komendant, przedstawiając im Jima Hogana. – Ale z pewnością wiecie, jaką się cieszy renomą.

Eamonn aż za dobrze znał jego renomę i chciał niezwłocznie wracać do domu, ktoś jednak wcisnął mu zaraz w rękę kufel guinnessa, a młody policjant poprosił Maggie do tańca.

Kiedy się oddaliła, Eamonn rozejrzał się, czy w sali jest ktoś znajomy. Zna aż za wielu z tych ludzi, stwierdził i jął niecierpliwie wyglądać, aż minie godzina i będzie mógł wracać do domu. Lecz wkrótce jego wzrok padł na Micka Burke'a, miejscowego kieszonkowca, który pełnił funkcję barmana. Zaskoczyło Eamonna, że kogoś z kartoteką Micka wpuszczono w ogóle do hotelu. Ale będzie miał przynajmniej z kim pogadać.

Kiedy orkiestra przestała grać, Maggie stanęła w kolejce do bufetu i napełniła talerze łososiem i młodymi kartofelkami. Przyniosła jeden Eamonnowi, który od paru minut miał nieoczekiwanie taką minę, jakby się dobrze bawił. Dobrawszy drugą porcję, zaczął wymieniać opowieści najpierw z jednym, potem z drugim funkcjonariuszem Gardy z południa, którzy zdawali się chłonąć każde jego słowo.

Kiedy jednak zegar w sali balowej zaczął wybijać jedenastą, Eamonn poderwał się niespokojnie do wyjścia.

– Nawet Kopciuszek nie wyszedł przed północą – zaprotestowała Maggie. – Zresztą byłoby szczytem niegrzeczności wychodzić w momencie, gdy komendant przystępuje do wygłoszenia mowy pożegnalnej.

– Przyjaciele – zaczął – a także paru adwersarzy. – Uniósł kieliszek w kierunku Eamonna, z zadowoleniem odnotowując, że jest on ciągle na sali. – Staję tu dzisiaj przed wami z ciężkim sercem, wiedząc, jak wiele pozostaję wam wszystkim dłużny. – Zawiesił głos. – Podkreślam to: wszystkim.

Powitały te słowa okrzyki i wiwaty, a Maggie z przyjemnością zauważyła, że Eamonn przyłączył się do śmiechów.

– Pamiętam dobrze czasy, kiedy wstępowałem do policji. Było wówczas naprawdę ciężko.

Rozległy się następne okrzyki i parę gwizdów młodszych słuchaczy. Hałasy ucichły, gdy komendant podjął swoją przemowę, bo nikt nie chciał mu w końcu odmawiać okazji powspominania trochę na własnym przyjęciu pożegnalnym.

Eamonn był wciąż wystarczająco trzeźwy, żeby zauważyć wchodzącego do sali młodego policjanta z podekscytowaną miną. Podszedł on szybko do mównicy i chociaż nie czuł się najwidoczniej w prawie przerywać komendantowi, poszeptawszy chwilę z panem Hoganem, położył przed szefem na pulpicie kartkę.

Eamonn zaczął gorączkowo szukać po kieszeniach telefonu. Mógłby przysiąc, że miał go, kiedy wchodził do tej sali.

– Kiedy o północy oddam swoją odznakę policyjną... – ciągnął Billy, zerkając na kartkę położoną na jego mowie. Urwał i poprawił okulary, jakby usiłując w pełni oszacować przekazaną wiadomość. Zmarszczył czoło i podniósł z powrotem wzrok na swoich gości. – Muszę was przeprosić, drodzy przyjaciele, ale na granicy doszło do incydentu, który wymaga mojej osobistej interwencji. Nie pozostaje mi nic innego, jak opuścić was niezwłocznie. I proszę wszystkich wyższych szarżą podkomendnych, żeby się przyłączyli do mnie na zewnątrz. Mam nadzieję, że nasi goście będą się nadal bawić, i zapewniam, że wrócimy, gdy tylko uda nam się uporać z tym drobnym problemem.

Tylko jeden osobnik dobiegł do drzwi frontowych przed komendantem i wyjechał z parkingu, nim Maggie w ogóle się zorientowała, że opuścił hotel. Mimo to auto komendanta, jadąc na sygnale, zdołało go wyprzedzić jakieś dwie mile przed granicą.

– Mam go zatrzymać za przekroczenie szybkości? – spytał komendanta kierowca.

– Nie widzę potrzeby – odrzekł Billy Gibson. – Co za sens miałoby to całe przedstawienie, gdyby na scenie zabrakło głównego aktora?

Kiedy Eamonn zatrzymał auto na granicy swojej posesji, była

ona opasana grubą biało-niebieską taśmą z napisem: „NIEBEZ-PIECZEŃSTWO. NIE WCHODZIĆ".

Eamonn wyskoczył z auta i podbiegł do komendanta, który odbierał raport od swoich podwładnych.

– A, Eamonn, dobrze, że wróciłeś. Miałem właśnie do ciebie dzwonić, na wypadek gdybyś jeszcze był w hotelu. Bo jakąś godzinę temu zauważono na twoim terenie patrol IRA.

– Jeśli chodzi o ścisłość, nie zostało to jednoznacznie potwierdzone – wtrącił młody policjant, uważnie słuchający kogoś w telefonie. – Dane wywiadowcze z Ballyroney nie wykluczają, że mogła to być bojówka lojalistów.

– Tak czy inaczej, moim pierwszym obowiązkiem jest ochrona życia i własności, więc wysłałem brygadę antyterrorystyczną, żeby się upewnić, czy ty i Maggie możecie bezpiecznie wrócić do domu.

– Gówno prawda, komendancie Gibson, dobrze pan to wie – odparł Eamonn. – Żądam, żebyście natychmiast opuścili mój teren, a jak nie, to wydam moim ludziom rozkaz, żeby was usunęli siłą.

– To nie takie proste – oznajmił komendant. – Nasi ludzie donieśli przed chwilą, że się włamali do waszego domu. Mogę cię uspokoić, że nie zastali nikogo w środku, ale bardzo ich zaniepokoiły podejrzane paczki, które znaleźli zarówno w oranżerii, jak w garażu.

– Ależ to nic więcej jak…

– Nic więcej jak co? – spytał niewinnie komendant.

– Jak wasi ludzie ominęli moich strażników? – zapytał Eamonn. – Mieli oni rozkaz przepędzić każdego, kto by próbował postawić krok na moim terenie.

– Sprawa miała się tak, Eamonn, że sami może o tym nie wiedząc, strażnicy wyszli poza twój teren. Zatem ze względu na grożące niebezpieczeństwo kazałem ich wszystkich zatrzymać. Dla ich własnego dobra, ma się rozumieć.

– Założę się, że wkroczył pan na mój teren bez nakazu rewizji.

– Nie potrzebuję nakazu – wyjaśnił komendant – jeśli mam podstawy do przypuszczenia, że czyjeś życie znajduje się w niebezpieczeństwie.

– Ale teraz, kiedy pan już wie, że niczyje życie nie znajduje się w niebezpieczeństwie, a w ogóle nigdy się nie znajdowało, najwyższy czas, żeby pan zszedł z mojego terenu i wracał na swoje przyjęcie.

– Wyłonił się nowy problem, Eamonn. Właśnie odebraliśmy telefon, tym razem od anonimowego informatora, z ostrzeżeniem, że podłożone zostały dwie bomby, jedna w garażu, druga w oranżerii, i że zostaną one zdetonowane przed samą północą. Jak tylko mnie poinformowano o tej groźbie, wiedziałem, że moim świętym obowiązkiem jest zajrzenie do przepisów i sprawdzenie, jakie postępowanie przewidują one w takiej sytuacji.

Tu komendant wydobył z wewnętrznej kieszeni pokaźną zieloną książeczkę, tak jakby ją tam zawsze nosił.

– Zalewa pan – wybuchnął O'Flynn. – Nie ma pan prawa.

– O, tego właśnie szukałem – przerwał mu komendant, przerzuciwszy kilka kartek.

Eamonn zobaczył akapit zakreślony czerwonym flamastrem.

– Przeczytam ci odnośny tekst, Eamonn, żebyś zrozumiał, przed jakim stanąłem dylematem. „Jeżeli oficer powyżej rangi majora lub głównego inspektora stwierdzi, że życie osób cywilnych może być zagrożone spodziewanym aktem terrorystycznym, i jeżeli ma do dyspozycji brygadę specjalną, musi przede wszystkim opróżnić teren ze wszystkich osób postronnych, a uczyniwszy to, jeżeli uzna rzecz za stosowną, może zarządzić dokonanie detonacji". Trudno o jaśniejsze sformułowanie – podsumował komendant. – Więc czy mi powiesz, co jest w tych paczkach, Eamonn? Bo jeśli nie, będę się musiał spodziewać najgorszego i postąpić zgodnie z instrukcją.

– Jeśli pan w jakikolwiek sposób naruszy moją własność, komendancie Gibson, ostrzegam, że będę się procesował do upadłego i puszczę pana z torbami.

– Niepotrzebnie się denerwujesz, Eamonn. Mogę cię zapewnić, że w przepisach policyjnych są dziesiątki stron poświęconych rekompensatom dla niewinnie poszkodowanych. Poczuwalibyśmy się oczywiście do obowiązku odbudowania twojego uroczego domu, cegła w cegłę, zrekonstruowania dla Maggie oranżerii, którą mogłaby się chlubić na prawo i lewo, a dla ciebie garażu, który by pomieścił wszystkie twoje auta. Tylko że gdybyśmy byli zmuszeni wyłożyć takie sumy z pieniędzy podatników, trzeba by było oczywiście zadbać o to, żeby dom stanął po jednej albo po drugiej stronie granicy, tak by podobne incydenty nie powtórzyły się nigdy w przyszłości.

– Nie ujdzie to panu na sucho – krzyknął Eamonn.

W tym momencie u boku komendanta pojawił się postawny mężczyzna niosący aparat do zdalnego odpalania.

– Pamiętasz oczywiście pana Hogana. Przedstawiłem was na przyjęciu.

– Niech pan spróbuje choćby dotknąć tego palcem, Hogan, a będzie się pan tłumaczył przed komisją dyscyplinarną do końca swojej kariery. I może pan się raz na zawsze pożegnać z awansem na komendanta głównego.

– Pan O'Flynn utrafił w sedno, Jim – powiedział komendant, spoglądając na zegarek – a ja nie chciałbym być w najmniejszej mierze odpowiedzialny za zamknięcie ci drogi do awansu. Ale zostało jeszcze siedem minut do przejęcia przez ciebie stanowiska komendanta, więc widzę, że to moim smutnym obowiązkiem będzie wzięcie na siebie tej ciężkiej odpowiedzialności.

W chwili, gdy komendant schylał się do aparatu detonującego, Eamonn skoczył mu do gardła. Trzeba było trzech policjantów, by obezwładnić mężczyznę wykrzykującego na cały głos plugawe przekleństwa.

Komendant westchnął, popatrzył na zegarek, ujął uchwyt aparatu i powoli nacisnął.

Na mile wkoło rozległa się eksplozja, gdy dach garażu – czy też był to szkielet oranżerii? – wzniósł się wysoko w powietrze.

W krótką chwilę zabudowania zostały zrównane z ziemią – pozostała po nich jedynie chmura dymu i pyłu oraz kupa gruzu.

Gdy ucichło echo wybuchu, w oddali dały się słyszeć dzwony kościoła Najświętszej Marii Panny obwieszczające północ. Dla ustępującego komendanta policji oznaczało to koniec pamiętnego dnia.

– Wiesz co, Eamonn – powiedział – to było warte nawet postawienia pod znakiem zapytania mojej emerytury.

Pamiętny weekend

Spotkałem Susie pierwszy raz sześć lat temu i kiedy zatelefonowała, pytając, czy chciałbym umówić się z nią na drinka, chyba się nie zdziwiła, że początkowo zareagowałem dość chłodno. W końcu nie zachowałem dobrych wspomnień z naszego ostatniego spotkania.

Zaproszono mnie wtedy do Keswicków na kolację i Kathy Keswick, jak każda troskliwa pani domu, uznała, że jej obowiązkiem jest skojarzyć wciąż jeszcze wolnego kawalera po trzydziestce ze swoją przyjaciółką do wzięcia.

Miałem to na uwadze i byłem rozczarowany, gdy się okazało, że umieściła mnie obok Ruby Collier, żony konserwatywnego członka parlamentu, który siedział z lewej strony gospodyni na drugim końcu stołu. Ledwie nas sobie przedstawiono, stwierdziła, że z pewnością czytałem o jej mężu w gazetach. Potem oświadczyła, że nikt z jej przyjaciół nie rozumie, dlaczego mąż nie jest w gabinecie rządowym. Nie czułem się zdolny do wyrażenia opinii na ten temat, nigdy przedtem bowiem o nim nie słyszałem.

Z mojej drugiej strony widniała kartka z napisem „Susie", a kobieta o tym imieniu wyglądała tak, że chciałoby się z nią być sam na sam przy dwuosobowym stoliku. Tylko ukradkowo spojrzałem na długie jasne włosy, błękitne oczy, ujmujący uśmiech i smukłą figurę, ale bym się nie zdziwił, gdybym się dowiedział, że jest modelką. W ciągu kilku minut pozbawiła mnie tej iluzji.

Przedstawiłem się i wyjaśniłem, że razem z panem domu studiowałem w Cambridge.

– A jak pani poznała Keswicków? – zapytałem.

– Pracowałyśmy z Kathy w tym samym dziale „Vogue'a" w Nowym Jorku.

Pamiętam, że byłem rozczarowany, iż mieszka w Ameryce. Ciekaw byłem, jak długo.

– Gdzie pani teraz pracuje?

– Nadal jestem w Nowym Jorku – odparła. – Właśnie zostałam redaktorem „Art Quarterly".

– W zeszłym tygodniu odnowiłem subskrypcję – powiedziałem zadowolony z siebie.

Uśmiechnęła się, najwyraźniej zdziwiona, że w ogóle słyszałem o tym piśmie.

– Jak długo będzie pani w Londynie? – zagadnąłem, zerknąwszy na jej lewą rękę. Nie nosiła ani pierścionka zaręczynowego, ani obrączki.

– Tylko kilka dni. Przyleciałam na rocznicę ślubu moich rodziców w zeszłym tygodniu i przed powrotem do Nowego Jorku chciałam zobaczyć wystawę Luciana Freuda w Tate Gallery. A czym pan się zajmuje?

– Mam mały hotel przy Jermyn Street – odparłem.

Chętnie do końca wieczoru gawędziłbym z Susie nie tylko ze względu na moją pasję do sztuki, ale matka od małego mnie uczyła, że choćby nie wiem jak mi się podobała osoba siedząca po jednej stronie, powinienem być równie uprzejmy dla tej po drugiej.

Odwróciłem się do pani Collier, która zaatakowała mnie słowami:

– Czy czytał pan przemówienie, jakie mój mąż wygłosił wczoraj w Izbie Gmin?

Wyznałem, że nie, co okazało się błędem, gdyż przytoczyła całe słowo w słowo.

Kiedy skończyła swój monolog na temat projektu ustawy o urządzeniach komunalnych, zrozumiałem, dlaczego jej mąż nie jest w rządzie. Nawet zanotowałem w pamięci, żeby go unikać, kiedy przejdziemy do salonu na kawę.

– Bardzo mi zależy, żeby po kolacji poznać pani męża – powiedziałem pani Collier, po czym z powrotem zwróciłem się do Susie.

Okazało się, że wpatruje się w kogoś po drugiej stronie stołu. Spojrzałem tam i zobaczyłem mężczyznę pogrążonego w rozmowie z siedzącą obok niego Amerykanką Mary Ellen Yarc i najwyraźniej nieświadomego, że ktoś go darzy uwagą.

Pamiętałem, że ma na imię Richard i że przybył z dziewczyną, która zajmowała miejsce na drugim końcu stołu. Ona też, jak zauważyłem, patrzyła w jego kierunku. Muszę przyznać, że miał twarz o rzeźbionych rysach i gęste falujące włosy, jednym słowem wygląd, który sprawia, że mężczyźnie nie jest potrzebny dyplom z fizyki kwantowej.

– No więc co jest w tej chwili tematem numer jeden w Nowym Jorku? – zapytałem, próbując od nowa zyskać uwagę Susie.

Obróciła się do mnie i uśmiechnęła.

– Lada chwila będziemy mieć nowego burmistrza – poinformowała mnie – i może to będzie dla odmiany republikanin. Naprawdę głosowałabym na każdego, kto mógłby coś zrobić z przestępczością. Jeden z kandydatów, nie pamiętam jego nazwiska, wciąż zapowiada zero tolerancji. Kimkolwiek jest, dostanie mój głos.

Susie prowadziła rozmowę żywo i ciekawie, ale jej spojrzenie często błądziło na drugą stronę stołu. Gdyby Richard choć raz na nią popatrzył, pomyślałbym, że są kochankami.

Przy deserze pani Collier uwzięła się na rząd, podając powody, dlaczego każdego z jego członków należałoby zastąpić – wiadomo kim. Kiedy dotarła do ministra rolnictwa, uznałem, że dopełniłem obowiązku i znowu zwróciłem się do Susie, która udawała, że jest zajęta owocowym puddingiem, podczas kiedy jej uwagę wciąż przykuwał Richard.

Nagle na nią spojrzał. Bez ostrzeżenia Susie schwyciła mnie za rękę i zaczęła z przejęciem mówić o filmie Érica Rohmera, który widziała ostatnio w Nicei.

Niewielu mężczyzn miałoby coś przeciwko temu, by kobieta schwyciła ich za rękę, zwłaszcza kobieta tak urodziwa jak Susie, ale z pewnością by woleli, żeby nie patrzyła jednocześnie na innego mężczyznę.

Z chwilą, gdy Richard podjął na nowo rozmowę z naszą gospodynią, Susie natychmiast wypuściła moją dłoń i zatopiła widelec w puddingu.

Ulżyło mi, że nie muszę odbyć trzeciej rundy z panią Collier; Kathy wstała i zaproponowała, żebyśmy przeszli do salonu. Oznaczało to, że niestety nie poznam szczegółów przygotowywanego przez męża pani Collier wniosku ustawodawczego, zgłaszanego w Izbie przez posłów z ław nierządowych.

Przy kawie przedstawiono mnie Richardowi, który, jak się okazało, był bankierem z Nowego Jorku. Nadal ignorował Susie, a może, co niepojęte, nie zauważał jej obecności. Podeszła do nas dziewczyna, której imienia nie znałem, i szepnęła mu do ucha:

— Kochanie, nie powinniśmy wyjść stąd za późno. Pamiętaj, że rano lecimy do Paryża.

— Pamiętam, Rachel – odparł – ale nie chciałbym wychodzić pierwszy.

Znowu osoba wychowana przez wymagającą matkę.

Ktoś dotknął mojego ramienia. Odwróciłem się i stanąłem twarzą w twarz z uśmiechniętą promiennie panią Collier.

— To mój mąż Reginald. Powiedziałam mu, jak bardzo pana ciekawi jego projekt ustawy.

Upłynęło chyba dziesięć minut, choć zdały mi się wiecznością, kiedy Kathy przybyła mi na odsiecz.

— Tony, czy byłbyś tak miły i odwiózł Susie do domu? Pada deszcz i znalezienie taksówki o tak późnej porze nie będzie łatwe.

— Z przyjemnością – odparłem. – Dziękuję ci za tak czarujące towarzystwo. Wszystko tutaj było fascynujące – powiedziałem, uśmiechając się do pani Collier.

Żona członka parlamentu odpowiedziała uśmiechem. Matka byłaby ze mnie dumna.

W samochodzie Susie spytała, czy widziałem wystawę Freuda.

– Tak – odparłem. – Wydała mi się imponująca i zamierzam jeszcze raz ją zobaczyć.

– Myślałam, żeby wpaść tam jutro przed południem – rzekła Susie i dotknęła mojej ręki. – Może chciałbyś mi towarzyszyć?

Z chęcią się zgodziłem, a kiedy wysadziłem ją na Pimlico, uściskała mnie tak, jakby mówiła: „Chciałabym poznać cię bliżej". Nie jestem ekspertem w wielu dziedzinach, ale uważam się za światowy autorytet, jeżeli chodzi o uściski, gdyż doświadczyłem wszystkich rodzajów – od lekkiego przytulenia po niedźwiedzi chwyt. Mogę odczytać każdy komunikat, od: „Nie mogę się doczekać, żeby cię rozebrać" po: „Spływaj".

Nazajutrz przybyłem do Tate wcześnie, bo przewidywałem, że będzie długa kolejka, i chciałem kupić bilety przed przyjściem Susie. Czekałem na schodach tylko kilka minut, kiedy się pojawiła. Miała na sobie krótką żółtą sukienkę, która podkreślała jej smukłą figurę, a kiedy wstępowała po schodach, mężczyźni śledzili jej chód. W chwili, gdy mnie zobaczyła, puściła się biegiem i przywitała mnie długim uściskiem. Takim, który mówił: „Czuję, że już znam cię lepiej".

Za drugim razem wystawa nawet bardziej mi się podobała, również dzięki Susie, która znała dzieła Luciana Freuda i zapoznała mnie z różnymi fazami jego twórczości. Kiedy dotarliśmy do ostatniego obrazu wystawy, zatytułowanego *Tłusta kobieta w oknie*, zdobyłem się na mało błyskotliwą uwagę.

– Jedno jest pewne – powiedziałem. – Ty nigdy tak nie będziesz wyglądała.

– Och, nie byłabym taka pewna – odrzekła. – Ale gdyby tak się stało, nigdy bym nie pozwoliła, żebyś się dowiedział. – Wzięła mnie za rękę. – Czy masz czas, żeby zjeść lunch?

– Jasne, ale nic nie zarezerwowałem.

– Ja to zrobiłam – powiedziała Susie z uśmiechem. – Tate Gallery ma świetną restaurację. Zamówiłam dwuosobowy stolik na wszelki wypadek... – Znowu się uśmiechnęła.

Nie pamiętam wiele z tego lunchu oprócz tego, że kiedy kelner przyniósł rachunek, byliśmy ostatnimi gośćmi w restauracji.

– Gdybyś teraz miała na coś ochotę – uciekłem się do mojej wypróbowanej kwestii, której nieraz używałem na przynętę – co by to było?

Susie przez jakiś czas milczała, nim się zdobyła na odpowiedź:

– Wybrałabym się do Paryża, spędziła z tobą weekend i zwiedziła wystawę „Wczesna twórczość Picassa", którą pokazują teraz w Musée d'Orsay. A ty?

– Wybrałbym się do Paryża, spędził weekend z tobą i zwiedził wystawę „Wczesna twórczość Picassa", którą...

Wybuchnęła śmiechem i wzięła mnie za rękę.

– Zróbmy to – powiedziała.

Stawiłem się na dworcu Waterloo dwadzieścia minut przed odjazdem pociągu. Zarezerwowałem już apartament w moim ulubionym hotelu i stolik w restauracji, która się chlubi tym, że nie widnieje w przewodnikach dla turystów. Kupiłem dwa bilety pierwszej klasy i stanąłem pod zegarem, jak się umówiliśmy. Susie spóźniła się tylko dwie minuty i powitała mnie uściskiem, który stanowił krok naprzód ku „Nie mogę się doczekać, żeby cię rozebrać".

Trzymała mnie za rękę, kiedy mknęliśmy przez angielskie wsie. Gdy znaleźliśmy się we Francji – zawsze się złoszczę, gdy pociągi przyspieszają po francuskiej stronie – pochyliłem się i pierwszy raz ją pocałowałem.

Gawędziła o swej pracy w Nowym Jorku, o wystawach, które koniecznie trzeba zobaczyć, i dała mi przedsmak tego, czego mogłem oczekiwać po wystawie Picassa.

– Ołówkowy portret ojca siedzącego na krześle, który narysował w wieku zaledwie szesnastu lat, zwiastuje wszystko to, co miało być potem.

Mówiła dalej o Picassie i jego twórczości z pasją, jakiej nigdy się nie zaczerpnie z kart książek na ten temat. Kiedy pociąg wjechał na gare du Nord, schwyciłem obie walizki i wyskoczyłem z pociągu, żeby ustawić się na początku kolejki do taksówek.

Podczas jazdy Susie wyglądała przez okno samochodu niczym uczennica, która pierwszy raz w życiu wyjechała za granicę. Pamiętam, że pomyślałem sobie, jakie to dziwne u kogoś, kto dużo podróżuje.

Gdy taksówka zajechała pod hôtel du Coeur, powiedziałem Susie, że sam chciałbym mieć taki – komfortowy, ale bezpretensjonalny i z obsługą na poziomie rzadko spotykanym u Anglosasów.

– A właściciel, Albert – dodałem – to prawdziwy skarb.

– Nie mogę się doczekać, żeby go poznać – powiedziała, gdy taksówka zahamowała przed głównym wejściem.

Na stopniach stał Albert, żeby nas przywitać. Wiedziałem, że będzie czekać, tak jak ja bym czekał na niego, gdyby przybył z piękną kobietą na weekend do Londynu.

– Panie Romanelli, zarezerwowaliśmy panu ten pokój, co zawsze – powiedział z taką miną, jakby chciał do mnie mrugnąć.

Susie postąpiła krok do przodu i patrząc na Alberta, zapytała:

– A gdzie będzie mój pokój?

– Myślę, że w sąsiednim pokoju będzie pani wygodnie – odparł Albert jakby nigdy nic.

– To bardzo miłe, Albercie – rzekła Susie – ale ja wolałabym pokój na innym piętrze.

Tym razem Albert dał się zaskoczyć, chociaż prędko ochłonął, zażądał księgi rezerwacji i przestudiował wpisy.

– Widzę – powiedział – że mamy wolny pokój z widokiem na park, na piętrze poniżej pokoju pana Romanellego. – Strzelił palcami i podał dwa klucze boyowi hotelowemu, który kręcił się w pobliżu.

– Pokój pięćset siedemdziesiąty czwarty dla madame i apartament napoleoński dla monsieur.

Boy otworzył windę i gdy weszliśmy do środka, nacisnął guzik piąty i szósty. Kiedy drzwi rozsunęły się na piątym piętrze, Susie zapytała z uśmiechem:

– Spotkamy się w foyer tuż przed ósmą?

Skinąłem głową, bo moja matka nigdy mi nie mówiła, jak należy postąpić w takiej sytuacji.

Rozpakowałem walizkę, wziąłem prysznic i opadłem na niepotrzebnie podwójne łóżko. Włączyłem telewizor i zacząłem oglądać czarno-biały film francuski. Akcja tak mnie wciągnęła, że nie byłem ubrany jeszcze za dziesięć ósma, kiedy właśnie miałem się dowiedzieć, kto utopił kobietę w kąpieli.

Zakląłem, prędko narzuciłem na siebie jakieś ciuchy, nie sprawdzając nawet w lustrze swojego wyglądu, i wypadłem z pokoju, zastanawiając się, kto jest mordercą. Wskoczyłem do windy i znowu zakląłem, gdy na parterze rozsunęły się drzwi, ponieważ w foyer stała Susie i czekała na mnie.

Muszę przyznać, że w długiej czarnej sukni z szykownym rozcięciem z boku, odsłaniającym przy każdym kroku udo, wyglądała tak, że niemal miałem ochotę jej przebaczyć.

W taksówce, która wiozła nas do restauracji, Susie zadała sobie trud, aby mi powiedzieć, jak miły jest jej pokój i jaki troskliwy personel.

Przy kolacji – muszę przyznać, że potrawy były rewelacyjne – gawędziła o swojej pracy w Nowym Jorku i zastanawiała się, czy kiedyś wróci do Londynu. Udawałem zainteresowanie.

Kiedy zapłaciłem rachunek, wzięła mnie pod rękę i zaproponowała, że skoro wieczór jest taki piękny, a ona tyle zjadła, to może przespacerujemy się do hotelu. Ścisnęła mi rękę i zacząłem już myśleć, że może…

Przez całą drogę powrotną do hotelu nie wypuściła mojej ręki. Kiedy weszliśmy do hallu, boy podbiegł do windy i otworzył nam drzwi.

– Które piętro? – zapytał.

– Piąte – rzekła Susie stanowczo.

– Szóste – powiedziałem z ociąganiem.

Susie obróciła się i pocałowała mnie w policzek w chwili, gdy rozsunęły się drzwi.

– To był pamiętny dzień – rzuciła i wymknęła się.

Dla mnie też, chciałem powiedzieć, ale zmilczałem. W swoim pokoju leżałem z otwartymi oczami i próbowałem rozgryźć całą sprawę. Zrozumiałem, że muszę być pionkiem w jakiejś większej grze; ale czy to goniec czy skoczek ostatecznie wyeliminuje mnie z szachownicy?

Nie pamiętam, kiedy w końcu zasnąłem, ale gdy się zbudziłem parę minut przed szóstą, wyskoczyłem z łóżka i ucieszyłem się na widok „Le Figaro", które mi już wsunięto pod drzwi. Pochłonąłem gazetę od pierwszej do ostatniej strony, dowiadując się wszystkiego o najnowszych francuskich skandalach – ale nie erotycznych, dodam – a potem odrzuciłem ją i wziąłem prysznic.

Zszedłem na dół około ósmej i zobaczyłem Susie, która siedziała w kącie sali śniadaniowej i popijała sok pomarańczowy. Była ubrana zabójczo i choć nie ja byłem upatrzoną ofiarą, jeszcze bardziej się zawziąłem, żeby odkryć, kto nią jest.

Zająłem miejsce naprzeciw niej i ponieważ żadne z nas nic nie mówiło, inni goście przypuszczalnie wzięli nas za wieloletnie małżeństwo.

– Mam nadzieję, że dobrze spałaś – w końcu wydusiłem.

– Tak, dziękuję, Tony – odparła. – A ty? – niewinnie spytała.

Miałem na końcu języka sto odpowiedzi, których chętnie bym jej udzielił, ale wtedy nigdy bym nie dociekł prawdy.

– O której godzinie chcesz odwiedzić wystawę? – zapytałem.

– O dziesiątej – powiedziała zdecydowanie, a potem dodała: – Jeżeli ci to odpowiada.

– Owszem – odparłem i spojrzałem na zegarek. – Zamówię taksówkę na wpół do dziesiątej.

– Będę czekać w foyer – oznajmiła.

Nasza konwersacja jako żywo przypominała rozmowę starego małżeństwa.

Po śniadaniu wróciłem do pokoju, spakowałem się i zadzwoniłem do Alberta, żeby mu oznajmić, że raczej nie zostanę na następną noc.

– Przykro mi to słyszeć – rzekł. – Mam tylko nadzieję, że to nie...

– Nie, Albercie, to nie twoja wina, o tym mogę cię zapewnić. Jeżeli się dowiem, kto jest winowajcą, dam ci znać. Przy okazji, zamów mi taksówkę na wpół do dziesiątej, chcę pojechać do Musée d'Orsay.

– Dobrze, Tony.

Nie będę was nudził przytaczaniem błahej rozmowy, która się toczyła w taksówce w drodze z hotelu do muzeum, ponieważ tylko autor o większym od mojego talencie byłby w stanie utrzymać waszą uwagę. Jednakże byłoby z mojej strony niewdzięcznością, gdybym nie przyznał, że rysunki Picassa warte były całej wyprawy. Wypada też dodać, że komentarze Susie sprawiły, iż towarzyszył nam niewielki orszak słuchaczy.

– Ołówek – mówiła – jest najokrutniejszym narzędziem artysty, gdyż nie pozostawia nic przypadkowi.

Przystanęła przed rysunkiem Picassa przedstawiającym jego ojca siedzącego na krześle. Wrosłem w ziemię jak zahipnotyzowany i przez dłuższy czas nie mogłem ruszyć się z miejsca.

– Godne uwagi jest to – ciągnęła Susie – że Picasso rysował portret w wieku szesnastu lat; zatem już wtedy było jasne, że znudzi go tradycyjna nauka na długo przed ukończeniem szkoły sztuk pięknych. Kiedy jego ojciec pierwszy raz zobaczył rysunek, a sam był artystą, on... – Susie nie skończyła zdania. Za to raptem schwyciła moją rękę i patrząc mi w oczy, rzekła: – Tony, jak dobrze być z tobą.

Pochyliła się do przodu, jakby chciała mnie pocałować.

Miałem już spytać, co się, u diabła, dzieje, kiedy dostrzegłem go kątem oka.

– Szach! – powiedziałem.

– Co masz na myśli? – zapytała.

– Skoczek dał susa przez szachownicę – albo, ściślej mówiąc, kanał La Manche – i mam wrażenie, że włączy się do gry.

– O czym ty mówisz, Tony?

– Myślę, że dobrze wiesz, o czym mówię – odparłem.

– Co za przypadek – dobiegł głos zza pleców Susie.

Susie odwróciła się do tyłu i doskonale udała zaskoczenie na widok Richarda.

– Co za przypadek – powtórzyłem.

– Czy to nie cudowna wystawa? – spytała Susie, ignorując moją sarkastyczną uwagę.

– Tak, wspaniała – zgodziła się Rachel, która niewątpliwie nie była poinformowana, że tak jak ja pełni rolę pionka w tej szczególnej grze i że wkrótce zostanie pobita przez królową.

– Cóż, skoro wszyscy się spotkaliśmy, wybierzmy się razem na lunch – zaproponował Richard.

– Obawiam się, że mamy już inne plany – rzekła Susie, biorąc mnie za rękę.

– Och, nic takiego, kochanie, czego nie można by zmienić – powiedziałem, mając zamiar pozostać trochę dłużej na szachownicy.

– Ale przecież tak nagle nie znajdziemy miejsca w żadnej przyzwoitej restauracji – upierała się Susie.

– Z tym nie będzie kłopotu – zapewniłem ją z uśmiechem. – Znam małe bistro, gdzie nas chętnie przyjmą.

Susie zrobiła kwaśną minę, że nie dałem się zaszachować, i nie odzywała się do mnie, gdy wszyscy wyszliśmy z muzeum i powędrowaliśmy lewym brzegiem Sekwany. Wdałem się w pogawędkę z Rachel. W końcu, pomyślałem, pionki powinny się trzymać razem.

Jacques wzniósł w górę ramiona w geście galijskiej rozpaczy, gdy zobaczył mnie w drzwiach.

– Ile osób, monsieur Tony? – spytał z westchnieniem rezygnacji.

– Cztery – odparłem z uśmiechem.

To był jedyny posiłek w czasie tego weekendu, który sprawił mi prawdziwą przyjemność. Przez większość czasu rozmawiałem z Rachel, która była miłą dziewczyną, ale nie miała klasy Susie. Nie pojmowała, co się dzieje po drugiej stronie szachownicy, gdzie czarna królowa szykowała się do wzięcia białego skoczka. Przyjemnie było obserwować tę kobietę w natarciu.

Podczas gdy Rachel do mnie mówiła, usiłowałem złowić uchem rozmowę, która toczyła się po drugiej stronie stołu, ale chwytałem tylko strzępy.

– Kiedy będziesz z powrotem w Nowym Jorku...

– Tak, planowałam ten wypad do Paryża tydzień temu...

– Och, w Genewie będziesz sam...

– Tak, dobrze się bawiłam na przyjęciu u Keswicków...

– Spotkałam Tony'ego w Paryżu. Tak, jeszcze jeden przypadek. Prawie go nie znam...

To prawda, pomyślałem. W gruncie rzeczy występ Susie tak mnie ubawił, że nie miałem nic przeciwko zapłaceniu rachunku.

Pożegnaliśmy się z tamtymi i wracaliśmy z Susie brzegiem Sekwany, lecz nie trzymaliśmy się za ręce. Odczekałem, dopóki nie byłem pewny, że Richard i Rachel odeszli dostatecznie daleko, po czym zatrzymałem się i spojrzałem Susie w twarz. Muszę jej oddać sprawiedliwość: miała skruszoną minę. Spodziewała się, że ją zbesztam.

– Zapytałem cię wczoraj, też po lunchu, o twoje najgorętsze życzenie. Jaka byłaby dziś twoja odpowiedź?

Po raz pierwszy od dwóch dni Susie miała niepewną minę.

– Bądź pewna – dodałem, zaglądając w jej błękitne oczy – że cokolwiek powiesz, nie zdziwię się ani nie obrażę.

– Chciałabym wrócić do hotelu, spakować się i pojechać na lotnisko.

– Więc zróbmy tak – powiedziałem i wyszedłem na ulicę, żeby zatrzymać taksówkę.

Susie milczała w drodze do hotelu i gdy przyjechaliśmy,

pospieszyła na górę, a ja uregulowałem rachunek i poprosiłem, żeby zniesiono mój bagaż, już spakowany.

Nawet wtedy, muszę przyznać, gdy wyłoniła się z windy i uśmiechnęła, niemal żałowałem, że nie mam na imię Richard.

Ku zdziwieniu Susie towarzyszyłem jej na lotnisko Charles'a de Gaulle'a; wyjaśniłem, że polecę do Londynu pierwszym dostępnym samolotem. Pożegnaliśmy się pod tablicą odlotów uściskiem, który mówił: „Może jeszcze się spotkamy, ale już bez uścisków".

Pomachałem jej i odszedłem, ale nie mogłem się powstrzymać i obejrzałem się, by zobaczyć, dokąd zmierza.

Stanęła w kolejce do stanowiska Swissair. Uśmiechnąłem się i skierowałem w stronę tablicy z napisem „British Airways".

Minęło sześć lat od tego weekendu w Paryżu i w tym czasie ani razu nie natknąłem się na Susie, chociaż niekiedy wymieniano jej imię podczas rozmów na przyjęciach.

Dowiedziałem się, że została redaktorką „Art Nouveau" i poślubiła Anglika imieniem Ian, zajmującego się organizowaniem imprez sportowych. Na pocieszenie, ktoś powiedział, po zerwanym romansie z pewnym amerykańskim bankierem.

Dwa lata później usłyszałem, że urodziła syna, a potem córkę, ale nikt nie znał ich imion. I wreszcie, mniej więcej rok temu, przeczytałem w jakiejś rubryce towarzyskiej o jej rozwodzie.

I potem, ni stąd, ni zowąd, Susie nagle zatelefonowała i zaproponowała, żebyśmy się zobaczyli. Kiedy wybrała miejsce spotkania, wiedziałem, że nie straciła tupetu. Usłyszałem, że mówię „tak", i zadałem sobie pytanie, czy ją poznam.

Obserwując, jak wstępuje po stopniach Tate Gallery, uświadomiłem sobie, że nie pamiętałem tylko, jaka jest piękna. I była jeszcze bardziej czarująca niż przedtem.

Przebywaliśmy w galerii tylko kilka minut i to wystarczyło, żebym sobie przypomniał, z jaką przyjemnością się słuchało, kiedy mówiła na wybrany temat. Dopiero niedawno uznałem, że Warhol i Lichtenstein są czymś więcej niż rysownikami, a Damiena Hirsta nigdy nie podziwiałem, ale wychodziłem z wystawy z respektem dla jego dzieł.

Chyba nie powinienem być zaskoczony, że Susie zarezerwowała dwuosobowy stolik w restauracji Tate Gallery i że ani razu nie wspomniała o naszym weekendzie w Paryżu, póki, przy kawie, nie spytała:

– Gdybyś mógł spełnić swoje najgorętsze życzenie, co by to było?

– Spędzić z tobą weekend w Paryżu – odparłem ze śmiechem.

– Więc zróbmy to – powiedziała. – W Centre Pompidou jest wystawa Hockneya, która zebrała entuzjastyczne recenzje, a ja znam wygodny, lecz bezpretensjonalny hotel, w którym nie byłam wiele lat, nie mówiąc o restauracji, która się tym szczyci, że nie wymienia jej żaden przewodnik dla turystów.

Zawsze uważałem, iż jest niegodne mężczyzny mówić o kobiecie jako o zdobyczy, ale muszę wyznać, że kiedy w poniedziałek rano patrzyłem, jak Susie znika w wyjściu na lotnisko, by wsiąść do samolotu odlatującego do Nowego Jorku, pomyślałem sobie, że warto było czekać te wszystkie lata.

Nigdy więcej się do mnie nie odezwała.

Coś za nic

Jake zaczął powoli wykręcać numer matki, jak to czynił co dzień o szóstej wieczorem od dnia, kiedy umarł ojciec. Usadowił się wygodniej, wiedząc, że przez następny kwadrans będzie musiał wysłuchiwać relacji o wszystkim, co matka tego dnia robiła.

Prowadziła tak stateczne, uregulowane życie, że rzadko miała coś ciekawego do opowiedzenia. A już szczególnie w sobotę. Rano piła zawsze kawę ze swoją najstarszą przyjaciółką, Molly Schultz, a spotkania te przeciągały się niekiedy do lunchu. W poniedziałki, środy i piątki grywała w brydża z państwem Zacchari, którzy mieszkali po przeciwnej stronie ulicy. We wtorki i czwartki odwiedzała swoją siostrę Nancy, co przynajmniej dawało jej temat do wyżalania się, kiedy dzwonił wieczorem.

W soboty odpoczywała po pracowitym tygodniu. Jedyną męczącą czynnością tego dnia było nabycie po lunchu potężnego niedzielnego wydania „Timesa" – owa uświęcona nowojorska tradycja stwarzała jej okazję do poinformowania syna, które pozycje powinien przeczytać następnego dnia.

Dla Jake'a ta zwyczajowa wieczorna rozmowa ograniczała się do kilku stosownych pytań, zależnych od dnia. W poniedziałek, środę, piątek: Jak jej poszedł brydż? Ile wygrała, względnie przegrała? We wtorek, czwartek: Jak się ma ciocia Nancy? Naprawdę? Aż tak źle? W sobotę: Jest w „Timesie" coś interesującego, na co powinien jutro zwrócić uwagę?

Co baczniejsi czytelnicy zauważą, że tydzień ma przecież siedem dni, i będą chcieli wiedzieć, co matka Jake'a robi w niedzielę. Otóż przychodzi do syna i synowej na lunch, nie ma więc potrzeby dzwonić do niej wieczorem.

Jake wykręcił ostatnią cyfrę numeru matki i czekał, aż odbierze telefon. Nastawił się już na wysłuchanie, czego ma szukać w niedzielnym wydaniu „New York Timesa". Potrzeba było zwykle dwóch, trzech dzwonków, nim podniosła słuchawkę, czas, jakiego wymagało od niej przejście z fotela koło okna do aparatu po drugiej stronie pokoju. Kiedy telefon zadzwonił cztery, pięć, sześć, siedem razy, Jake zaczął się zastanawiać, czy może jej nie być w domu. Niemożliwe! Nigdy nie wychodziła po szóstej, ani zimą, ani latem. Prowadziła życie tak zdyscyplinowane, że przywołałoby uśmiech uznania na wargi kaprala musztrującego rekrutów.

W końcu usłyszał w słuchawce trzask i już miał powiedzieć: „Cześć, mamo!" – gdy dobiegł go głos, który jawnie nie należał do matki, a co więcej, znajdował się w trakcie jakiegoś wywodu. Pomyślał, że włączył się omyłkowo w czyjąś rozmowę, i chciał odłożyć słuchawkę, gdy dobiegły go słowa:

– To twoja dola. Sto tysięcy dolców. Musisz się tylko zgłosić po odbiór. Czekają na ciebie u Billy'ego.

– A gdzie ten Billy? – zapytał drugi głos.

– Na rogu Oak i Randall Street. Spodziewają się ciebie koło siódmej.

Jake wstrzymał oddech, żeby się nie zdradzić, gdy sięgał po bloczek przy telefonie i zapisywał: „Oak i Randall".

– Skąd będą wiedzieć, że koperta jest dla mnie? – zapytał drugi głos.

– Poprosisz o „New York Timesa" i zapłacisz banknotem studolarowym. Facet wyda ci dwadzieścia pięć centów, tak jakbyś dał dolara. W ten sposób, gdyby w sklepie był ktoś obcy, nie będzie nic podejrzewał. Nie otwieraj koperty, dopóki się nie znajdziesz w bezpiecznym miejscu. W Nowym Jorku jest od groma ludzi, którzy by chętnie położyli łapę na stu patykach.

I bez względu na wszystko, nie kontaktuj się ze mną więcej. Jeśli to zrobisz, nie taka dola poleci ci następnym razem.

Rozmowa się urwała.

Jake odłożył słuchawkę, zapominając zupełnie, że miał dzwonić do matki.

Siedział, zastanawiając się, co robić. Jeśli w ogóle coś. Jego żona Ellen zabrała dzieciaki do kina, jak często w soboty, i nie należało się ich spodziewać wcześniej niż koło dziewiątej. Zostawiła mu kolację w kuchence mikrofalowej, wraz z notatką, ile minut ma ją gotować. Zawsze dodawał do jej instrukcji minutę.

Niewiele myśląc, sięgnął po książkę telefoniczną i zaczął przerzucać stronice, aż trafił na B. Bi, Bil, Billy. Jest! Oak Street 1127. Odłożył książkę, pomaszerował do swojej pracowni i jął na półce za biurkiem szukać atlasu Nowego Jorku. Znalazł go wciśnięty między *Pamiętniki Elisabeth Schwarzkopf* a *Jak po czterdziestce zrzucić dwadzieścia funtów*.

Sięgnął do indeksu i szybko znalazł Oak Street. Sprawdził namiary i wkrótce wodził palcem po kwadrze między odpowiednimi przekątnymi. Ocenił, że gdyby zdecydował się pojechać, dotarcie na West Side zajęłoby mu jakieś pół godziny. Popatrzył na zegarek. Była 6.14. Co mu przychodzi do głowy? Nie zamierza przecież tam jechać. A zresztą nie ma stu dolarów.

Wyciągnął portfel z kieszeni na piersi i przeliczył wolno: 37 dolarów. Poszedł do kuchni zajrzeć do pudełka Ellen z pieniędzmi na drobne wydatki. Było zamknięte, a nie pamiętał, gdzie chowa ona klucz. Wyjął śrubokręt z szuflady koło kuchenki i wyważył wieczko: następne 22 dolary. Spacerował chwilę po kuchni, zastanawiając się, co dalej. Potem poszedł do sypialni i przeszukał kieszenie wszystkich swoich marynarek i spodni. Jeszcze dolar 75 centów drobniakami. Z sypialni przeszedł do pokoju córki. Na toalecie stała jej skarbonka w kształcie psa Snoopy'ego. Podszedł do łóżka, obrócił skarbonkę do góry dnem i wytrząsnął na kołdrę wszystkie monety: jeszcze 6,75.

Usiadł na łóżku, starając się gorączkowo zebrać myśli, aż przypomniał mu się banknot pięćdziesięciodolarowy, który zawsze trzymał na wszelki wypadek w prawie jazdy. Podliczył zdobyczną sumę: 117,50.

Sprawdził godzinę: 6.23. Pojedzie, zobaczy. Nic więcej, obiecał sobie.

Wyciągnął z szafy w holu stary płaszcz i wysunął się na klatkę schodową, po czym starannie sprawdził, czy wszystkie trzy zamki są zamknięte. Nacisnął guzik windy, ale nic nie nastąpiło. Znowu zepsuta, stwierdził, i puścił się biegiem po schodach. Po drugiej stronie ulicy mieścił się bar, do którego często zaglądał, kiedy Ellen zabierała dzieci do kina.

Barman powitał go uśmiechem.

– To, co zwykle, Jake? – zapytał, zdziwiony trochę, że go widzi w grubym płaszczu, skoro musiał przejść tylko na drugą stronę ulicy.

– Nie, dziękuję – powiedział Jake, starając się nadać głosowi swobodne brzmienie. – Chciałem tylko zapytać, czy nie masz przypadkiem banknotu studolarowego.

– Nie przypuszczam – odparł barman. Jął przerzucać plik banknotów, po czym obrócił się do Jake'a ze słowami: – Masz szczęście. Jest jeden.

Jake wręczył mu pięćdziesiątkę, dwudziestkę, dwie dziesiątki i dziesięć dolarówek, a w zamian otrzymał studolarówkę. Złożywszy banknot starannie na czworo, włożył go do portfela, który wsunął z powrotem do wewnętrznej kieszeni marynarki, po czym wyszedł z baru.

Minął dwie przecznice, nim dotarł do przystanku autobusowego. Może się spóźni i sprawa siłą rzeczy weźmie w łeb, pomyślał. Do krawężnika podjechał autobus. Jake wspiął się po schodkach, zapłacił za przejazd i usiadł z tyłu, wciąż niezdecydowany, co zrobi, gdy dojedzie na West Side.

Był tak pogrążony w myślach, że przejechał właściwy przystanek i musiał wracać może z pół mili do Oak Street. Sprawdził numery. Do skrzyżowania z Randall miał do przejścia jakieś trzy, cztery przecznice.

Stwierdził, że zbliżając się, coraz bardziej zwalnia kroku. Aż nagle, przy następnej przecznicy, zobaczył w połowie latarni biało-zieloną tabliczkę: „Randall Street".

Rozejrzawszy się szybko po wszystkich czterech rogach, spojrzał na zegarek. Była 6.49.

Obserwując bar Billy'ego z przeciwnej strony ulicy, zobaczył dwie osoby, jedną wchodzącą, drugą wychodzącą. Potem światło zmieniło się na zielone i Jake ruszył przez jezdnię za innymi przechodniami.

Sprawdził jeszcze raz zegarek: 6.51. Zatrzymał się przy wejściu do Billy'ego. Za kontuarem układał gazety mężczyzna ubrany w czarną koszulkę i dżinsy. Miał może czterdzieści lat, jakieś metr osiemdziesiąt wzrostu i bary, jakie mógł sobie wyrobić, jedynie ćwicząc parę godzin tygodniowo w siłowni.

Koło Jake'a przesunął się klient i poprosił o paczkę marlboro. Kiedy mężczyzna za kontuarem wydawał mu resztę, Jake wszedł do środka i udawał zainteresowanie czasopismami na stelażu.

Odczekawszy, aż klient odwróci się do wyjścia, Jake wsunął dłoń do wewnętrznej kieszeni, wyjął portfel i namacał banknot studolarowy. Skoro tylko nabywca paczki marlboro zniknął za drzwiami, Jake wyjął banknot, a portfel schował z powrotem do kieszeni.

Mężczyzna za kontuarem czekał beznamiętnie, gdy Jake powoli rozpościerał banknot.

– „Timesa" – usłyszał Jake swój głos, kiedy kładł na kontuarze banknot studolarowy.

Mężczyzna w czarnej koszulce zlustrował banknot, po czym spojrzał na zegarek. Zawahał się chwilę, nim sięgnął pod kontuar. Jake zesztywniał. Po chwili ujrzał wyjmowaną długą, grubą białą kopertę. Mężczyzna wsunął ją w pękaty dodatek biznesowy gazety, którą, z wciąż beznamiętną miną, podał Jake'owi. Następnie zgarnął banknot studolarowy, wybił w kasie 75 centów i wydał Jake'owi 25 centów reszty. Jake odwrócił się i ruszył szybko do wyjścia, w którym omal nie przewrócił małego mężczyzny, który wyglądał na równie zdenerwowanego, jak czuł się on sam.

Puścił się biegiem Oak Street, obracając się co chwila, żeby sprawdzić, czy nikt go nie goni. Odwróciwszy się któryś kolejny raz, zobaczył nadjeżdżającą z tyłu taksówkę, którą spiesznie zatrzymał.

– Na East Side – zakomenderował, wskoczywszy do środka.

Kiedy kierowca włączył się z powrotem w ruch, Jake wyłuskał kopertę z gazety i schował do wewnętrznej kieszeni. Czuł, jak w piersi dudni mu serce. Następny kwadrans spędził na wyglądaniu co chwila przez tylne okienko taksówki.

Zobaczywszy po prawej stronie wejście do metra, kazał się kierowcy zatrzymać. Wręczył mu banknot dziesięciodolarowy i nie czekając na wydanie reszty, wyskoczył z taksówki. Zbiegł po schodkach, by po chwili wynurzyć się po drugiej stronie ulicy, gdzie zatrzymał taksówkę jadącą w przeciwnym kierunku. Tym razem podał kierowcy swój adres. Pogratulował sobie tego drobnego fortelu, który zapożyczył od Gene'a Hackmana z oglądanego niedawno filmu.

Nerwowo pomacał wewnętrzną kieszeń, upewniając się, że koperta jest na miejscu. Uspokojony, że nikt za nimi nie jedzie, nie zadawał sobie więcej trudu wyglądania przez tylne okienko. Kusiło go, żeby zajrzeć do koperty, ale na to będzie dość czasu, kiedy się znajdzie bezpiecznie w domu. Sprawdził godzinę: 7.21. Ellen i dzieciaki nie wrócą wcześniej niż za pół godziny,

– Może mnie pan wysadzić kawałek dalej po lewej – powiedział do taksówkarza, szczęśliwy, że znajduje się z powrotem na znajomym terenie.

Kiedy taksówka zatrzymywała się przed budynkiem, rzucił jeszcze raz okiem przez tylne okienko. Nie jechało za nimi żadne inne auto. Zapłacił kierowcy drobniakami wytrząśniętymi ze skarbonki córki, po czym wysiadł i siląc się na niedbały krok, wszedł do domu.

Znalazłszy się w środku, przebiegł hol i pięścią nacisnął guzik windy. Ciągle zepsuta. Zaklął i puścił się biegiem po schodach do swego mieszkania na siódmym piętrze. Wspinał się wolniej z każdym piętrem, aż w końcu ustał. Z trudem łapiąc oddech, otworzył trzy zamki, zatoczył się do środka i śpiesznie zatrzasnął za sobą drzwi. Oparty o ścianę, czekał, aż odzyska dech.

Wyciągał z kieszeni kopertę, kiedy zadzwonił telefon. Pierwszą jego myślą było, że jednak go wyśledzili i dzwonią, żeby się upomnieć o swoje pieniądze. Wpatrywał się chwilę w aparat, nim podniósł słuchawkę.

– Halo, Jake, to ty?

Przypomniał sobie.

– Tak, mamo.

– Nie zadzwoniłeś o szóstej – powiedziała z wyrzutem.

– Przepraszam, mamo. Dzwoniłem, ale…

Zdecydował, że lepiej jej nie mówić, dlaczego nie zadzwonił drugi raz.

– Wydzwaniam do ciebie od godziny. Wychodziłeś czy co?

– Tylko do baru po drugiej stronie ulicy. Wpadam tam czasami, kiedy Ellen zabiera dzieciaki do kina.

Położył kopertę koło telefonu, niecierpliwiąc się, kiedy będzie miał to już za sobą, ale i wiedząc, że musi przebrnąć przez tradycyjną sobotnią rozmówkę.

– Jest dziś coś interesującego w „Timesie"? – zapytał trochę zbyt pośpiesznie.

– Niewiele – odparła. – Wygląda na to, że Hillary uzyska nominację Partii Demokratycznej na kandydatkę do senatu, ale ja tak czy inaczej będę głosowała na Giulianiego.

– Zawsze głosowałaś i zawsze będziesz głosowała – powtórzył Jake jej często wyrażaną opinię o burmistrzu.

Pomacał kopertę, żeby poczuć pod palcami grubość stu tysięcy dolarów.

– Coś jeszcze, mamo? – zapytał, chcąc ją ponaglić.

– W magazynie jest artykuł o wdowach po siedemdziesiątce, które odkrywają na nowo uroki seksu. Gdy tylko mężowie spoczną bezpiecznie w grobie, poddają się one ponoć kuracji hormonalnej, która im przywraca pociąg płciowy. Cytuję jedną z nich: „Ja nie tyle próbuję nadrobić stracony czas, ile zrekompensować mężowi to, co utracił".

Słuchając, Jake zaczął odklejać róg koperty.

– Sama bym tego spróbowała – ciągnęła matka – gdyby mnie było na to stać. Niestety, okazuje się, że warunkiem wstępnym jest zrobienie sobie operacji kosmetycznej.

– Mamo, zdaje się, że słyszę Ellen z dzieciakami przy drzwiach, więc będę chyba kończył. Czekamy cię jutro na lunchu.

– Kiedy nie powiedziałam ci jeszcze o fascynującym artykule w dodatku biznesowym.

– Słucham – odrzekł Jake nieuważnie, zaabsorbowany otwieraniem koperty.

– Piszą o nowym kancie, którego jacyś faceci próbują na Manhattanie. Czego ci ludzie nie wymyślą!

Koperta była już na wpół otwarta.

– Pojawił się gang, który znalazł sposób podłączania się do twego telefonu, kiedy wykręcasz czyjś numer.

Jeszcze chwila i Jake mógłby wysypać zawartość koperty.

– Dzwoniąc, myślisz, że włączyłeś się w czyjąś rozmowę.

Jake cofnął palec wsunięty w kopertę, nadstawił baczniej ucha.

– Zorganizowane jest to tak, żebyś myślał, że słyszysz autentyczną rozmowę.

Jake siedział wpatrzony w kopertę, na czoło wystąpił mu pot.

– Z rozmowy wynika, że jak pojedziesz na drugi koniec miasta i kupisz jakieś głupstwo, płacąc za nie banknotem studolarowym, to dostaniesz w zamian kopertę zawierającą sto tysięcy.

Jake'owi zrobiło się gorąco na myśl, jak łatwo dał się nabrać na sto dolarów.

– Realizują szwindel za pomocą sklepików z gazetami czy papierosami – ciągnęła matka.

– A co jest w tej kopercie?

– W tym właśnie cały geniusz tego procederu – wyjaśniła matka. – Do koperty wkładają książeczkę z poradami, jak zarobić sto tysięcy. I nie jest to nawet karalne, bo na książeczce wydrukowali cenę sto dolarów. Trzeba im przyznać pomysłowość.

„Ja już to bezwiednie zrobiłem, mamo" – chciał powiedzieć Jake, ale zamiast tego rzucił słuchawkę i zamarł wpatrzony w kopertę.

W holu rozległ się dzwonek. Ellen wraca widać wcześniej z kina i znowu zapomniała kluczy.

Dzwonek zadźwięczał ponownie.

– Otwieram, już otwieram – krzyknął Jake.

Schwycił kopertę, zdecydowany zniszczyć jej kompromitującą zawartość. Dzwonek alarmował po raz trzeci, kiedy wbiegł do kuchni, otworzył klapę zsypu do spalarni śmieci i wrzucił kopertę do środka.

Dzwonek nie przestawał dźwięczeć. Czekający nie zdejmował widać palca z przycisku.

Jake podbiegł do drzwi. Otworzył je jednym szarpnięciem i znalazł się w obliczu trzech barczystych mężczyzn. Mężczyzna w czarnej koszulce skoczył do przodu i przytknął mu nóż do gardła, dwaj pozostali unieruchomili mu ręce. Drzwi zatrzasnęły się za nimi.

– Gdzie to masz? – warknął mężczyzna w koszulce, nie odrywając noża od gardła Jake'a.

– Gdzie mam co? – wydyszał Jake. – O co wam chodzi?

– Nie struguj wariata – krzyknął drugi z mężczyzn. – Chcemy z powrotem nasze sto tysięcy.

– W kopercie nie było żadnych pieniędzy, tylko książeczka. Wyrzuciłem ją do spalarni śmieci. Sami posłuchajcie.

Mężczyźni zamilkli, ten w koszulce nadstawił ucha. Z kuchni dochodziły charakterystyczne odgłosy.

– Dobra, to ty polecisz za nią – oświadczył mężczyzna z nożem.

Kiwnął głową, na co jego wspólnicy chwycili Jake'a jak worek kartofli i powlekli do kuchni.

Głowa Jake'a już znikała w zsypie spalarni, kiedy równocześnie zaczęły dzwonić telefon i dzwonek u drzwi...

Po drodze donikąd

Zaczęło się niewinnie, gdy Henry Pascoe, pierwszy sekretarz Urzędu Wysokiego Komisarza Brytyjskiego na Arandze, odebrał telefon od Billa Patersona, szefa banku Barclays. Było późne piątkowe popołudnie i Henry miał nadzieję, że Bill zaproponuje mu partię golfa w sobotę rano albo może go zaprosi w imieniu własnym i żony Sue na niedzielny lunch. Ale usłyszawszy głos Billa, od razu zrozumiał, że to telefon urzędowy.

– Kiedy w poniedziałek będziesz sprawdzał rachunek urzędu, stwierdzisz, że wpłynęła tam suma większa niż zwykle.

– Jest jakiś szczególny powód? – spytał Henry, siląc się na najbardziej oficjalny ton.

– To bardzo proste, stary – odparł dyrektor banku. – Nagła korzystna zmiana kursu wymiany. Zawsze tak jest, kiedy rozejdą się pogłoski o zamachu stanu – dodał sucho. – Dzwoń do mnie w poniedziałek, gdybyś miał jakieś pytania.

Henry chciał spytać Billa, czy miałby ochotę jutro rozegrać partię golfa, ale zrezygnował.

Henry pierwszy raz miał być świadkiem zamachu stanu i nie tylko kurs wymiany czekał nieudany weekend. Późnym wieczorem w piątek generał Olangi, głowa państwa, wystąpił w telewizji w mundurze galowym, aby przestrzec zacnych obywateli Arangi, że ze względu na niepokoje, jakie usiłowała wzniecić grupka wojskowych, musi wprowadzić na wyspie godzinę policyjną, nie na dłużej, jak ma nadzieję, niż na kilka dni.

W sobotę wieczór Henry włączył światowy serwis BBC, żeby się dowiedzieć, co naprawdę się dzieje na Arandze. Korespondent BBC Roger Parnell był zawsze lepiej poinformowany niż miejscowe stacje telewizyjne i radiowe, które co kilka minut nadawały jękliwe apele do obywateli, żeby się nie wałęsali w dzień po ulicach, bo zostaną aresztowani. A jeżeli będą na tyle nierozsądni, żeby to robić nocą, zostaną zabici.

O partii golfa w sobotę i obiedzie u Billa i Sue w niedzielę nie było mowy. Henry spędził spokojny weekend na czytaniu, odpisywaniu na zaległe listy z Anglii, wymieceniu do czysta lodówki, a na koniec sprzątaniu zakamarków swojego kawalerskiego mieszkania, zawsze omijanych przez sprzątaczkę.

W poniedziałek rano szef państwa nadal bezpiecznie przebywał w swoim pałacu. BBC doniosła, że aresztowano kilku młodych oficerów i że dwóch z nich zostało straconych. Generał Olangi ponownie pokazał się w telewizji i oznajmił, że znosi się godzinę policyjną.

Kiedy Henry tego dnia, nieco później, przybył do biura, stwierdził, że Shirley, jego sekretarka – która już doświadczyła kilku zamachów stanu – zdążyła otworzyć pocztę, którą zostawiła mu na biurku do przejrzenia. Była tam jedna kupka oznaczona „Pilne, wymaga działania", druga większa „Do rozpatrzenia" i trzecia, największa „Przejrzeć i do kosza".

Program wizyty podsekretarza stanu w Ministerstwie Spraw Zagranicznych Zjednoczonego Królestwa leżał na wierzchu pierwszej kupki, choć minister tylko przejazdem zatrzymywał się w St George, stolicy Arangi; było to bowiem dogodne miejsce do tankowania benzyny w drodze powrotnej z Dżakarty do Londynu. Mało kto odwiedzał mikroskopijny protektorat, chyba że po drodze dokądś lub skądś.

Ów minister, Will Whiting, zwany w Ministerstwie Spraw Zagranicznych „Tępym Willem", miał, jak „Times" zapewniał czytelników, w wyniku kolejnego przetasowania ustąpić miejsca komuś, kto potrafi kreślić litery, nie odrywając pióra od papieru. Skoro Whiting zatrzymuje się na noc w rezydencji wysokiego komisarza, pomyślał Henry, będę miał jedyną okazję, żeby wydusić z ministra decyzję w sprawie projektowanej budowy basenu pływackiego. Henry'emu bardzo zależało, żeby rozpocząć prace przy budowie nowego basenu, tak potrzebnego miejscowym dzieciom. W obszernej notatce do Ministerstwa Spraw Zagranicznych podkreślał, że kiedy księżniczka Małgorzata odwiedziła wyspę przed czterema laty i położyła kamień węgielny pod budowę basenu, obiecano nadać bieg sprawie. Jednakże obawiał się, że projekt utknie w ministerstwie w teczce „niezałatwione", jeżeli nie będzie się ciągle dopominał.

W drugim stosiku listów znajdowało się obiecane przez Billa Patersona zestawienie stanu rachunków, z którego wynikało, że na rachunku rozliczeń zagranicznych znajdowało się 1123 kora więcej, niż się spodziewano, z powodu przewrotu, który nie nastąpił tego weekendu. Henry nie interesował się specjalnie sprawami finansowymi protektoratu, ale jako pierwszy sekretarz miał obowiązek kontrasygnować każdy czek w imieniu rządu Jej Królewskiej Mości.

Był tam jeszcze jeden dość ważny list: zaproszenie, by wygłosić mowę dziękczynną w imieniu gości przybyłych na doroczną kolację klubu rotariańskiego w listopadzie. Co roku jeden z wyższych rangą urzędników urzędu wysokiego komisarza spełniał to zadanie. Teraz przyszła kolej na Henry'ego. Jęknął, ale postawił znaczek w prawym górnym rogu listu.

W trzeciej kupce było to co zwykle – bezsensowne oferty, okólniki i zaproszenia na imprezy, na które nikt nie chodził. Henry nie zadał sobie nawet trudu, żeby je przejrzeć, natomiast wrócił do „pilnej" korespondencji i przeczytał program wizyty ministra.

27 sierpnia
15.30: Pan Will Whiting, podsekretarz stanu w Ministerstwie Spraw Zagranicznych, zostanie powitany na lotnisku przez wysokiego komisarza sir Davida Fleminga i pierwszego sekretarza Henry'ego Pascoe.

16.30:	Herbata w rezydencji wysokiego komisarza wraz z nim i lady Fleming.
18.00:	Wizyta w Queen Elizabeth College, gdzie minister wręczy nagrody opuszczającym szkołę szóstoklasistom (przemówienie załączone).
19.00:	Koktajl w siedzibie urzędu. Około setki spodziewanych gości (załączona lista nazwisk).
20.00:	Kolacja z generałem Olangim w koszarach Wiktorii (przemówienie załączone).

Henry podniósł głowę na widok wchodzącej do pokoju sekretarki.

– Shirley – spytał – kiedy będę mógł pokazać ministrowi miejsce pod nowy basen pływacki? W programie wizyty nie zostało to uwzględnione.

– Udało mi się wykroić na ten cel piętnaście minut jutro rano, kiedy minister będzie jechał na lotnisko.

– Piętnaście minut na przedyskutowanie sprawy, która będzie dotyczyć dziesięciu tysięcy dzieci – powiedział Henry i spojrzał znów na program wizyty. Przewrócił kartkę.

28 sierpnia
8.00:	Śniadanie w rezydencji z wysokim komisarzem i czołowymi przedstawicielami miejscowego biznesu (przemówienie załączone).
9.00:	Odjazd na lotnisko.
10.30:	Lot numer 0177 British Airways na Heathrow.

– Nawet nie ma tego w programie – mruknął Henry, spoglądając na sekretarkę.

– Wiem – rzekła Shirley – ale wysoki komisarz uznał, że skoro minister zatrzymuje się tak krótko, powinien się skoncentrować na najważniejszych sprawach.

– Jak herbatka z żoną wysokiego komisarza – warknął Henry. – Dopilnuj, żeby usiadł do śniadania punktualnie i żeby fragment, który ci podyktowałem w piątek o przyszłości basenu pływackiego, został włączony do jego przemówienia. – Henry podniósł się zza biurka. – Przejrzałem i oznaczyłem listy. Teraz zajrzę do miasta i zobaczę, co się dzieje na budowie basenu.

– Przy okazji – odezwała się Shirley – właśnie dzwonił Roger Parnell, korespondent BBC, i chciał się dowiedzieć, czy minister wygłosi jakieś oficjalne oświadczenie podczas wizyty na Arandze.

– Oddzwoń i powiedz mu, że tak, a potem wyślij mu faksem poranne przemówienie ministra, podkreślając fragment o basenie pływackim.

Henry wyszedł z biura i wskoczył do swojego małego austina mini. Słońce paliło dach. Mimo otwartych okien, zaledwie ujechawszy kawałek, oblał się potem. Od czasu do czasu ktoś z miejscowych machał ręką na widok znajomego austina i dyplomaty z Anglii, który szczerze dbał o ich pomyślność.

Zaparkował samochód z drugiej strony katedry, którą w Anglii nazwano by kościołem parafialnym, i przeszedł na piechotę trzysta jardów do miejsca przeznaczonego na basen pływacki. Zaklął, jak zawsze na widok nagiego spłachetka ziemi. Dzieci na Arandze miały tak niewiele urządzeń sportowych: twarde jak klepisko boisko do futbolu, które co roku na pierwszego maja zamieniano w boisko do krykieta, salę ratusza miejskiego, która służyła jako boisko do siatkówki, kiedy nie było posiedzeń radnych; były jeszcze kort tenisowy i tereny golfowe w klubie Britannia, dokąd nie zapraszano miejscowych i gdzie dzieci nie miały wstępu, chyba że po to, by pozamiatać dróżkę. W koszarach Wiktorii oddalonych o niecałą milę wojsko miało halę gimnastyczną i boiska do squasha, ale tylko do użytku oficerów i ich gości.

Henry z miejsca postanowił, że zrobi wszystko, aby basen pływacki był gotowy, zanim ministerstwo przeniesie go do innego kraju. Wykorzysta przemówienie w klubie rotariańskim, żeby zachęcić jego członków do działania. Musi ich przekonać, by budowę basenu uznali za akcję dobroczynną roku, i nakłonić Billa Patersona, żeby stanął na czele zbiórki. W końcu jako dyrektor banku i sekretarz klubu rotariańskiego był oczywistym kandydatem na przewodniczącego.

Ale najpierw wizyta ministra. Henry zastanawiał się, co powinien poruszyć w rozmowie z nim, skoro będzie miał tylko piętnaście minut, żeby przekonać cholernego faceta, aby naciskał w ministerstwie o fundusze.

Miał już odejść, kiedy zauważył małego chłopaczka, który stał na skraju terenu i usiłował odczytać słowa wyryte na kamieniu węgielnym: „Basen pływacki w St George. Ten kamień węgielny położyła Jej Wysokość Księżniczka Małgorzata 12 września 1987 roku".

– Czy to jest basen pływacki? – spytał naiwnie chłopczyk.

Henry powtarzał te słowa w drodze do samochodu i zdecydował, że włączy je do swego przemówienia w klubie rotariańskim. Spojrzał, która godzina, i doszedł do wniosku, że ma jeszcze czas, by wstąpić do klubu Britannia i sprawdzić, czy Bill Paterson je tam lunch. Wszedł do budynku klubowego i zobaczył Billa siedzącego na tym co zwykle stołku przy barze, ze starym „Financial Timesem" w ręku. Na widok Henry'ego Bill podniósł głowę znad gazety.

– Myślałem, że dzisiaj zajmujesz się ministrem – powiedział.

– Przylatuje dopiero o wpół do czwartej – odparł Henry. – Zaszedłem, żeby zamienić z tobą dwa słowa.

– Chcesz, żebym ci doradził, jak wydać nadwyżkę, którą zarobiłeś na kursie wymiany w piątek?

– Nie. Muszę mieć trochę więcej, jeżeli mam kiedyś ruszyć z miejsca z budową tego basenu.

Dwadzieścia minut później Henry opuszczał klub z przyrzeczeniem Billa, że stanie na czele komitetu prowadzącego zbiórkę, otworzy rachunek w banku i zwróci się do dyrekcji w Londynie z prośbą o pierwszą dotację.

W drodze na lotnisko w rolls-roysie wysokiego komisarza Henry przekazał sir Davidowi najnowsze nowiny o basenie pływackim.

– Dobra robota, Henry – powiedział z uśmiechem wysoki komisarz. – Miejmy nadzieję, że z ministrem powiedzie ci się równie dobrze, jak z Billem Patersonem.

Kiedy lądował boeing 726, obaj panowie czekali na pasie startowym lotniska St George, czekał też na ministra rozłożony, tam, gdzie należało, czerwony chodnik. Rzadko się zdarzało, żeby do St George przylatywało więcej samolotów niż jeden dziennie, poza tym był tam tylko jeden pas startowy, zatem nazwa „lotnisko międzynarodowe" wydawała się Henry'emu lekkim nieporozumieniem.

Minister był wesołkiem. Nalegał, żeby wszyscy mówili mu Will. Zapewnił sir Davida, że nie mógł się wprost doczekać, kiedy odwiedzi St Edwards.

– St George, panie ministrze – szepnął mu do ucha wysoki komisarz.

– No właśnie, St George – bez zająknienia powiedział Will.

Kiedy przybyli do siedziby urzędu wysokiego komisarza, Henry zostawił ministra z sir Davidem i jego żoną, którzy mieli podjąć go herbatą, i wrócił do biura. Nawet ta krótka podróż przekonała Henry'ego, że Tępy Will nie popchnie w Whitehallu sprawy do przodu. Ale to nie powstrzyma Henry'ego przed wywieraniem nacisku. Minister przynajmniej przeczytał przekazaną mu notatkę, gdyż oznajmił, że bardzo chce zobaczyć nowy basen pływacki.

– Jeszcze nie zaczęto budowy – przypomniał mu Henry.

– Ciekawe – rzekł minister. – Gdzieś czytałem, że księżniczka Małgorzata dokonała otwarcia.

– Nie, położyła tylko kamień węgielny, panie ministrze. Ale może wszystko się zmieni, kiedy projekt otrzyma pańskie błogosławieństwo.

– Zrobię, co będę mógł – obiecał Will. – Ale wie pan, polecono nam jeszcze bardziej obciąć wydatki zagraniczne.

To pewny znak, pomyślał Henry, że zbliżają się wybory.

Później na przyjęciu Henry zdołał tylko powiedzieć: „Dobry wieczór, panie ministrze", gdyż wysoki komisarz uwziął się, żeby Willowi przedstawić każdego ze zgromadzonych gości w niespełna godzinę. Kiedy obydwaj odjechali na kolację u generała Olangiego, Henry wrócił do biura, żeby sprawdzić tekst przemówienia, jakie minister wygłosi przy śniadaniu nazajutrz. Z zadowoleniem stwierdził, że napisany przez niego fragment o basenie pływackim jest włączony do ostatecznej wersji, tak że przynajmniej sprawa zostanie urzędowo zarejestrowana. Sprawdził na planie, jak posadzono gości, upewniając się, czy ma miejsce obok redaktora „Echa St George". Dzięki temu w następnym wydaniu gazety na czołówce znajdzie się wiadomość o tym, że rząd brytyjski popiera zbiórkę.

Następnego dnia rano Henry wstał wcześnie i jako jeden z pierwszych przybył do rezydencji wysokiego komisarza. Korzystając z okazji, poinformował tylu, ilu zdołał zgromadzonych miejscowych biznesmenów, o tym, jaką wagę przywiązuje rząd brytyjski do budowy basenu, podkreślając, że bank Barclays zainauguruje fundusz znaczną dotacją.

Minister spóźnił się kilka minut na śniadanie, tłumacząc, że telefonowano do niego z Londynu. Zasiedli do stołu dopiero piętnaście po ósmej. Henry zajął miejsce obok redaktora miejscowej gazety i niecierpliwie czekał na przemówienie ministra.

Will wstał z miejsca za trzynaście dziewiąta i przez pierwsze pięć minut plótł androny. W końcu powiedział:

– Zapewniam państwa, iż rząd Jej Królewskiej Mości nie zapomniał o projekcie budowy basenu pływackiego, zainaugurowanej przez księżniczkę Małgorzatę, i mamy nadzieję, że w niedalekiej przyszłości wydamy oświadczenie o postępach. Z radością dowiedziałem się od sir Davida – spojrzał na siedzącego naprzeciwko Billa Patersona – że klub rotariański ogłosił budowę basenu dobroczynną akcją roku, a kilku znacznych miejscowych biznesmenów zgodziło się hojnie wesprzeć sprawę.

Nastąpiły oklaski zainicjowane przez Henry'ego.

Gdy minister usiadł, Henry wręczył redaktorowi miejscowej gazety kopertę z artykułem o objętości tysiąca słów wraz z kilkoma fotografiami terenu przyszłego basenu. Henry był przekonany, że artykuł pójdzie na rozkładówkę numeru „Echa St George" w następnym tygodniu.

Gdy minister siadał, Henry spojrzał na zegarek: za cztery dziewiąta. Trudno będzie zdążyć. Will zniknął w swoim pokoju, a Henry przemierzał tam i z powrotem hol, co minutę patrząc na zegarek.

Minister wsiadł do czekającego rollsa dwadzieścia cztery minuty po dziewiątej i zwrócił się do Henry'ego:

– Obawiam się, że będę musiał zrezygnować z przyjemności obejrzenia miejsca pod basen pływacki. Jednakże przeczytam w samolocie pański raport i poinformuję o tym sekretarza stanu, jak tylko znajdę się w Londynie.

Gdy w drodze na lotnisko samochód przemknął koło nagiego spłachetka ziemi, Henry wskazał go ministrowi.

– Wspaniałe, doniosłe, godne podziwu – zachwycił się Will, spojrzawszy przez okno, ale ani jednym słowem nie zobowiązał się do wydatkowania choć pensa z funduszy rządowych. – Stanę na głowie, żeby przekonać mandarynów w Ministerstwie Skarbu – rzucił, wsiadając do samolotu.

Nikt nie musiał mówić Henry'emu, że owo „stawanie na głowie" nie przekona nawet najniższych rangą urzędników ministerstwa.

Po tygodniu Henry dostał z Ministerstwa Spraw Zagranicznych faks opisujący ze szczegółami zmiany ostatnio wprowadzone przez premiera. Will Whiting wyleciał z posady i zastąpił go ktoś, o kim Henry nigdy nie słyszał.

Henry przeglądał przemówienie, które miał wygłosić w klubie rotariańskim, gdy zadzwonił Bill Paterson.

– Henry, krążą pogłoski, że zanosi się na następny pucz, więc myślę, żeby poczekać do piątku z wymianą funtów na rachunku urzędu na kora.

– Chętnie zastosuję się do twojej rady – rynek pieniądza to

nie moja specjalność. Przy okazji, nie mogę się doczekać tego wieczoru, kiedy ogłosimy zbiórkę.

Przemówienie Henry'ego zostało dobrze przyjęte przez rotarian, ale kiedy się zorientował, jakiej wysokości sumy niektórzy zamierzali ofiarować, pomyślał ze smutkiem, że upłyną lata, nim projekt zostanie zrealizowany. A za półtora roku przeniosą go na inną placówkę.

W samochodzie w drodze do domu przypomniał sobie, co mówił Bill w klubie Britannia. Zaświtała mu pewna myśl.

Henry nigdy się nie interesował funduszami, jakie rząd brytyjski co kwartał przekazywał maleńkiej wysepce o nazwie Aranga. Ministerstwo Spraw Zagranicznych przeznaczało rocznie pięć milionów funtów ze swojej rezerwy budżetowej, wypłacając tę kwotę w czterech ratach po milion dwieście tysięcy funtów, które automatycznie zamieniano na miejscową walutę po bieżącym kursie wymiany. Zwykle Bill Paterson powiadamiał Henry'ego o bieżącym kursie wymiany, po czym kierownik administracyjny placówki rozliczał wszelkie płatności w ciągu trzech następnych miesięcy. To się miało zmienić.

Henry nie spał tej nocy, rozmyślając o tym, że nie ma doświadczenia ani umiejętności, by przeprowadzić swój śmiały plan, i że musi przyswoić sobie konieczną wiedzę, nie wtajemniczając nikogo w swoje zamiary.

Kiedy wstał rano, miał już koncepcję. Na początek spędził weekend w miejscowej bibliotece, studiując stare egzemplarze „Financial Timesa" i zwracając przy tym szczególną uwagę na to, co powodowało wahania kursów i czy występowały tu jakieś prawidłowości.

Przez następne trzy miesiące w klubie golfowym, na przyjęciach koktajlowych w klubie Britannia i spotkaniach z Billem przyswajał sobie coraz więcej informacji, aż wreszcie uznał, że może dokonać pierwszego posunięcia.

Kiedy Bill zadzwonił w poniedziałek rano z wiadomością, że na bieżącym rachunku będzie niewielka nadwyżka dwudziestu dwóch tysięcy stu siedmiu kora z powodu pogłosek o następnym zamachu stanu, Henry polecił umieścić pieniądze na rachunku basenu pływackiego.

– Ale zwykle je przesuwam do funduszu na nieprzewidziane wydatki – rzekł Bill.

– Dostaliśmy nową dyrektywę z Ministerstwa Spraw Zagranicznych – K14792 – powiedział Henry. – Mówi ona, że nadwyżki można teraz wykorzystywać na cele lokalne, o ile uzyskało to aprobatę ministra.

– Ale ten minister stracił swoje stanowisko – dyrektor banku przypomniał pierwszemu sekretarzowi.

– Owszem, ale zwierzchnicy mnie poinformowali, że zarządzenie nadal obowiązuje.

Jak wyszperał Henry, taka dyrektywa w rzeczywistości istniała, chociaż wątpił, czy ministerstwo, wydając ją, miało na myśli akurat baseny pływackie.

– W porządku – rzekł Bill. – Kimże jestem, żeby się sprzeciwiać dyrektywie Ministerstwa Spraw Zagranicznych, zwłaszcza że mam tylko przesunąć pieniądze z jednego rachunku urzędu na drugi w tym samym banku.

W następnym tygodniu kierownik administracyjny nie wspomniał ani słowem o jakichś brakujących kwotach, gdyż otrzymał tyle kora, ile oczekiwał. Henry uznał, że mu się upiekło.

Przez następne trzy miesiące nie było żadnych wpłat, toteż Henry miał mnóstwo czasu, żeby udoskonalić swój plan. W następnym kwartale kilku miejscowych biznesmenów wpłaciło dotacje, lecz Henry prędko zdał sobie sprawę, że przy takim napływie gotówki będzie można najwyżej rozpocząć kopanie. Musi obmyślić coś na dużo większą skalę, jeżeli nie ma się skończyć na dziurze w ziemi.

W środku nocy oświecił go pewien pomysł. Jeżeli jego akcja ma się powieść, musi sam wszystko dograć.

Kiedy Roger Parnell, korespondent BBC, zadzwonił, jak co tydzień, żeby się dowiedzieć, czy jest dla niego jakiś temat oprócz basenu pływackiego i zbiórki, Henry spytał, czy mogą porozmawiać prywatnie.

– Oczywiście – rzekł korespondent. – A o co chodzi?

– Nasz rząd jest trochę zaniepokojony, że nikt nie widział generała Olangiego od kilku dni. Krążą pogłoski, że ostatnie badania wykazały w jego krwi obecność wirusa HIV.

– Dobry Boże! – rzekł korespondent. – Czy ma pan jakiś dowód?

– Nie, nie mam – przyznał Henry. – Usłyszałem tylko, jak jego osobisty lekarz napomknął coś na ten temat wysokiemu komisarzowi. Tylko tyle.

– Dobry Boże – powtórzył korespondent BBC.

– Mówię to panu absolutnie poufnie. Jeżeli się wyda, że wiadomość pochodzi ode mnie, nigdy więcej nie zamienimy słowa.

– Nigdy nie zdradzam źródeł moich informacji – powiedział z oburzeniem korespondent.

Relacja nadana tego wieczoru przez światowy serwis BBC była mglista i obwarowana zastrzeżeniami. Jednakże następnego dnia, kiedy Henry odwiedził pole golfowe, klub Britannia i bank, stwierdził, że wszyscy mówią o AIDS. Nawet sam wysoki komisarz zapytał go, czy słyszał plotkę.

– Tak, ale ja w to nie wierzę – odparł Henry, nie mrugnąwszy okiem.

Nazajutrz kurs kora spadł o cztery procent, a generał Olangi poczuł się zmuszony, by pokazać się w telewizji i zapewnić obywateli, że plotki są fałszywe i rozpuszczają je jego wrogowie. W rezultacie ci wszyscy, którzy nie słyszeli plotek, dowiedzieli się o nich, a ponieważ generał trochę schudł, kurs kora spadł o dalsze dwa procent.

– Masz niezłe wyniki w tym miesiącu – powiedział Bill Henry'emu w poniedziałek. – Po tym fałszywym alarmie o chorobie Olangiego mogłem przesunąć sto osiemnaście tysięcy kora na rachunek basenu pływackiego, co oznacza, że mój komitet może zlecić architektom przygotowanie dokładnego projektu.

— Dobra robota — rzekł Henry, chwaląc Billa za swoją brawurową akcję. Odłożył słuchawkę ze świadomością, że drugi raz nie może ryzykować tego numeru.

Wprawdzie architekci sporządzili plany i w biurze wysokiego komisarza wystawiono model basenu, żeby go wszyscy mogli obejrzeć, ale przez następne trzy miesiące tylko wątłym strumyczkiem ciurkały drobne kwoty od miejscowych biznesmenów.

Normalnie Henry nie zobaczyłby tej przysłanej faksem wiadomości, ale właśnie był w gabinecie wysokiego komisarza i czytał przemówienie, jakie sir David miał wygłosić na dorocznym zjeździe plantatorów bananów, kiedy sekretarka położyła na biurku kartkę.

Wysoki komisarz skrzywił się i odsunął na bok przemówienie.

— To nie był dobry rok dla bananów — mruknął.

Nie rozpogodził się, czytając faks. Podał go pierwszemu sekretarzowi.

„Do wszystkich ambasad i urzędów wysokiego komisarza: rząd zamierza zawiesić udział Wielkiej Brytanii w mechanizmie kursu wymiennego. Oficjalny komunikat na ten temat zostanie ogłoszony dzisiaj w godzinach późniejszych”.

— Jak tak się rzeczy mają, to sądzę, że godziny kanclerza skarbu są policzone — skomentował sir David. — Ale minister spraw zagranicznych zostanie, zatem to nie nasz kłopot. — Podniósł wzrok na Henry'ego. — Jednak myślę, że nie należy nikomu o tym mówić przynajmniej przez dwie godziny.

Henry skinął głową i wyszedł, zostawiając wysokiego komisarza, który szlifował swoje przemówienie.

Zamknął drzwi gabinetu i pierwszy raz od dwóch lat puścił się biegiem. Dopadł swojego biurka i wykręcił numer telefonu, który znał na pamięć.

— Bill Paterson przy telefonie.

– Bill, ile mamy na funduszu rezerwowym? – spytał, siląc się na niedbały ton.

– Zaraz sprawdzę. Chcesz, żebym ci oddzwonił?

– Nie, zaczekam – odparł Henry.

Sekundowa wskazówka zegara stojącego na biurku wykonała prawie pełny obrót, zanim dyrektor banku się odezwał:

– Trochę więcej niż milion funtów – rzekł Bill. – Dlaczego pytasz?

– Przed chwilą dostałem z ministerstwa polecenie, żeby natychmiast wymienić wszystkie pieniądze na marki niemieckie, franki szwajcarskie i dolary amerykańskie.

– To będzie kosztowało kupę forsy, a jeżeli kursy okażą się niekorzystne... – Głos dyrektora banku zabrzmiał nagle bardzo oficjalnie.

– Zdaję sobie sprawę z ewentualnych następstw – rzekł Henry – ale telegram z Londynu nie zostawia mi wyboru.

– Rozumiem – powiedział Bill. – Czy wysoki komisarz to akceptuje?

– Właśnie wyszedłem z jego biura – odparł Henry.

– To lepiej zabiorę się do roboty, prawda?

Henry siedział i pocił się w swoim klimatyzowanym gabinecie przez dwadzieścia minut, zanim zadzwonił Bill.

– Zamieniliśmy całą kwotę na franki szwajcarskie, niemieckie marki i dolary amerykańskie, jak polecono. Rano przyślę ci szczegółowe wyliczenia.

– Tylko żadnych kopii – poprosił Henry. – Wysokiemu komisarzowi zależy, żeby nie widział tego nikt z personelu.

– Rozumiem, stary – odparł Bill.

Kanclerz skarbu ogłosił zawieszenie brytyjskiego członkostwa w mechanizmie kursu wymiennego na stopniach Ministerstwa Skarbu w Whitehallu o wpół do ósmej wieczorem, w porze, kiedy wszystkie banki w St George były zamknięte.

Henry skontaktował się z Billem następnego dnia rano po otwarciu giełd i polecił mu jak najszybciej zamienić franki, marki i dolary z powrotem na funty szterlingi i powiadomić o wyniku.

Znów się pocił przez dwadzieścia minut, nim Bill oddzwonił.

– Zarobiłeś sześćdziesiąt cztery tysiące trzysta dwanaście funtów. Gdyby każda nasza ambasada przeprowadziła taką operację, rząd mógłby obniżyć podatki na długo przed następnymi wyborami.

– No właśnie – przyznał Henry. – Przy okazji, czy mógłbyś zamienić nadwyżkę na tutejszą walutę i ulokować ją na rachunku basenu kąpielowego? I, Bill, zapewniłem wysokiego komisarza, że o sprawie więcej się nie wspomni.

– Masz moje słowo – odparł dyrektor banku.

Henry poinformował redaktora „Echa St George", że ciągle napływają wpłaty na fundusz budowy basenu kąpielowego dzięki hojności miejscowych biznesmenów i wielu innych osób. W rzeczywistości darowizny stanowiły tylko połowę wpływów.

W miesiąc po brawurowej, drugiej z kolei akcji Henry'ego z trzech kandydatów wybrano wykonawcę i na teren przeznaczony na basen wjechały ciężarówki, buldożery i koparki. Henry codziennie odwiedzał budowę i pilnował postępu prac. Ale wkrótce Bill mu uświadomił, że o ile nie wpłynie więcej gotówki, nie będzie można zrealizować jego projektu wysokiej wieży do skoków i przebieralni dla setki dzieci.

„Echo St George" wciąż przypominało czytelnikom o zbiórce, ale po roku prawie wszyscy, których było na to stać, już dokonali wpłat. Wątły strumyk darowizn niemal całkiem wysechł, a dochody z domowych wyprzedaży, loterii fantowych i towarzyskich poranków przy kawie były znikome.

Henry zaczął się niepokoić, że zanim budowa dobiegnie końca, wyślą go na następną placówkę, a gdy opuści wyspę, Bill i jego komitet stracą zainteresowanie sprawą i roboty utkną w martwym punkcie.

Odwiedzili wraz z Billem budowę i zajrzeli w głąb mierzącego pięćdziesiąt na dwadzieścia metrów wykopu, wokół którego stał ciężki sprzęt, bezczynny od kilku dni. Niedługo miał zostać przetransportowany na inną budowę.

– Jeżeli rząd nie dotrzyma obietnicy, to chyba tylko cud sprawi, że uda się dokończyć ten basen.

– A stabilny od pół roku kurs kora nie polepsza sprawy – zauważył Bill.

Henry wpadł w rozpacz.

Następnego poniedziałku na porannej odprawie u wysokiego komisarza sir David powiedział Henry'emu, że ma dobrą wiadomość.

– Proszę mi nie mówić, że rząd Jej Królewskiej Mości w końcu spełnił obietnicę i…

– Nie, nic tak sensacyjnego – powiedział ze śmiechem sir David. – Ale jest pan na liście wytypowanych do awansu w przyszłym roku i prawdopodobnie dostanie pan urząd wysokiego komisarza. – Zawiesił głos. – Podobno będą jakieś atrakcyjne nominacje, więc niech pan trzyma kciuki. Przy okazji, jutro wyjeżdżamy z Carol do Anglii na nasz coroczny urlop, więc niech się pan stara, żeby Aranga nie dostała się na czołówki gazet – o ile woli pan pojechać na Bermudy, a nie na Wyspy Wniebowstąpienia.

Henry wrócił do biura i razem z sekretarką zabrał się do przeglądania porannej poczty. W pliku „Pilne, wymaga działania" znajdowało się zaproszenie, żeby towarzyszyć generałowi Olangiemu w wyprawie do jego rodzinnej wioski. Był to doroczny rytuał odprawiany przez prezydenta w celu zademonstrowania ludowi, że nie zaparł się swych korzeni. Zwykle jechał z nim wysoki komisarz, ale ponieważ tym razem będzie w Anglii, miał go reprezentować pierwszy sekretarz. Henry był ciekaw, czy sir David specjalnie tak to zaaranżował.

Jeżeli chodzi o stosik „Do rozpatrzenia", to Henry musiał

dokonać wyboru, czy woli towarzyszyć grupie biznesmenów sprawdzających stan upraw bananów na wyspie, czy też wygłosić przemówienie o przyszłości euro na forum Towarzystwa Politycznego St George. Postawił znaczek na liście biznesmenów i napisał notatkę do Towarzystwa Politycznego z sugestią, że w tej kwestii rewident będzie osobą bardziej kompetentną.

Potem zajął się kupką „Przejrzeć i do kosza". List od pani Davidson informujący o darowiźnie dwudziestu pięciu kora na rzecz basenu pływackiego, zaproszenie na wentę dobroczynną w kościele w najbliższy piątek i przypomnienie, że w sobotę wypadają pięćdziesiąte urodziny Billa.

— Coś jeszcze? — spytał Henry.

— Tylko notatka z biura wysokiego komisarza z radą, żeby na wyprawę w góry z prezydentem zabrać kanister ze świeżą wodą, pastylki przeciw malarii i telefon komórkowy. W przeciwnym wypadku odwodni się pan, dostanie ataku malarii i straci kontakt ze światem.

Henry się roześmiał, trzy razy powiedział „tak" i podniósł słuchawkę dzwoniącego telefonu.

Telefonował Bill, który go uprzedził, że bank nie będzie dłużej honorował czeków wystawionych na rachunek basenu kąpielowego, ponieważ od miesiąca nie wpłynęły nań żadne poważniejsze kwoty.

— Nie musisz mi o tym przypominać — rzekł Henry, spoglądając na przysłany przez panią Davidson czek na kwotę dwudziestu pięciu kora.

— Niestety, przedsiębiorca opuścił miejsce budowy, gdyż nie możemy wnosić dalszych opłat. Ponadto kwartalna wpłata w wysokości miliona dwustu pięćdziesięciu tysięcy funtów nie zaowocuje żadną nadwyżką, skoro prezydent tak zdrowo wygląda.

— Bill, wszystkiego dobrego z okazji pięćdziesiątych urodzin — powiedział Henry.

— Lepiej mi nie przypominaj — rzekł dyrektor banku. — Skoro już o tym mówisz, to mam nadzieję, że przyjdziesz do nas w sobotę wieczorem na małą uroczystość.

– Przyjdę – obiecał Henry. – Nic mnie nie powstrzyma.

Tego wieczoru Henry zaczął przed snem łykać tabletki przeciw malarii. W czwartek przyniósł z pobliskiego supermarketu skrzynkę butelek świeżej wody. W piątek rano tuż przed odjazdem sekretarka wręczyła mu telefon komórkowy. Nawet sprawdziła, czy potrafi się nim posługiwać.

O dziewiątej rano Henry wyszedł z biura i pojechał swoim mini do koszar Wiktorii, obiecawszy sekretarce, że się zamelduje, jak tylko przybędą do wioski generała Olangiego. Zaparkował samochód na terenie koszar i zaprowadzono go do mercedesa usytuowanego bliżej końca kawalkady samochodów z brytyjskimi chorągiewkami. O wpół do dziesiątej prezydent wyłonił się z pałacu i podszedł do odkrytego rolls-royce'a na przedzie kawalkady. Henry pomyślał, że jeszcze nigdy generał nie wyglądał tak zdrowo.

Kiedy kawalkada ruszyła z miejsca, gwardia honorowa wyprężyła się i sprezentowała broń. Powoli jechali ulicami St George, pełnymi stojących w szpalerach, powiewających chorągiewkami dzieci, które zwolniono ze szkoły, by wiwatowały na cześć przywódcy wyruszającego w daleką podróż do miejsca urodzenia.

Henry nastawił się na pięciogodzinną jazdę w górskim terenie, chwilami zapadał w drzemkę, ale ilekroć przejeżdżali przez jakąś wieś, budziły go okrzyki dzieci witających prezydenta.

W południe samochody zatrzymały się w małej wiosce wysoko wśród gór, gdzie mieszkańcy podjęli honorowego gościa obiadem. Po godzinie ruszono. Henry pomyślał, że wieśniacy prawdopodobnie poświęcili większą część swoich zimowych zapasów, żeby nakarmić cały orszak żołnierzy i urzędników towarzyszący prezydentowi w jego pielgrzymce.

Kiedy kawalkada ruszyła dalej, Henry zapadł w głęboki

sen i śnił o Bermudach, gdzie, jak był przekonany, nie trzeba będzie budować żadnego basenu kąpielowego.

Nagle się zbudził. Wydało mu się, że słyszy strzał. Czy mu się śni? Podniósł głowę i zobaczył, że jego kierowca wyskakuje z samochodu i pędzi ku dżungli. Henry spokojnie otworzył tylne drzwiczki, wysiadł z limuzyny i widząc zamieszanie z przodu, postanowił tam pójść i zbadać, co się dzieje. Zaledwie po kilku krokach natknął się na potężną postać prezydenta, leżącą bez ruchu na skraju drogi w kałuży krwi, otoczoną przez żołnierzy. Z nagła się odwrócili i na widok przedstawiciela wysokiego komisarza unieśli karabiny.

– Na ramię broń – zabrzmiał ostry głos. – Pamiętajcie, że nie jesteśmy dzikusami. – Szykownie ubrany kapitan wystąpił do przodu i zasalutował. – Panie pierwszy sekretarzu, przepraszam za wszelkie niedogodności – powiedział, ucinając słowa w sposób typowy dla absolwenta Sandhurst – ale zapewniam pana, że nie chcemy panu wyrządzić żadnej krzywdy.

Henry nie odezwał się, tylko wpatrywał się w martwego prezydenta.

– Jak pan widzi, zmarłego prezydenta spotkał tragiczny wypadek – ciągnął kapitan. – Zostaniemy przy nim, póki nie zostanie uroczyście pochowany w wiosce, gdzie się urodził. Jestem pewien, że takie byłoby jego życzenie.

Henry spojrzał z powątpiewaniem na bezwładne ciało.

– Panie Pascoe, radziłbym, żeby natychmiast wrócił pan do stolicy i poinformował swoich zwierzchników o tym, co się stało.

Henry milczał.

– Może też zechce im pan powiedzieć, że nowym prezydentem został pułkownik Narango.

Henry nadal trwał w milczeniu. Zdawał sobie sprawę, że jego pierwszym obowiązkiem jest jak najszybsze przekazanie wiadomości Ministerstwu Spraw Zagranicznych. Skinął głową kapitanowi i wolno podążył w stronę samochodu pozbawionego kierowcy.

Usiadł za kierownicą i z ulgą stwierdził, że kluczyki zostały w stacyjce. Zapalił silnik, zawrócił samochód i rozpoczął daleką podróż krętą drogą wiodącą do stolicy. Zapadnie noc, nim dotrze do St George.

Kiedy ujechał dwie mile i upewnił się, że nikogo za nim nie ma, zjechał na bok, zatrzymał samochód, wyjął telefon komórkowy i wybrał numer swego biura.

Sekretarka podniosła słuchawkę.

– Mówi Henry.

– O, dobrze, że dzwonisz – ucieszyła się Shirley. – Tyle się wydarzyło tego popołudnia. Ale przede wszystkim telefonowała pani Davidson, powiedziała, że kościelna wenta dobroczynna prawdopodobnie przyniesie aż dwieście kora, i pytała, czy mógłbyś wpaść w drodze powrotnej po czek. Przy okazji – dodała Shirley, zanim Henry zdążył się odezwać – wszyscy już znamy nowinę.

– Tak, w tej sprawie dzwonię – rzekł Henry. – Musimy natychmiast skontaktować się z Ministerstwem Spraw Zagranicznych.

– Już to zrobiłam – oznajmiła Shirley.

– Co im powiedziałaś?

– Że pojechałeś z prezydentem, pełniąc urzędowe obowiązki, i że skontaktujesz się z nimi zaraz po powrocie, panie wysoki komisarzu.

– Wysoki komisarzu? – powtórzył Henry.

– Tak, to oficjalna wiadomość. Myślałam, że w tej sprawie telefonujesz. Twojej nominacji. Moje gratulacje.

– Dzięki – rzekł Henry niedbałym tonem, nawet nie pytając, jaką otrzymał placówkę. – Jeszcze jakieś wiadomości?

– Nie, nic takiego tu się nie dzieje. Typowe piątkowe popołudnie. Właściwie mogłabym dziś wyjść trochę wcześniej z biura. Widzisz, obiecałam Sue Paterson, że wpadnę do nich i pomogę przygotować przyjęcie urodzinowe jej męża.

– Czemu nie – rzekł Henry, usiłując zachować spokój. – I zawiadom panią Davidson, że zrobię, co będę mógł, żeby zajrzeć na wentę. Dwieście kora to już jest coś.

— A jak się miewa prezydent? – zapytała Shirley.

— Właśnie będzie uczestniczył w uroczystych robotach ziemnych – rzekł Henry – więc lepiej cię pożegnam.

Nacisnął czerwony guzik i natychmiast wybrał inny numer.

— Bill Paterson przy telefonie.

— Bill, tu Henry. Czy już zamieniłeś kwartalną wpłatę?

— Tak, mniej więcej godzinę temu. Starałem się po jak najkorzystniejszym kursie, ale niestety kora zawsze się umacnia, kiedy prezydent jedzie do miejsca swoich urodzin.

I śmierci, pomyślał Henry.

— Chcę, żebyś całą sumę zamienił z powrotem na funty – powiedział.

— Odradzam ci – przestrzegł Bill. – W ciągu ostatniej godziny kurs kora jeszcze poszedł w górę. Zresztą taka operacja wymaga zgody wysokiego komisarza.

— Wysoki komisarz jest w Dorset na urlopie. Podczas jego nieobecności ja jestem najstarszym rangą dyplomatą naszej placówki.

— Zgadza się – rzekł Bill – ale jednak będę musiał zdać sprawozdanie wysokiemu komisarzowi po jego powrocie.

— Oczywiście, Bill.

— Henry, czy jesteś pewien, że wiesz, co robisz?

— Doskonale wiem – padła odpowiedź. – A skoro o tym mówimy, to proszę też, żebyś wymienił na funty szterlingi kora znajdujące się na rachunku funduszu rezerwowego.

— Nie jestem pewien… – zaczął Bill.

— Panie Paterson, nie muszę panu przypominać, że w St George jest kilka innych banków, które od lat nie ukrywają, jak chętnie by u siebie widziały rachunek rządu brytyjskiego.

— Panie pierwszy sekretarzu, wypełnię co do joty pańskie polecenie – rzekł dyrektor banku – ale proszę, żeby zaprotokołowano, że uczynię to wbrew swemu przekonaniu.

— Tak czy inaczej, życzę sobie, żeby operację tę przeprowadzono przed końcem transakcji w dniu dzisiejszym – rzekł Henry. – Czy wyraziłem się jasno?

– Jaśniej nie można – odparł Bill.

Cztery godziny później Henry dotarł do stolicy. Na ulicach St George panowały pustki, toteż uznał, że ogłoszono już komunikat o śmierci prezydenta i wprowadzono godzinę policyjną. Zatrzymywano go w kilku punktach kontrolnych – był szczęśliwy, że na masce wozu powiewa flaga brytyjska – i nakazano, by natychmiast skierował się do domu. Nie musiał wpaść do pani Davidson po czek na dwieście kora.

Ledwo wszedł do domu, włączył telewizor i ujrzał prezydenta Narango w galowym mundurze, przemawiającego do narodu.

– Zapewniam was, przyjaciele – mówił – że nie macie się czego obawiać. Pragnę jak najszybciej znieść godzinę policyjną. Ale proszę was, żebyście na razie nie wałęsali się po ulicach, gdyż wojsko dostało rozkazy, żeby strzelać bez ostrzeżenia.

Henry otworzył puszkę fasolki i przez cały weekend tkwił w domu. Żałował, że nie będzie obecny na przyjęciu urodzinowym Billa, ale uznał, że zważywszy wszystko, obróci się to na dobre.

Jej Wysokość księżniczka Anna dokonała uroczystego otwarcia nowego basenu pływackiego w St George w drodze powrotnej z Igrzysk Brytyjskiej Wspólnoty Narodów w Kuala Lumpur. W przemówieniu wygłoszonym w sali klubowej powiedziała, jak duże wrażenie zrobiła na niej wysoka wieża do skoków i nowoczesne przebieralnie.

Potem z uznaniem się wyraziła o działaniach klubu rotariańskiego i pogratulowała roli, jaką odegrali w akcji na rzecz budowy basenu zarówno sam klub, jak i jego przewodniczący Bill Paterson, który w dniu urodzin królowej otrzymał za swoje zasługi Order Imperium Brytyjskiego.

Niestety, Henry Pascoe nie uczestniczył w uroczystości, ponieważ niedawno objął stanowisko wysokiego komisarza na Wyspach Wniebowstąpienia – po drodze donikąd.

Leżąca kobieta

— Może państwo się dziwią, że ta rzeźba nosi numer trzynasty — powiedział kustosz, uśmiechając się z satysfakcją.

Stałem z tyłu grupy ludzi i myślałem, że usłyszymy wykład o modelach.

— Henry Moore — ciągnął kustosz takim tonem, jakby miał przed sobą zgraję ignorantów, którym kubizm kojarzy się z kostkami cukru i którzy widocznie nie mają nic innego do roboty w świąteczny poniedziałek poza wizytą w gmachu Narodowego Funduszu na rzecz Renowacji Zabytków — zwykle wykonywał swoje prace w dwunastu egzemplarzach autoryzowanych. Żeby oddać sprawiedliwość wielkiemu artyście, trzeba powiedzieć, że umarł, zanim wydano zgodę na jedyny trzynasty odlew jednego z jego arcydzieł.

Spojrzałem na monumentalną nagą kobietę z brązu, która górowała w wejściu do Huxley Hall. Wspaniała, krągłych kształtów postać z charakterystycznym otworem w środku brzucha, z głową opartą na dłoni, władczo patrzyła na milion zwiedzających rocznie. Było to, jak napisano w podręczniku, klasyczne dzieło Henry'ego Moore'a z 1952 roku.

Podziwiałem tę tajemniczą panią, miałem ochotę wyciągnąć rękę i dotknąć jej — a to zawsze dowodzi, że artysta osiągnął, co zamierzył.

— Huxley Hall — monotonnie mówił kustosz — jest administrowany przez Narodowy Fundusz od dwudziestu lat.

Zdaniem znawców, rzeźba *Leżąca kobieta* należy do najdoskonalszych prac Moore'a, wykonanych w okresie, kiedy był u szczytu możliwości twórczych. Szósty odlew autoryzowany został zakupiony przez piątego księcia – rodowitego Yorkshirczyka, jak Moore – za królewską sumę tysiąca funtów. Kiedy dwór przeszedł na własność szóstego księcia, ten odkrył, że nie będzie mógł ubezpieczyć arcydzieła, bo nie stać go na składkę ubezpieczeniową. Z kolei siódmy książę nie był nawet w stanie utrzymać dworu ani otaczającej go ziemi. Zanim wyzionął ducha, uwolnił ósmego księcia od brzemienia podatku spadkowego, przekazując dwór, wszystko, co się w nim znajdowało, oraz tysiąc akrów gruntu na własność Narodowego Funduszu. Francuzi nigdy nie pojęli, że jeżeli się chce wytrzebić arystokrację, podatki spadkowe są o wiele skuteczniejsze niż rewolucje.

Kustosz zaśmiał się ze swego żarciku, a kilka osób stojących z przodu uprzejmie zawtórowało.

– Powróćmy do tajemnicy trzynastego egzemplarza – ciągnął kustosz, kładąc rękę na obfitym łonie rzeźby. – W tym celu najpierw muszę wyjaśnić, z jakim problemem musi się uporać Narodowy Fundusz, jeżeli przejmuje czyjś dom. Fundusz jest zarejestrowaną instytucją charytatywną. Obecnie należy do niego i znajduje się pod jego zarządem ponad dwieście pięćdziesiąt budynków historycznych i ogrodów na Wyspach Brytyjskich oraz ponad sześćset tysięcy akrów terenów wiejskich, jak również pięćset siedemdziesiąt pięć mil wybrzeża morskiego. Każda posiadłość musi spełniać kryterium „znaczenia historycznego albo piękna natury". Przejmując odpowiedzialność za daną posiadłość, musimy też zabezpieczyć i chronić jej strukturę i zawartość, nie narażając Funduszu na bankructwo. Jeżeli chodzi o Huxley Hall, to zainstalowaliśmy tu najnowocześniejszy system zabezpieczeń, a dodatkowo przez całą dobę dyżurują tu strażnicy. Mimo to nie sposób strzec tak wielu skarbów przez dwadzieścia cztery godziny na dobę, każdego dnia w roku. Kiedy okazuje się, że coś zginęło, oczywiście natychmiast informujemy policję. W dziewięciu przypadkach na dziesięć rzecz wraca do nas w ciągu kilku dni. – Kustosz zawiesił głos, pewien, że ktoś zapyta dlaczego.

– Dlaczego? – spytała stojąca na przedzie Amerykanka w szortach w szkocką kratę.

– Dobre pytanie, proszę pani – łaskawie rzekł kustosz. – Po prostu dlatego, że większości drobnych złodziejaszków nie udaje się pozbyć tak cennego łupu, o ile nie został skradziony na zamówienie.

– Na zamówienie? – podrzuciła mu kwestię Amerykanka.

– Tak, proszę pani – odparł kustosz, który aż się palił do dalszych wyjaśnień. – Na całym świecie działają przestępcze gangi, które kradną arcydzieła dla klientów, szczęśliwych, że tylko oni, i nikt inny, będą się napawać ich widokiem.

– To musi słono kosztować – zauważyła Amerykanka.

– Z tego, co wiem, obecna stawka wynosi jedną piątą rynkowej wartości dzieła – stwierdził kustosz.

To wreszcie uciszyło turystkę.

– Ale to nie tłumaczy, dlaczego tak wiele okazów tak szybko się znajduje – odezwał się głos ze środka grupy.

– Właśnie chciałem do tego przejść – powiedział z lekką irytacją kustosz. – Jeżeli dzieła sztuki nie skradziono na zamówienie, to nawet niedoświadczony paser nie zechce go przyjąć. Ponieważ – prędko dodał, zanim Amerykanka zdążyła zapytać „dlaczego?" – wszystkie główne domy aukcyjne, galerie oraz handlarze dziełami sztuki otrzymują dokładny opis skradzionego okazu w ciągu kilku godzin od jego zniknięcia. W rezultacie złodziej zostaje z łupem, którego nikt nie chce, bo jeśli pojawi się na rynku, policja natychmiast go upoluje. Wiele skradzionych dzieł sztuki jest nam zwracanych w ciągu kilku dni albo zostaje porzuconych w takich miejscach, gdzie na pewno ktoś je znajdzie. Sama tylko Dulwich Art Gallery doświadczyła trzech takich przypadków w ciągu ostatnich dziesięciu lat i, o dziwo, rzadko się zdarza, żeby skradziony przedmiot wrócił uszkodzony.

Tym razem kilka osób z grupy zapytało „dlaczego?"

– Okazuje się – rzekł kustosz – że ludzie są skłonni rozgrzeszyć śmiałą kradzież, ale nie darują zniszczenia narodowego skarbu. Dodam, że prawdopodobieństwo, że przestępca zostanie postawiony w stan oskarżenia, znacznie maleje, jeżeli skradzione przedmioty zostaną zwrócone w stanie nieuszkodzonym. Ale wracajmy do historyjki o trzynastu egzemplarzach – ciągnął. – Szóstego września tysiąc dziewięćset dziewięćdziesiątego siódmego roku, w dniu pogrzebu księżnej Walii Diany, w chwili, kiedy wnoszono trumnę do Opactwa Westminsterskiego, pod główne wejście Huxley Hall podjechał furgon. Wysiadło z niego sześciu mężczyzn w kombinezonach Narodowego Funduszu i oznajmiło strażnikowi, że mają polecenie zabrania i przewiezienia *Leżącej kobiety* do Londynu na wystawę Henry'ego Moore'a, która wkrótce miała się odbyć w Hyde Parku. Strażnik został poinformowany, że przewóz dzieła przełożono na następny tydzień ze względu na pogrzeb. Ale ponieważ dokumenty, jak się wydawało, były w porządku, a strażnikowi spieszyło się z powrotem do telewizora, pozwolił mężczyznom zabrać rzeźbę. Huxley Hall był zamknięty przez dwa dni po pogrzebie, toteż nikt nie zastanawiał się nad sprawą, dopóki we wtorek nie zjawił się następny furgon z tym samym poleceniem, żeby zabrać rzeźbę i przewieźć ją na wystawę Moore'a w Hyde Parku. I znów dokumenty zdawały się w porządku, więc strażnicy zrazu sądzili, że nastąpiła pomyłka. Jeden telefon do organizatorów wystawy wyprowadził ich z błędu. Stało się jasne, że arcydzieło zostało skradzione przez gang zawodowców. Natychmiast poinformowano Scotland Yard. W Scotland Yardzie – ciągnął kustosz – jest osobny wydział zajmujący się kradzieżą dzieł sztuki – mają w komputerze dokładny opis wielu tysięcy pozycji. Kiedy zostaną zawiadomieni o przestępstwie, są w stanie w ciągu kilku minut zaalarmować wszystkie główne domy aukcyjne i galerie sztuki w kraju.

Kustosz przerwał na chwilę i znów położył rękę na rzeźbie.

– Można by pomyśleć, że to spora sztuka do przetransportowania, chociaż drogi w dniu kradzieży były wyjątkowo puste, a uwaga ludzi zwrócona gdzie indziej. Przez kilka tygodni nie wpłynęła żadna informacja na temat *Leżącej kobiety* i w Scotland Yardzie już się obawiano, że to udana kradzież „na zamówienie". Ale po kilku miesiącach, kiedy schwytano drobnego złodziejaszka nazwiskiem Sam Jackson na próbie kradzieży małego oleju drugiej księżnej z królewskiej garderoby, policja uzyskała pierwszy ślad. Kiedy podejrzanego zabrano na przesłuchanie na komisariat, zaproponował policjantowi układ.

— A cóż takiego możesz nam zaoferować? — spytał sierżant z niedowierzaniem.

— Zaprowadzę was do *Leżącej kobiety* — rzekł Jackson — jeżeli oskarżycie mnie tylko o włamanie. — Wiedział, że mógłby się wtedy wykpić wyrokiem z zawieszeniem.

— Jak odzyskamy rzeźbę — powiedział sierżant — umowa stoi.

Ponieważ portret księżnej był słabą kopią, za którą można by uzyskać pareset funtów na pchlim targu, zawarto porozumienie. Trzej policjanci, umieściwszy Jacksona z tyłu, wsiedli do samochodu i kazali mu wskazywać drogę. Przekroczyli granicę Yorkshire, wjechali w obręb Lancashire, zagłębili się w wiejskiej okolicy i w końcu zatrzymali przed opuszczonym domem. Stąd Jackson poprowadził policjantów na piechotę przez pola do doliny, gdzie znaleźli odosobniony budynek ukryty za zagajnikiem. Policjanci wyłamali zamek i otworzyli drzwi, po czym stwierdzili, że znajdują się w opuszczonej odlewni. Na podłodze walały się skrawki ołowianych rynien, prawdopodobnie skradzionych z dachów kościołów albo starych domów z sąsiedztwa. Policjanci przeszukali budynek, ale nie znaleźli ani śladu rzeźby. Już zamierzali oskarżyć Jacksona o marnowanie ich czasu, gdy ujrzeli, że stoi przed wielką bryłą brązu.

— Nie mówiłem, że dostaniecie ją w takim stanie, w jakim była — powiedział. — Ja tylko obiecałem, że was do niej zaprowadzę.

Kustosz odczekał, aż mniej pojętni dołączą się do gremialnych okrzyków zdumienia albo przynajmniej skiną głową na znak, że zrozumieli.

– Najwyraźniej pozbycie się arcydzieła okazało się trudne, a ponieważ przestępcy nie chcieli, żeby ich przyłapano na posiadaniu dóbr o wartości powyżej miliona funtów, po prostu stopili rzeźbę. Jackson powiedział, że nie wie, kto jest za to odpowiedzialny, ale przyznał, że ktoś próbował mu sprzedać bryłę brązu za tysiąc funtów – jak na ironię, taką sumę zapłacił piąty książę za arcydzieło. Kilka tygodni później Narodowy Fundusz otrzymał olbrzymią bryłę brązu. Ku naszej konsternacji towarzystwo ubezpieczeniowe odmówiło wypłacenia choćby pensa odszkodowania, twierdząc, że skradziony brąz został zwrócony. Prawnicy Funduszu dokładnie przestudiowali polisę i odkryli, że możemy zgłosić roszczenie pokrycia kosztów przywrócenia uszkodzonych prac do ich pierwotnego stanu. Towarzystwo ubezpieczeniowe uległo i zgodziło się opłacić koszty rekonstrukcji. Następnie zwróciliśmy się do Fundacji Henry'ego Moore'a z pytaniem, czy mogliby jakoś nam pomóc. Przez kilka dni badali olbrzymią bryłę brązu i, dokonawszy pomiarów i testów chemicznych, potwierdzili opinię laboratorium policyjnego, że prawdopodobnie jest to metal, z którego był odlany autoryzowany egzemplarz kupiony przez piątego księcia. Po długich namysłach Fundacja zgodziła się pójść na bezprecedensowe odstępstwo od zwyczajowej praktyki Henry'ego Moore'a i wykonać trzynasty egzemplarz *Leżącej kobiety*, jeżeli Narodowy Fundusz pokryje koszty odlewu. Oczywiście wyraziliśmy zgodę i zapłaciliśmy rachunek w wysokości kilku tysięcy funtów, co zostało pokryte z polisy ubezpieczeniowej. Jednakże Fundacja, zanim się zgodziła na wykonanie unikatowego trzynastego egzemplarza, postawiła dwa warunki. Po pierwsze, zażądali, abyśmy nigdy nie sprzedali rzeźby, czy to instytucji publicznej, czy osobie prywatnej. Po drugie, gdyby skradziony szósty egzemplarz objawił się kiedyś gdzieś na świecie, mieliśmy natychmiast zwrócić Fundacji egzemplarz trzynasty do przetopienia. Narodowy Fundusz zgodził się na te warunki, dzięki czemu mogą państwo podziwiać arcydzieło, przed którym dziś stoicie.

Rozległy się oklaski, kustosz lekko się skłonił.

Przypomniałem sobie tę historię kilka lat później, podczas licytacji w domu aukcyjnym Sotheby Parke-Bernet w Nowym Jorku, kiedy pod młotek poszedł trzeci egzemplarz *Leżącej kobiety* i został sprzedany za milion sześćset tysięcy dolarów.

Jestem pewien, że Scotland Yard zamknął sprawę zaginionego szóstego egzemplarza rzeźby Henry'ego Moore'a *Leżąca kobieta*, uznawszy ją za wyjaśnioną. Jednak nadinspektor, który prowadził tę sprawę, w rozmowie ze mną przyznał, że gdyby obrotny przestępca znalazł odlewnię, która by wykonała odlew jeszcze jednej rzeźby i umieściła na nim znak „6/12", mógłby sprzedać ją klientowi jako „skradzioną na zamówienie" za około ćwierć miliona funtów. W gruncie rzeczy nikt nie może być pewny, ile szóstych egzemplarzy rzeźby *Leżąca kobieta* znajduje się obecnie w prywatnych rękach.

Szczęściarze

Bill nagle się obudził. Zawsze tak było po długim odsypianiu podczas weekendu. Po wschodzie słońca w poniedziałek rano oczekiwano, że się stąd wyniesie. Nocował pod sklepieniem bramy banku Critchleya dłużej niż większość personelu pracowała w tym budynku.

Bill zjawiał się tu co wieczór około siódmej i zajmował swoje miejsce. Nikt by się nie ośmielił zająć jego stanowiska po tylu latach. W ciągu ostatnich dziesięciu lat widział, jak przychodzą i odchodzą, jedni o sercach ze złota, inni ze srebra, jeszcze inni z brązu. Przeważnie ci o sercach z brązu interesowali się tylko innym rodzajem złota. Potrafił ocenić, kto jest kto, i to nie tylko ze sposobu, w jaki go traktowali.

Spojrzał na zegar nad drzwiami: za dziesięć szósta. Młody Kevin zjawi się lada moment w drzwiach i zapyta, czy byłby tak dobry i sobie poszedł. Dobry chłopak, ten Kevin – nieraz wsunął mu szylinga, co było poświęceniem, bo przecież następne dziecko w drodze. Na pewno większość elegancików, którzy nadejdą później, nie potraktowałaby go tak grzecznie.

Bill pozwolił sobie chwilę pomarzyć. Chciałby mieć pracę Kevina, a na sobie to solidne, ciepłe palto i czapkę z daszkiem. Dalej stałby na ulicy, ale miałby prawdziwą pracę i regularną płacę. Niektórym ludziom się szczęści. Wszystko, co Kevin miał do roboty, to powiedzieć: „Dzień dobry panu. Mam nadzieję, że udał się panu weekend". Nie musiał nawet otwierać drzwi, bo robił to automat.

Ale Bill się nie skarżył. Sobota i niedziela przebiegły jako tako. Nie padało, a policja nie czepia się go – od czasu, kiedy przed laty zauważył tego człowieka z IRA, który zaparkował furgonetkę przed bankiem. To dzięki przeszkoleniu, jakie przeszedł w wojsku.

Udało mu się zdobyć piątkowy „Financial Times" i sobotni „Daily Mail". „Financial Times" przypominał mu, że powinien inwestować w firmy internetowe i trzymać się z daleka od producentów konfekcji, ponieważ ich akcje leciały na łeb na szyję z powodu spadku obrotów na rynku. Był chyba jedyną osobą związaną z bankiem, która czytała „Financial Times" od deski do deski, i z pewnością jedyną, która go używała zamiast koca.

„Mail" znalazł w koszu na śmieci na tyłach budynku – zadziwiające, co ci yuppies wrzucali do kosza. Wszystko tam znajdował, od zegarka marki Rolex po opakowanie prezerwatyw. Nie skorzystał ani z jednego, ani z drugiego. W City nie brakowało zegarów, a jeżeli chodzi o prezerwatywy – nie były mu specjalnie potrzebne, odkąd odszedł z wojska. Zegarek sprzedał, a prezerwatywy dał Vince'owi, który miał stanowisko pod Bank of America. Vince zawsze się chwalił swoimi podbojami, co wydawało się dość nieprawdopodobne w jego sytuacji. Bill postanowił go podpuścić i ofiarował mu pakiecik w prezencie na Boże Narodzenie.

W całym budynku zapaliły się światła i gdy Bill spojrzał w okno ze szkła taflowego, zobaczył Kevina, który wkładał płaszcz. Czas zbierać swoje klamoty i ruszać przed siebie: nie chciał narażać Kevina na kłopoty, zwłaszcza teraz, gdy się spodziewał, że chłopak wkrótce dostanie awans, na jaki zasługiwał.

Bill zrolował śpiwór – prezent od prezesa, który nie czekał do Bożego Narodzenia. Nie, to nie było w stylu sir Williama. Urodzony dżentelmen, ze słabością do kobiet – kto by go za to winił? Bill widział kilka z nich, jak w nocy jechały windą, i wątpił, żeby chodziło im o konsultacje ekonomiczne. Może to jemu powinien dać pakiecik prezerwatyw.

Zwinął obydwa koce – jeden kupił za część pieniędzy ze sprzedaży zegarka, drugi odziedziczył, kiedy umarł Irlandczyk. Było mu go brak. Pół bochenka chleba z tyłu City Club, po tym, jak radził kierownikowi, żeby trzymał się z dala od producentów odzieży i zainwestował w internet, ale tamten go wyśmiał. Upchnął swój skromny dobytek w torbę Radcy Królewskiego – znów zdobycz z kosza na śmieci, tym razem na tyłach sądu Old Bailey.

Na koniec, jak wszyscy w City, musi sprawdzić stan kasy – zawsze ważne, aby zachować płynność, kiedy jest więcej sprzedających niż kupujących. Pogrzebał w kieszeni, tej bez dziury, i wydobył funta, dwie dziesięciopensówki i pensa. Przez te rządowe podatki nie będzie go dzisiaj stać na papierosy, a co dopiero kufelek piwa. Chyba że za kontuarem w Żniwiarzu będzie Maisie. Pomyślał, że chętnie by ją skosił, chociaż mógłby być jej ojcem.

Zegary w mieście zaczęły wydzwaniać szóstą. Zawiązał sznurówki swoich treningowych reeboków – jeszcze jedna rzecz wzgardzona przez yuppies, którzy teraz nosili tylko najki. I ostatnie spojrzenie, kiedy Kevin wyszedł na chodnik. Gdy Bill wróci o siódmej wieczorem – solidniejszy niż niejeden strażnik – Kevin będzie w domu w Peckham ze swoją ciężarną żoną. Szczęściarz z niego.

Kevin odprowadził spojrzeniem Billa, który odszedł, powłócząc nogami, i wmieszał się w śpieszący do pracy tłum. Dobry z niego chłop. Nigdy nie sprawiał Kevinowi kłopotów ani nie chciał przyczynić się do utraty przez niego pracy. Kevin zauważył jednopensówkę, która leżała pod arkadą. Podniósł ją i uśmiechnął się. Wieczorem położy na jej miejsce monetę jednofuntową. W końcu czy nie takie jest zadanie banków?

Wrócił do frontowego wejścia w chwili, kiedy wychodzili sprzątacze. Przybywali o trzeciej rano i o szóstej musieli się ulotnić. Po czterech latach znał ich imiona, a oni zawsze obdarzali go uśmiechem.

Kevin musiał stanąć przed budynkiem punktualnie o szóstej, w świeżej czystej koszuli, krawacie z godłem banku, w wyglansowanych butach, w długim, przepisowym niebieskim palcie z mosiężnymi guzikami – grubym zimą, lekkim latem. Banki pedantycznie przestrzegają zasad i przepisów. Wymagano, żeby Kevin pozdrawiał wszystkich członków zarządu wchodzących do budynku, ale on kłaniał się jeszcze kilku innym, o których słyszał, że wkrótce mogą dołączyć do tamtych.

Między szóstą a siódmą zjawiała się młodzież.

– Cześć, Ken – witali go. – Założymy się, że dzisiaj machnę milion?.

Między siódmą a ósmą trochę wolniejszym krokiem nadciągali kierownicy średniego szczebla, z nieco mniejszym wigorem, bo zużyli go na borykanie się z problemami dzieci, szkolnych opłat, nowych samochodów, nowych żon.

– Dzień dobry – rzucali tylko, nie racząc nawet na niego spojrzeć.

Od ósmej do dziewiątej, zostawiwszy samochody na zarezerwowanych miejscach na parkingu, majestatycznym krokiem podążało wyższe kierownictwo. Wprawdzie jak my wszyscy, pomyślał Kevin, chodzili w sobotę na mecze piłki nożnej, ale siedzieli w dyrektorskich lożach. Większość z nich zdała już sobie sprawę, że nie wejdzie do zarządu banku, i zwolniła trochę tempo. Później zajeżdżał dyrektor naczelny, Philip Alexander, rozparty z tyłu prowadzonego przez szofera jaguara, zatopiony w „Financial Timesie". Kevin miał obowiązek wybiec na chodnik i otworzyć drzwiczki samochodu Alexandrowi, który mijał go, nie zaszczyciwszy spojrzeniem i bez słowa podziękowania.

Na końcu prezes banku, sir William Selwyn, wysiadał ze swojego rolls-royce'a, którym przywieziono go z Surrey. Sir William zawsze znalazł chwilę, żeby zamienić z nim słowo.

– Dzień dobry, Kevin. Jak żona?

– Dobrze, dziękuję.

– Daj mi znać, kiedy dziecko przyjdzie na świat.

Zaczęli się schodzić yuppies, których Kevin witał szerokim uśmiechem. Drzwi rozsuwały się automatycznie, kiedy przebiegali przez nie z impetem. Odkąd zainstalowano ten wihajster, nie musiał otwierać ciężkich wrót banku. Dziwił się, że nadal go zatrudniają – w każdym razie zastanawiało to Mike'a Haskinsa, jego bezpośredniego zwierzchnika.

Kevin spojrzał w stronę Haskinsa, który stał za kontuarem w recepcji. Szczęściarz ten Mike. Siedzi w cieple, popija herbatę, czasem trafi mu się napiwek, nie mówiąc o podwyżce. To było stanowisko, jakiego pragnął Kevin, następny szczebel w bankowej hierarchii. Zasłużył sobie. Miał już nawet pomysły, jak ulepszyć pracę recepcji. Kiedy Haskins podniósł głowę, odwrócił się, mówiąc sobie, że tylko pięć miesięcy, dwa tygodnie i cztery dni dzielą jego szefa od emerytury. Wtedy Kevin zajmie jego miejsce – o ile go nie pominą i nie przyjmą na to stanowisko syna Haskinsa.

Ronnie Haskins przychodził do banku regularnie, odkąd stracił pracę w browarze. Starał się być pożyteczny, nosił paczki, doręczał listy, zatrzymywał taksówki, a nawet przynosił kanapki z pobliskiego baru dla tych, którzy nie chcieli albo nie mogli ryzykować opuszczenia swoich biurek.

Kevin nie był głupi – dobrze wiedział, o co idzie gra. Stary Haskins chciał, żeby Ronnie przejął po nim pracę, która należała się Kevinowi, a Kevin dalej miał stać na ulicy. To nie było uczciwe. Przecież sumiennie traktował swoją służbę, nigdy nie opuścił nawet jednego dnia, tkwił na zewnątrz, czy upał, czy słota.

– Dzień dobry, Kevin – powiedział Chris Parnell, prawie biegnąc. Na twarzy miał wypisany niepokój.

Szkoda, że nie ma moich problemów, pomyślał Kevin, obejrzał się i zobaczył, jak Haskins miesza pierwszą tego rana herbatę.

– To Chris Parnell – rzekł Haskins do Ronniego, zanim

upił łyk. – Znów się spóźnił i jak zwykle powie, że to wina kolei. Powinienem wiele lat temu dostać jego pracę i miałbym szansę, gdybym tak jak on był sierżantem w służbie płatniczej, a nie kapralem w formacji zielonych kurtek. Ale kierownictwo nie poznało się na mnie.

Ronnie nie odezwał się; co rano od sześciu tygodni słyszał, jak ojciec powtarza tę opinię.

– Zaprosiłem go kiedyś na zjazd mojego pułku, ale powiedział, że nie ma czasu. Cholerny snob. Uważaj na niego, bo będzie miał wpływ na to, kto dostanie moją pracę.

– Dzień dobry, panie Parker – rzekł Haskins, wręczając następnemu przybyszowi „Guardiana".

– To, jaką kto czyta gazetę, dużo mówi o człowieku – powiedział Haskins Ronniemu, gdy Parker zniknął w windzie. – Weź tego tam młodego Kevina. On czytuje „Sun", i to wystarczy o nim wiedzieć. Dlatego bym się nie zdziwił, gdyby nie dostał awansu, którego oczekuje. – Mrugnął do syna. – Ja zaś czytam „Express" – zawsze czytałem i zawsze będę czytał.

– Dzień dobry, panie Tudor-Jones – rzekł Haskins, podając egzemplarz „Daily Telegraph" dyrektorowi administracyjnemu banku. Nie odzywał się, aż za tamtym zamknęły się drzwi windy. – Ważny moment dla pana Tudor-Jonesa – poinformował syna Haskins. – Jeżeli w tym roku nie wejdzie do rady nadzorczej, to założę się, że będzie tylko przeczekiwał do emerytury. Czasami patrzę na tych pajaców i myślę, że mógłbym robić to co oni. W końcu to nie moja wina, że mój stary był murarzem i nie miałem szans, żeby chodzić do gimnazjum. Gdyby nie to, mógłbym teraz siedzieć na szóstym albo siódmym piętrze przy własnym biurku i ze swoją sekretarką.

– Dzień dobry panu, panie Alexandrze – rzekł Haskins do dyrektora naczelnego, który przeszedł obok, nie reagując na powitanie.

– Temu nie trzeba podawać gazety. Jego sekretarka, pani Franklyn, zabiera cały plik na długo przed jego przyjściem. Teraz chce być prezesem. Jak mu się uda, będzie tu dużo zmian, to pewne. – Spojrzał na syna. – Odnotowujesz te wszystkie nazwiska, jak cię uczyłem?

– No pewnie, tato. Pan Parnell – siódma czterdzieści siedem, pan Parker – ósma dziewięć, pan Tudor-Jones – ósma jedenaście, pan Alexander – ósma dwadzieścia trzy.

– Dobrze, synu. Szybko się uczysz. – Nalał sobie następną filiżankę herbaty i upił łyk. Parzyła, więc mówił dalej: – Teraz trzeba zająć się pocztą – która, jak Parnell, jest spóźniona. Proponuję... – Haskins szybko schował filiżankę z herbatą pod kontuar i puścił się pędem przez foyer. Nacisnął guzik windy i modlił się w duchu, żeby jedna z kabin wróciła na dół, zanim prezes wejdzie do budynku. Drzwi windy rozsunęły się parę sekund przedtem.

– Dzień dobry, sir Williamie. Mam nadzieję, że miał pan udany weekend.

– Tak, dziękuję, Haskins – odparł prezes spoza zasuwających się drzwi. Haskins zablokował drzwi windy, żeby nikt więcej nie mógł do niej wsiąść i żeby sir William bez przystanków dojechał na czternaste piętro.

Haskins wolnym krokiem wrócił do recepcji, gdzie syn sortował poranną pocztę.

– Prezes kiedyś mi mówił, że winda jedzie na ostatnie piętro trzydzieści osiem sekund, i wyliczył, że spędził w niej tydzień życia. Zawsze gdy jedzie w górę, czyta wstępniak „Timesa", a notatki dotyczące następnego spotkania – kiedy zjeżdża w dół. Jak on tkwił w niej przez cały tydzień, to ja pewnie spędziłem tam pół życia – dodał i pociągnął łyk herbaty. Ostygła. – Kiedy posortujesz listy, zanieś je panu Parnellowi. To on ma obowiązek je rozdzielić, nie ja. Ma ciepłą posadkę, nie będę za niego odwalał roboty.

Ronnie wziął koszyk wypełniony listami i skierował się do windy. Wysiadł na drugim piętrze, podszedł do biurka Parnella i postawił mu go przed nosem.

Chris Parnell podniósł głowę i obserwował, jak chłopiec znika w drzwiach. Spojrzał na stos listów. Jak zwykle nawet nie próbowano ich posortować. Musi porozmawiać z Haskinsem. Chyba się nie przemęcza, a teraz jeszcze chce wsadzić chłopaka na swoje miejsce. Nie dopuściłbym do tego, pomyślał, gdybym miał coś w tej sprawie do powiedzenia.

Czy Haskins nie rozumie, że praca Parnella jest naprawdę odpowiedzialna? Musi dopilnować, żeby biuro działało jak szwajcarski zegarek. Listy na właściwym biurku przed dziewiątą, do dziesiątej sprawdzenie ewentualnych absencji, natychmiastowe usunięcie wszelkich awarii, przygotowanie i zorganizowanie zebrań personelu, rozdzielenie drugiej poczty. Doprawdy, wszystko by stanęło, gdyby wziął wolny dzień. Wystarczy sobie przypomnieć bałagan, jaki zastawał po powrocie z letnich wakacji.

Spojrzał na leżący na wierzchu list. Był zaadresowany do „Pana Rogera Parkera". Dla niego Roga. Powinien wiele lat temu dostać posadę Roga – szefa personelu. Mógłby tę pracę wykonywać nawet we śnie, jak mu ciągle wypominała Janice, jego żona:

– Parkerowi przewróciło się w głowie. Dostał tę pracę, bo był w tej samej szkole co główny kasjer.

To było niesprawiedliwe. Janice chciała zaprosić Rogera z żoną na kolację, ale Chris od początku się temu sprzeciwiał.

– Dlaczego nie? – pytała. – W końcu obaj kibicujecie Chelsea. Pewnie się boisz, że ten zarozumiały snob ci odmówi.

To prawda, że Chrisowi przyszło do głowy, by zaprosić Rogera, ale do baru, a nie na kolację do domu w Romford. Przecież nie mógł tłumaczyć żonie, że kiedy Roger szedł na stadion Stamford Bridge, siedział w loży członkowskiej, a nie w najgorszym sektorze z chłopakami.

Skończywszy sortowanie listów, Chris ułożył je na różnych tackach według działów, dla których były przeznaczone. Dwie jego asystentki rozniosą je do pokoi od pierwszego do dziesiątego piętra, ale do najwyższych czterech nigdy ich nie dopuszczał. Tylko on sam wchodził do gabinetu prezesa i naczelnego dyrektora.

Janice wciąż mu przypominała, żeby miał oczy szeroko otwarte, ilekroć jest na piętrach dyrekcji.

– Nigdy nie wiadomo – mówiła – kiedy nastręczy się jakaś sposobność, jakaś okazja awansu.

Zaśmiał się pod nosem na myśl o Glorii z archiwum i o awansach, jakie mu czyniła. Co ta dziewczyna wyprawiała za szafą z aktami! Z tego żonie się nie zwierzał.

Zabrał tacki z korespondencją i skierował się do windy. Znalazłszy się na jedenastym piętrze, delikatnie zapukał i nacisnął klamkę gabinetu Rogera. Szef personelu podniósł głowę znad listu, który czytał. Miał zatroskaną minę.

– Chelsea dobrze się spisało w sobotę, prawda, Rog? Chociaż za przeciwników miało tylko West Ham – powiedział Chris zwierzchnikowi, kładąc stosik listów na tacy z korespondencją przychodzącą. Nie dostał odpowiedzi, więc pospiesznie wyszedł.

Roger odprowadził go wzrokiem. Czuł się winny, że nie zamienił z nim parę słów, ale nie chciał tłumaczyć, dlaczego pierwszy raz w tym sezonie opuścił mecz rozgrywany na własnym boisku drużyny. Byłby szczęśliwy, gdyby miał tylko to na głowie.

Wrócił do listu, który czytał. Był to rachunek na kwotę tysiąca sześciuset funtów, opłata za pierwszy miesiąc pobytu jego matki w domu opieki.

Roger niechętnie uznał, że stan zdrowia matki nie pozwala, by nadal przebywała z nimi w Croydon, ale się nie spodziewał, że opłaty sięgną prawie dwudziestu tysięcy funtów rocznie. Oczywiście chciał, żeby żyła jeszcze ze dwadzieścia lat, ale skoro Adam i Sarah są jeszcze w szkole, a Hazel nie chce wrócić do pracy, potrzebował podwyżki, a tymczasem mówiło się o cięciach i zwolnieniach.

To był katastrofalny weekend. W sobotę zaczął czytać raport McKinseya zalecający kroki, jakie bank powinien przedsięwziąć, jeżeli ma wejść w dwudziesty pierwszy wiek jako czołowa instytucja finansowa.

Raport zawierał sugestie, że co najmniej siedemdziesięciu pracowników należy objąć „programem oszczędnościowym", czyli po prostu zwolnić z pracy. A komu przypadnie niewdzięczne zadanie wyjaśnienia tym siedemdziesięciu osobom, co to znaczy „program oszczędnościowy"? Gdy ostatnio Roger musiał kogoś zwolnić, nie spał wiele nocy. Kiedy odłożył raport, był tak przygnębiony, że nie miał ochoty na mecz.

Zdał sobie sprawę, że musi się widzieć z dyrektorem administracyjnym banku, Godfreyem Tudorem-Jonesem, chociaż wiedział, że Tudor-Jones spróbuje go zbyć:

– To nie mój wydział, stary. Ty jesteś szefem personelu, ty decydujesz.

Nie udało mu się z tym facetem nawiązać bliższych stosunków, co byłoby teraz przydatne. Usilnie się o to starał przez całe lata, ale dyrektor administracyjny wyraźnie dawał do zrozumienia, że nie łączy interesów z przyjemnościami – co innego, gdyby Roger zasiadał w radzie nadzorczej.

– Dlaczego nie zaprosisz go na mecz Chelsea? – dopytywała się Hazel. – Przecież tyle zapłaciłeś za dwa karnety na cały sezon.

– On się chyba nie interesuje piłką nożną – rzekł Roger. – Wygląda mi raczej na kibica rugby.

– To zaproś go do swojego klubu na kolację.

Nie chciało mu się tłumaczyć Hazel, że Godfrey jest członkiem Carlton Club i on nie wyobraża sobie, aby mógł się czuć swobodnie na spotkaniu Towarzystwa Fabiańskiego.

Ostateczny cios nastąpił w sobotę wieczorem, kiedy zadzwonił dyrektor szkoły Adama i zażądał natychmiastowego spotkania w sprawie, której nie może omawiać przez telefon. Roger pojechał tam w niedzielę rano, pełen niepokoju, co to takiego, o czym nie można powiedzieć przez telefon. Wiedział, że Adam musi przysiąść fałdów i ostro popracować, żeby się dostać na jakiś uniwersytet, ale dyrektor szkoły poinformował go, że jego syna przyłapano na paleniu marihuany, a przepisy szkolne w tym przypadku są jednoznaczne – natychmiastowe zwolnienie i następnego dnia zawiadomienie policji. Kiedy Rogerowi obwieszczono tę wiadomość, poczuł się jak przed laty w gabinecie u swojego dyrektora szkoły.

W drodze powrotnej ojciec z synem prawie nie zamienili słowa. Kiedy Hazel się dowiedziała, dlaczego Adam wrócił do domu w połowie semestru, zalała się łzami i nie mogła się uspokoić. Bała się, że sprawę opisze „Croydon Advertiser" i będą się musieli przeprowadzić. Roger na pewno nie mógłby sobie teraz na to pozwolić, ale uważał, że to nie jest właściwy moment, by tłumaczyć Hazel, co to takiego „udział w stratach".

Jadąc rano pociągiem do Londynu, nie mógł się opędzić od myśli, że nie miałby żadnego problemu, gdyby dostał stanowisko dyrektora administracyjnego. Od miesięcy się mówiło, że Godfrey wejdzie do rady nadzorczej, a wtedy Roger byłby najpewniejszym kandydatem na jego miejsce. Ale teraz, skoro matkę umieścił w domu starców, a dla Adama musi znaleźć odpowiednie liceum, na gwałt potrzebuje dodatkowych pieniędzy. Trzeba się będzie pożegnać z projektem wyjazdu z Hazel do Wenecji z okazji dwudziestej rocznicy ślubu.

Siedział przy biurku i myślał, co by to było, gdyby koledzy dowiedzieli się o Adamie. Oczywiście nie straciłby posady, ale musiałby porzucić myśl o awansie. Już słyszał jadowite szepty w umywalni, na tyle głośne, żeby dobiegły jego uszu:

– Cóż, wiadomo, on zawsze miał przechył w lewo. To czego tu się dziwić?

Chciałby im wytłumaczyć, że jeżeli ktoś czyta „Guardiana", to wcale nie musi znaczyć, że automatycznie uczestniczy w marszach przeciwko zbrojeniom nuklearnym, eksperymentuje z wolną miłością, a w soboty i niedziele pali marihuanę.

Spojrzał na raport McKinseya i uświadomił sobie, że musi jak najszybciej umówić się na spotkanie z dyrektorem administracyjnym. Wiedział, że to czcza formalność, ale przynajmniej spełni obowiązek wobec kolegów.

Wykręcił numer wewnętrzny. Pamela, sekretarka Godfreya Tudora-Jonesa, podniosła słuchawkę.

– Biuro dyrektora administracyjnego – powiedziała takim głosem, jakby była zaziębiona.

– Tu Roger. Muszę się pilnie zobaczyć z Godfreyem. Chodzi o raport McKinseya.

– Cały czas jest zajęty – rzekła Pamela – ale mogę dla ciebie wykroić kwadrans o czwartej piętnaście.

– Dobrze, będę o czwartej piętnaście.

Pamela odłożyła słuchawkę i odnotowała spotkanie w terminarzu szefa.

– Kto to był? – spytał Godfrey.

– Roger Parker. Mówił, że ma jakiś problem i musi się z tobą pilnie zobaczyć.

On nawet nie wie, co to znaczy mieć problem, pomyślał Godfrey, który sprawdzał pocztę i szukał, czy nie ma jakichś listów z napisem „Poufne". Nie znalazł, więc przeszedł przez pokój i oddał korespondencję Pameli.

Wzięła ją bez słowa. Wszystko się zmieniło od tamtego weekendu w Manchesterze. Nigdy nie powinien był złamać złotej zasady, która mówi, że nie sypia się ze swoją sekretarką. Gdyby nie padało przez trzy dni albo gdyby dostał bilet na mecz Manchester United, albo gdyby ona nie miała na sobie takiej krótkiej spódniczki, nigdy by się to nie stało. Gdyby, gdyby, gdyby. I ziemia wcale się nie poruszyła, i nie było to dla niego żadne przeżycie. Co za początek tygodnia – usłyszeć od niej, że jest w ciąży.

Jakby nie miał teraz dość kłopotów: ten rok był dla banku niedobry, więc dostanie o połowę mniejszą premię, niż na to liczył. Gorzej, że wydał pieniądze dużo wcześniej, nim wpłynęły na konto.

Spojrzał na Pamelę. Po początkowym wybuchu powiedziała, że jeszcze nie postanowiła, czy urodzi dziecko czy nie. Tylko tego mu było potrzeba: obaj synowie uczą się w Tonbridge, córka nie może się zdecydować, czy chce pianino, czy kucyka i nie rozumie, dlaczego nie może mieć jednego i drugiego, a żona nałogowo robi zakupy w sklepach. Nie pamiętał, kiedy na rachunku miał saldo dodatnie. Popatrzył znowu na Pamelę, kiedy wychodziła z jego gabinetu. Prywatny zabieg wcale nie wypadnie tanio, ale bez porównania taniej niż ta druga ewentualność.

Wszystko wyglądałoby inaczej, gdyby objął stanowisko naczelnego dyrektora. Był na liście kandydatów i co najmniej trzech członków rady nadzorczej dało mu do zrozumienia, że go poprą. Ale rada oddała to stanowisko człowiekowi z zewnątrz. Doszedł w hierarchii do jednego z trzech najwyższych szczebli i po raz pierwszy zrozumiał, co to znaczy zdobyć srebrny medal olimpijski, kiedy się było pewnym faworytem. Do diabła, ma równie dobre kwalifikacje na to stanowisko jak Philip Alexander i tę przewagę, że pracuje w tym banku od dwudziestu lat. Napomykano o miejscu w radzie nadzorczej jako rekompensacie, ale projekt zostanie pogrzebany, kiedy wyjdzie na jaw sprawa z Pamelą.

A jakie pierwsze zalecenie Alexander przedłożył radzie? Że bank powinien na wielką skalę zainwestować w Rosji, co pociągnęło katastrofalne skutki: siedemdziesiąt osób straci pracę i wszystkie premie zostaną obcięte. Co gorsza, Alexander usiłuje teraz winą za tę decyzję obarczyć prezesa.

Godfrey znowu wrócił myślami do Pameli. Może by ją zabrać na lunch i postarać się przekonać, że aborcja będzie lepszym wyjściem. Wyciągał rękę, żeby zatelefonować i zaproponować jej wspólny lunch, kiedy zabrzmiał dzwonek telefonu.

– Właśnie zadzwoniła pani Franklyn. Czy mógłbyś zajrzeć do pana Alexandra? – powiedziała Pamela.

To był chwyt regularnie stosowany przez Alexandra po to, żeby nikt nie zapominał, jakie on piastuje stanowisko. W połowie przypadków sprawę wystarczyłoby omówić przez telefon. Facet miał niesamowity kompleks władzy.

W drodze do biura zwierzchnika Godfrey przypomniał sobie, jak jego żona chciała zaprosić Alexandra na kolację, żeby poznać człowieka, który ograbił ją z nowego samochodu.

– On nie zechce przyjść – tłumaczył jej Godfrey. – To odludek.

– Nie zaszkodzi zapytać – nalegała.

Ale okazało się, że Godfrey miał rację. Nadeszła następująca odpowiedź: „Philip Alexander dziękuje pani Tudor-Jones za uprzejme zaproszenie na kolację, ale z żalem zawiadamia, że ze względu na…".

Godfrey zastanawiał się, dlaczego Alexander go wzywa. Nie może wiedzieć o Pameli – zresztą to nie jego interes. Szczególnie jeżeli pogłoski o jego preferencjach seksualnych są prawdziwe. Czy dotarło do niego, że Godfrey przekroczył dopuszczalny debet w banku? A może chce go wciągnąć w tę rosyjską katastrofę? Godfrey poczuł, jak pocą mu się dłonie, gdy pukał do drzwi.

– Proszę – odezwał się niski głos.

Godfrey wszedł i zastał panią Franklyn, sekretarkę dyrektora naczelnego, która przeszła tu razem z nim z banku Morgana. Nie odezwała się, tylko skinieniem głowy wskazała gabinet szefa.

Zapukał ponownie i wszedł do gabinetu dyrektora naczelnego. Alexander podniósł głowę znad biurka.

– Czytałeś raport McKinseya? – zapytał.

Tylko tyle. Bez przywitania, bez pytania, jak Godfrey spędził weekend.

– Tak, czytałem – odparł Godfrey, który tylko pobieżnie przejrzał raport, rzucił okiem na tytuły poszczególnych punktów i zapoznał się z fragmentami, które mogły dotyczyć go bezpośrednio. W końcu nie chciał znaleźć się między tymi, którzy zostaną zwolnieni.

– Ostateczny wniosek brzmi, że możemy zaoszczędzić trzy miliony rocznie. Będzie to oznaczało zwolnienie siedemdziesięciu osób personelu i obcięcie o połowę większości premii. Chcę, żebyś mi sporządził pisemny projekt, w jaki sposób należy to przeprowadzić, które wydziały mogą sobie pozwolić na ograniczenie personelu i jakich pracowników możemy stracić, jeżeli zmniejszymy im premie. Czy mógłbyś przygotować mi to na jutro rano, przed spotkaniem rady nadzorczej?

Ten drań znowu chce zrzucić na kogo innego odpowiedzialność, pomyślał Godfrey. I wszystko mu jedno, czy na kogoś powyżej czy poniżej, żeby tylko on wyszedł z tego cało. Chce postawić radę nadzorczą przed faktem dokonanym, opierając się na moich zaleceniach. Nie ma mowy.

– Czy masz w tej chwili coś pilnego do roboty?

– Nie, nic takiego, co by nie mogło poczekać – odparł Godfrey.

Nie wspomni przecież o Pameli ani o tym, że żona będzie wściekła, jeżeli nie przyjdzie wieczorem na szkolne przedstawienie, w którym ich młodszy syn gra aniołka. Szczerze mówiąc, byłoby bez znaczenia, nawet gdyby grał Jezusa. Godfrey będzie musiał ślęczeć całą noc, żeby przygotować raport dla rady nadzorczej.

– Dobrze. Spotkajmy się o dziesiątej rano, to mnie pokrótce poinstruujesz, w jaki sposób wypełnić zalecenia raportu McKinseya. – Alexander opuścił głowę i utkwił wzrok w papierach rozłożonych na biurku – znak, że spotkanie się skończyło.

Gdy Philip Alexander usłyszał odgłos zamykanych drzwi, podniósł głowę. Ale z niego szczęściarz, pomyślał. Nie ma żadnych poważnych kłopotów. A on tkwi w nich po same uszy. Najważniejsze w tej chwili, żeby się zdystansować od katastrofalnej decyzji prezesa zainwestowania na wielką skalę w Rosji. Poparł ten krok na zebraniu rady nadzorczej w zeszłym roku, a prezes dopilnował, żeby to jego wystąpienie zostało zaprotokołowane. Jednak w chwili, kiedy dowiedział się w Bank of America i Barclays, co się dzieje, natychmiast zastopował drugą ratę – co bezustannie przypominał członkom rady.

Od tego dnia rozsyłał po całym budynku notatki służbowe, przestrzegając wszystkie wydziały, żeby dbały o pokrycie finansowe, i napominając, aby odzyskiwały tyle pieniędzy, ile się da. Pilnował, żeby notatki krążyły codziennie, i w rezultacie prawie wszyscy, łącznie z paroma członkami rady nadzorczej, byli przekonani, że od początku był sceptyczny wobec tej decyzji.

Wersja wydarzeń, jaką przedstawił kilku członkom rady, nieznającym dobrze sir Williama, brzmiała, że jako świeżo upieczony dyrektor naczelny uważał, że nie wypada mu się sprzeciwiać prezesowi i dlatego nie oponował, gdy sir William zalecił udzielenie kredytu w wysokości pięciuset milionów funtów bankowi w Petersburgu. Sytuacja mogła jeszcze obrócić się na jego korzyść, gdyby bowiem prezes został zmuszony do ustąpienia, rada mogłaby uznać, że najlepszym rozwiązaniem w tych okolicznościach będzie powierzenie stanowiska komuś wywodzącemu się z tego banku. Przecież kiedy Philipowi powierzono stanowisko dyrektora, wiceprezes Maurice Kington wyraźnie powiedział, że wątpi, czy sir William dotrwa do końca swojej kadencji – a to było przed tą wpadką. Mniej więcej po miesiącu Kington zrezygnował; w City wszyscy wiedzieli, że rezygnuje tylko wtedy, gdy przewiduje kłopoty, gdyż nie ma ochoty tracić stanowisk w około trzydziestu innych radach nadzorczych.

Kiedy „Financial Times" opublikował nieprzychylny artykuł o sir Williamie, zaczynał się on od słów: „Nikt nie może podważać zasług sir Williama Selwyna dla banku Critchleya. Jednakże ostatnio doszło do niefortunnych pomyłek, których źródłem jest, jak się zdaje, gabinet prezesa". Alexander dokładnie poinstruował dziennikarzy co do owych „niefortunnych pomyłek".

Niektórzy członkowie rady nadzorczej szeptali: „Raczej prędzej niż później". Ale Alexander miał jeszcze kilka własnych problemów do rozwiązania.

Znowu telefon w zeszłym tygodniu i żądanie kolejnych pieniędzy. Ten łobuz zdawał się dobrze wiedzieć, ile za każdym razem może żądać. Bóg wie, że teraz opinia publiczna nie jest już tak wrogo nastawiona do homoseksualistów. Ale w przypadku chłopca-prostytutki sprawa wyglądała inaczej – prasa umie przedstawić to w dużo gorszym świetle, niż gdyby heteroseksualny mężczyzna płacił żeńskiej prostytutce. I skąd, u licha, miał wiedzieć, że chłopak był wtedy niepełnoletni? W każdym razie prawo się zmieniło od tamtego czasu – ale sensacyjne gazety nic sobie z tego nie robiły.

Pozostawał jeszcze problem, kto będzie wiceprezesem w miejsce Maurice'a Kingtona, który zrezygnował. Dobór właściwej osoby był dla niego sprawą zasadniczej wagi, gdyż ta właśnie osoba będzie przewodniczyć obradom, kiedy rada przystąpi do wyboru nowego prezesa. Philip już zawarł układ z Michaelem Butterfieldem, który, jak wiedział, będzie go popierać; zaczął napomykać członkom rady, że Butterfield ma właściwe kwalifikacje, by pełnić tę funkcję:

– Potrzebny nam jest ktoś, kto głosował przeciwko rosyjskiej pożyczce... Ktoś, kto nie został powołany przez sir Williama... Ktoś o niezależnym umyśle... Ktoś, kto...

Wiedział, że jego sugestie odnoszą skutek, gdyż kilku członków rady nadzorczej zajrzało do jego gabinetu, żeby wyrazić pogląd, iż Butterfield jest najlepszym kandydatem do tej funkcji. Philip chętnie się zgadzał z ich mądrą opinią.

A teraz wszystko miało się rozstrzygnąć, ponieważ na jutrzejszym posiedzeniu rady nadzorczej trzeba będzie podjąć decyzję. Jeżeli Butterfield zostanie mianowany wiceprezesem, wszystko pójdzie gładko.

Na biurku zadzwonił telefon. Philip podniósł słuchawkę.

– Alison, mówiłem, żadnych telefonów! – krzyknął.

– To znowu Julian Burr, proszę pana.

– Połącz go – powiedział cicho Alexander.

– Dzień dobry, Phil. Pomyślałem, że zadzwonię i złożę ci najlepsze życzenia w związku z jutrzejszym posiedzeniem rady.

– Skąd, u diabła, o tym się dowiedziałeś?

– Och, Phil, chyba zdajesz sobie sprawę, że nie wszyscy

w banku są heteroseksualni. – Nastąpiła przerwa. – A szczególnie jeden z nich już cię więcej nie kocha.

– Czego sobie życzysz, Julianie?

– Oczywiście, żebyś został prezesem.

– Czego chcesz? – spytał Alexander, podnosząc głos.

– Marzy mi się krótki wypad na słońce w czasie, kiedy ty się będziesz przenosił na wyższe piętro. Nicea, Monte Carlo, może tydzień albo dwa w St Tropez.

– I jak myślisz, ile to może kosztować? – spytał Alexander.

– O, przypuszczam, że dziesięć tysięcy wystarczająco pokryje moje wydatki.

– Aż nadto – rzekł Alexander.

– Nie sądzę – powiedział Julian. – Nie zapominaj, że dokładnie wiem, ile zarabiasz. Nie biorę pod uwagę podwyżki pensji, której możesz się spodziewać, kiedy zostaniesz prezesem. Spójrzmy prawdzie w oczy, Phil: to o wiele mniej, niż „News of the World" zapłaciłby za wyłączność publikacji moich zwierzeń. Już widzę tytuł: „Noc męskiej prostytucji z prezesem banku rodzinnego".

– To przestępstwo – rzekł Alexander.

– Nie. Ponieważ byłem wtedy nieletni, to ty popełniłeś przestępstwo.

– Możesz się posunąć za daleko – rzekł Alexander.

– Nie, skoro ty masz ambicje posunąć się jeszcze dalej – powiedział Julian ze śmiechem.

– Potrzebuję kilku dni.

– Nie mogę tak długo czekać – chcę zdążyć jutro rano na samolot do Nicei. Załatw, żeby pieniądze zostały przelane na mój rachunek, zanim pójdziesz na zebranie rady jutro o jedenastej. Nie zapominaj, że to ty mnie uczyłeś o systemie elektronicznego przekazu pieniędzy.

Telefon umilkł i natychmiast zadzwonił ponownie.

– A teraz kto? – rzucił Alexander.

– Prezes na drugiej linii.

– Połącz.

– Philipie, potrzebne mi są najnowsze dane dotyczące rosyjskich kredytów oraz twoja ocena raportu McKinseya.

– Dostarczę te dane w ciągu godziny. Natomiast jeżeli chodzi o raport McKinseya, to zgadzam się z grubsza z jego zaleceniami, ale poprosiłem Godfreya Tudora-Jonesa o przygotowanie pisemnej opinii, w jaki sposób mamy je zrealizować. Chcę przedstawić tę opinię na jutrzejszym posiedzeniu rady. Mam nadzieję, że to wystarczy, prawda?

– Wątpię. Myślę, że jutro będzie za późno – powiedział prezes bez dalszego tłumaczenia i odłożył słuchawkę.

Sir William wiedział, że fakt, iż ostatnie straty, jakie wynikły z udzielenia kredytu Rosji, przekroczyły pięćset milionów funtów, nie polepszy sytuacji. A teraz każdy z członków rady nadzorczej otrzymał raport McKinseya z rekomendacją, żeby zlikwidować siedemdziesiąt, a może więcej stanowisk w celu zaoszczędzenia rocznie trzech milionów funtów. Kiedyż ci doradcy zrozumieją, że chodzi o żywe istoty, a nie o cyfry w zestawieniu bilansowym – o siedemdziesiąt lojalnych osób personelu, z których część pracuje w banku od ponad dwudziestu lat?

W raporcie McKinseya nie było wzmianki o rosyjskim kredycie, ponieważ tego raport nie obejmował, ale jedno z drugim zbiegło się w najgorszym możliwym momencie. A w bankowości dobór odpowiedniego momentu jest wszystkim.

Słowa, które skierował Philip Alexander do rady nadzorczej, trwale wyryły się w pamięci sir Williama:

– Nie możemy pozwolić, żeby nasi konkurenci sprzątnęli nam sprzed nosa taką okazję. Jeśli Critchley ma być nadal obecny na scenie międzynarodowej, musimy się pospieszyć, póki jest szansa zysku.

Alexander zapewniał członków rady nadzorczej, że krótkoterminowe zyski mogą być olbrzymie – tymczasem stało się coś przeciwnego. A ledwo pojawiły się pierwsze oznaki katastrofy, ta kanalia zaczęła robić wszystko, żeby samemu się wykaraskać i przerzucić winę na prezesa. Sir William był wtedy na wakacjach i Alexander zatelefonował do niego do hotelu w Marrakeszu i powiedział, że panuje nad sytuacją i żeby nie spieszył się z powrotem. Kiedy wrócił, okazało się, że Alexander wyplątał się z rosyjskiej afery i jego w nią wrobił.

Przeczytawszy artykuł w „Financial Timesie", sir William pojął, że jego dni jako prezesa są policzone. Rezygnacja Maurice'a Kingtona była ostatecznym ciosem, z którego, jak dobrze wiedział, już się nie podniesie. Namawiał go, żeby tego nie robił, ale Kington dbał zawsze tylko o przyszłość jednego człowieka.

Prezes spojrzał na odręcznie napisany list z rezygnacją. Kopie zostaną wysłane do każdego z członków rady nadzorczej dziś wieczorem.

Claire, oddana sekretarka, przypomniała mu, że ma pięćdziesiąt siedem lat i że kiedy był młodszy, często mówił o przejściu na emeryturę w wieku sześćdziesięciu lat, żeby ustąpić miejsca komuś młodszemu. Kiedy pomyślał, kim może być ten młodszy, ogarniał go pusty śmiech.

Prawda, miał pięćdziesiąt siedem lat. Ale poprzedni prezes odszedł w wieku dopiero siedemdziesięciu lat, i zarówno rada nadzorcza, jak i udziałowcy będą o tym pamiętać. Zostanie zapomniane, że on przejął podupadły bank od podupadającego na zdrowiu prezesa i w ciągu ostatnich dziesięciu lat rok po roku zwiększał zyski. Nawet wziąwszy pod uwagę rosyjską katastrofę, i tak wyprzedzali inne banki.

Napomknienia premiera, że rozważa się nadanie mu godności para, szybko zostaną zapomniane. Członkostwo w kilkunastu radach nadzorczych, rzecz oczywista w przypadku odchodzących na emeryturę prezesów, nagle przepadnie wraz z zaproszeniami do pałacu Buckingham, Guildhallu i na centralny kort Wimbledonu – jedyna oficjalna impreza sprawiająca przyjemność jego żonie.

Powiedział Katherine przy kolacji poprzedniego wieczoru, że zamierza złożyć rezygnację. Odłożyła nóż i widelec, złożyła serwetkę i powiedziała:

– Dzięki Bogu. Nie trzeba będzie dłużej utrzymywać tego fikcyjnego małżeństwa. Naturalnie trochę odczekam, zanim wystąpię o rozwód.

Do tej chwili nie miał pojęcia, że Katherine trawią takie emocje. Sądził, że wiedziała, iż w jego życiu są inne kobiety, chociaż w żaden związek nie angażował się poważnie. Wydawało mu się, że osiągnęli porozumienie, kompromis. W końcu tak się działo w wielu małżeństwach w ich wieku. Po kolacji pojechał do Londynu i spędził noc w klubie.

Odkręcił zakrętkę wiecznego pióra i podpisał dwanaście listów. Zostawił je przez cały dzień na biurku, mając nadzieję, że przed zamknięciem banku zdarzy się jakiś cud i będzie je mógł podrzeć. Ale w głębi duszy wiedział, że nadzieja ta się nie ziści.

Kiedy w końcu zaniósł listy sekretarce, koperty z wypisanymi na maszynie nazwiskami adresatów były już gotowe. Uśmiechnął się do Claire, najlepszej sekretarki, jaką miał kiedykolwiek.

– Żegnaj, Claire – powiedział i pocałował ją w policzek.

– Żegnaj, sir Williamie – odparła, zagryzając usta.

Wrócił do swego gabinetu, zabrał pustą teczkę i egzemplarz „Timesa". Jutro będzie bohaterem wstępniaka w części poświęconej biznesowi – nie był na tyle znany, żeby trafić na pierwszą stronę. Jeszcze raz obrzucił spojrzeniem gabinet prezesa, nim opuścił go na zawsze. Zamknął cicho drzwi i wolno powędrował korytarzem ku windzie. Nacisnął guzik i czekał. Drzwi się rozsunęły, wszedł do środka, zadowolony, że winda była pusta i że nie zatrzyma się w drodze na parter.

Wysiadł w holu i spojrzał w stronę recepcji. Haskins dawno temu poszedł do domu. Kiedy rozsunęły się szklane drzwi, pomyślał o Kevinie, który siedzi w domu w Peckham ze swoją ciężarną żoną. Chciałby życzyć mu szczęścia w pracy za kontuarem recepcji. Przynajmniej to stanowisko nie ucierpi w efekcie raportu McKinseya.

Gdy wyszedł na chodnik, coś zwróciło jego uwagę. Odwrócił się i ujrzał starego włóczęgę, który układał się na noc w przeciwległym kącie pod arkadą.

Bill dotknął palcami czoła w żartobliwym pozdrowieniu.

– Dobranoc, panie prezesie – powiedział z szerokim uśmiechem.

– Dobranoc, Bill – odparł sir William, odwzajemniając uśmiech.

Gdybyśmy tak mogli zamienić się miejscami, pomyślał sir William.

Odwrócił się i poszedł do czekającego samochodu.

Spis treści

* Oparte na prawdziwych wydarzeniach

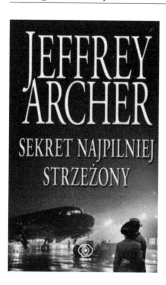

Jeffrey Archer

SEKRET NAJPILNIEJ STRZEŻONY

Rok 1945. Izba Lordów nie ustaliła, kto powinien odziedziczyć majątek rodowy Barringtonów. O wszystkim zadecyduje głos lorda kanclerza. Jego werdykt rzuci długi cień na życie Harry'ego Cliftona i Gilesa Barringtona.

Harry powraca do Ameryki, żeby promować swoją najnowszą powieść, a Emma rozpoczyna poszukiwania dziewczynki, którą znaleziono w wiklinowym koszu w gabinecie ojca po jego zabójstwie. Giles wpada w sidła kobiety, która poluje na jego fortunę. Musi również stawić czoło dawnemu wrogowi, Fisherowi, który chce zrujnować jego karierę polityczną.

Nowe pokolenie także zmaga się z kłopotami. Sebastian, syn Emmy i Harry'ego, zostaje wydalony ze szkoły i nieświadomie wplątuje się w międzynarodową aferę związaną z rzeźbą Rodina. Czy zdoła ułożyć sobie życie? Czy rodzina Cliftonów kiedykolwiek wyzwoli się od nieszczęść?